旅游地

刘 庆 ◎ 著

 长 春 出 版 社

全国百佳图书出版单位

图书在版编目（CIP）数据

旅游地 / 刘庆著. -- 长春 : 长春出版社, 2025.

1. -- ISBN 978-7-5445-7547-8

Ⅰ. I247.7

中国国家版本馆CIP数据核字第2024W6E053号

旅游地

著　　者　刘　庆
责任编辑　历杏梅
封面设计　宁荣刚

出版发行　长春出版社
总 编 室　0431-88563443
市场营销　0431-88561180
网络营销　0431-88587345
地　　址　吉林省长春市南关区长春大街309号
邮　　编　130041
网　　址　www.cccbs.net

制　　版　长春出版社美术设计制作中心
印　　刷　长春天行健印刷有限公司

开　　本　880mm×1230mm　1/32
字　　数　238千字
印　　张　11.5
版　　次　2025年1月第1版
印　　次　2025年1月第1次印刷
定　　价　59.80元

目　录

发　明

　　整个居民区都患了失眠症，每户人家在能扯电线的地方都挂上了最大度数的灯泡。酒长方，后院那个患有间歇性精神病的屠夫，也已经开始钻研电学。他家的窗户底下挂了一排排吹得鼓鼓的猪尿泡，每次病发，他就将一根根细钢丝弯成弧形，企图在猪尿泡鼓胀的时候将钢丝放进去。他每一次都失败了，他无法解决猪尿泡跑气的难题。他跑来请教我父亲。当时，父亲正执迷于一种新式手电筒的研制工作，在他的想象中，除了电子线路和正负极以外，肯定还会有一种物理现象能够发"光"。酒长方准备用猪尿泡代替电灯泡的天才想法让母亲笑得流出了眼泪，"想想看，家家户户都挂上一只只猪尿泡。"酒长方立刻纠正她："不是家家户户。只有我们家才能挂。"

　　酒长方一本正经的样子，母亲深受震动，她当然不会放弃这个乘机奚落父亲的机会。她说："我看你的新式手电筒毫无用处，不等你发明出来，邻居家的灯泡就比西瓜还要大了。"身为小学老师的父亲自尊心大受挫折，他决定放弃自己的实验。他忧心忡忡地说:"看来我得给有关方面写信反映一下,这种现象不能再持续下去了。"

母亲也不笑了,看着灯火通明的院落蹙起了眉头,院子里的砖地上落了一层白色的蛾子。漫天飞舞的蛾子仍然从城市的各个方向像雪片一样飞至我们居民区的上空,新飞来的蛾子撞得灯泡叮当作响。白色蛾子的翅膀上落下的粉尘呛得夹着尾巴的小狗不住地打着喷嚏,被强光刺激引起错觉的蝴蝶在啃噬丁香树有斑点的树叶。不用说,牵牛花早已经凋谢了。

专政路成了一条不夜街。在城郊供销社门口修鞋的鞋匠夫妇是浙江人,他们索性带上工具和白天没有干完的活儿来到这里加班加点。附近一所中学用功的学生也随便在哪一家门口的石桥上坐下来。他们还从中找到窍门,只要距离灯泡七米,就可以避开飞舞的蛾子。那些吝啬的人最先出来反对了,他们不能忍受这些"借光"的人占便宜。那对红鼻头的鞋匠夫妇胆怯地把摊子挪到路中间,他们一边工作一边露出讨好的笑容。不过他们很快发现自己不必再向哪一个人赔小心了,因为没有谁会说出哪一片光亮是他家的,他们不用单独承哪一户人家的情,因为这个小区正在进行用电比赛。

一个火暴脾气的酒厂工人因闻到邻居家电炉上的锅里散发出煮肉的香气而烦恼不已,不过当他再次来到街上时露出了得意的笑容,他在自家的锅里放了一块石头。

"肉有烂的时候,石头会烂吗?"鞋匠愣了一下,想了好半天,终于想通了这个问题,"不会,当然不会。"酒厂工人便拍拍他妻子的肩膀。为了让这位丈夫平衡,他破例脱下左脚穿着的胶鞋。这样，鞋匠夫妇就招揽到了这一天的第一桩生意。他们早已经习惯了汗脚的异味，歇下来，他们就着臭味毫不在乎地边喝水边吃干粮。

当因为使命感而激动得双手颤抖的父亲奋笔疾书的时候，母亲红着眼，忍着头痛计划着家里的经济支出。她将家里所有的钱按着不同用途分成几堆，她一边在算草纸上用铅笔仔细计算，一边把不同币值的钱挪来挪去，等她停下来，地桌上的零钱有一叠像小山一样耸起来，"天哪！"她捂住嘴巴，"这太可怕了，买米的钱少了一半，干脆就没有买菜的钱，我原来还打算给儿子买件上衣呢！现在我们吃饭都要出问题了。"

"我早就说把院子里的灯和那个电炉子关掉。"父亲泄气地说。

"我宁可破产也不会照你说的做。"母亲将手中的账单撕得粉碎。

父亲无奈地摇摇头，"看来，现在最幸运的事情就是停电了。"

继失眠症之后，粉尘感染又开始流行。居民区的大多数人都患了过敏性鼻炎，还有人患了类似花粉症的疾患，脸上长出湿疹一样的红斑点。毫无疑问，罪魁祸首就是那些蛾子和蝴蝶。用猪尿泡改制灯泡的尝试失败以后，酒长方开始转而研究医学。他坚信炒菜时放进几个蛾子的粉红色肚囊会治愈难耐的瘙痒症，这回他真的成功了。他兴奋地走上街头宣传他的发现，真的有人相信他。正当他们也准备尝试一下的时候，酒长方却被送进了医院。他一次吃进上百只蛾子，呕吐之后出现了抽搐。人们倒吸一口凉气，庆幸自己没上那疯子的当儿。

城市电力最紧张的时期，我们这个居民区倒是经常停电。人们在昏黄摇曳的烛光和煤油灯下读书看报。更多的时候，他们坐在木器厂门前的空地上谈天，女人会经常停下手里的蒲扇，品味一下男人们粗俗的玩笑。没有电的夜晚显得格外幽长，石板路缝隙里的蟋蟀声，池塘里的蛙声，还有街道两边杨树被风吹过的声音，总能填补人们谈笑的空白。有一年冬天，居民区年纪最大的老人去世，为了让那个可怜的鳏夫灵前的长明灯点到天亮，每户人家都不约而同地贡献出一点儿煤油，几乎灌满了那个老人的一口小水缸。要知道，煤油在当时还在凭票供应，粮票、布票、棉花票，再就是煤油票是主妇们最关心的东西。她们在工厂里忙着忙着就会抽空跑回家清点一遍，清点过后，眼睛里的目光平和而忧伤。当时，助人为乐正在大受褒扬，总会有人家在自己的门口挂上风灯，免得小孩子走夜路时看见自己的影子受到惊吓。

没有人能想明白这风气怎么一下子就变了，昨天还在一起推心置腹地聊着阑尾被割掉会影响夫妻生活等诸如此类的私房话，今天这些隐私就变成了互相攻击的武器。昨天还在酒桌上称兄道弟，今天在街上见着却怒目相向，仿佛两只发怒的公鹿。总之，整个居民区充满了火药味，斗殴事件每天都在发生，大声争吵更是家常便饭。

终于，政府的有关部门给我们这个居民区派来了工作组。他们在小学校的操场上安营扎寨，下决心解决这里的电力浪费问题，并决心遏制住由于用电而导致的邻里纠纷和斗殴事件。他们的工作刚刚展开，工作组就接到十几封匿名信，其中有一封竟然揭发工作组的一名成员借调查之名大耍流氓。他们被这些信吓坏了，三名成员纷纷去医院开了病假条。就在工作组一筹莫展的时候，居民区的一家招待所住进了一名电表推销员。这名电表推销员证明工作组的工作不得要领，因为他差一点儿就解决了工作组解决不了的问题，他的办法是动员每家都安装一只独立使用的电表。

这个电表推销员来得正是时候，他穿着一双高帮儿雨靴，背着一个船一样的帆布包。他疲惫地坐在修鞋师傅的矮凳上，一边脱下雨靴，一边东张西望，他的白帆布包和雨靴都散发出一股鱼腥味。那个修鞋的女子将靴子翻过来倒过去地嗅着，脸上的黄斑泛起了红潮。她的丈夫怜悯地看着她，她羞涩地笑了，她怀孕了。这一对夫妇就在小学校的院墙外面搭了一个小棚子住着，看上去这对夫妻好像从来没有脱过衣服，可那个女人的脸上竟然骄傲地生出了孕斑，她竟然怀孕了。这让许多文明的妇女感到羞愧。

这是一个黄昏，白炽灯泡渐渐显示出光明的魅力。相反，月亮就不那么出色了，挂在木器厂的烟囱上面，像串了烟的高粱饼子一样混浊。电表推销员穿上补好的雨鞋，在修鞋女奇怪的目光注视下站起身来。他有着一个瘦削的臀部，两片黑紫的能说会道的薄嘴唇，他的两条结实有力的短腿迈出的却是迟疑虚弱的步伐，他对自己的工作好像缺乏必要的信心。他一连走了几家都被当成要饭的给轰了出来，人们听不懂他讲的是什么。

他沮丧地走回落叶覆盖的大街，再次看见了那一对修鞋的夫妇，他灵机一动，想出了一个好主意。电表推销员出现在我家的院子时，修鞋女已经站在他的身边充当起翻译的角色。

父亲很感兴趣地听着电表推销员讲述电表的功能，他居然没通过修鞋女蹩脚的普通话就听懂了几个词。他当即决定买一只电表。他兴奋地向母亲讲述电表的原理，他说电表可以测出每户人家的用电量，算出每户人家的电费，这样就可以轻而易举地解决我们这个小区因为平摊电费而导致的混乱局面。他为自己没有提早想到这样一个方法懊悔不已。母亲则疑虑重重，她说电表的确是一个好东西，但必须是整个居民区都使用才有效。父亲不顾母亲的反对，坚持要买下一只。电表推销员说他手上只有几只样品，他认真地记下我们家的门牌号，许诺说过半个月厂方就会把货发到我们镇子，到时他会送货上门，并且亲自负责安装。

让父亲失望的是电表推销员竟把第一只电表卖给了酒长方。第二天一早，酒长方得意扬扬地来到我们家，神秘地告诉父亲他找到了一个少交电费的好方法。酒长方吞食蛾子中毒以后，他已经好长时间没出屋了，据说他闷在家里搞发明，想做一把弹弓，想一次打中挂在不同位置的十只灯泡。酒长方请父亲看了他家新安装的电表，就挂在床头上方。父亲当然知道电表的工作原理，他没有看酒长方的演示就离开了。父亲没有找到那个电表推销员，他沮丧地回到了家里。我们家的院子里，母亲正和几个邻居交头接耳，她们嘴里不时地发出啧啧的声音。"真看不出来啊，他们这么快就搞到一起了。"母亲说，"女人们说话你不要插嘴。"父亲就离开了，他已经听明白了。母亲的最后一句话是："这几乎是不可能的事。"

但这不可能的事的的确确发生了，因为街口修鞋的男人身边的凳子空了，他已经将修鞋工具换成一把杀猪刀，在石头上咔嚓咔嚓地磨着。磨累了，他抬起疲惫的脑袋，迷茫地看着围观的人群，他的眼睛里布满血丝，充满着乞怜和无助。鞋匠的磨刀声和电流的嗡嗡声把人们折磨坏了，主妇们泼出的泔水四处迸溅，不时溅到鞋匠的脸上，小孩子开始向那个不幸的男人投石子。晚饭时分，父亲被一口饭噎住了，放下饭碗，猛地打了一个激灵，他为人们的同情心越来越少而忧心忡忡。就在这天晚上，他听说居民区由工作组带头组成了清缴电费的工作队。

简单的事情变得越来越复杂。工作组将卫生所的两名大夫抽调到工作队做了统计员，他们的工作是清点每家每户电器的数量。可他们怎么也查不准，如果不是在前些天的粉尘感染中他们的表现积极，两名大夫的脸早给火暴脾气的妇女抓烂了。这样艰难地工作了一天，工作队只好放弃了原来的打算，他们走回了老路，电费还是只能平摊。

解决问题的方法又回到老路上，居民们的怨气更大了。这回，他们的矛头除了对准邻居，还转向了工作队。第一个站出来反对的就是酒长方，他将工作队的全体人员请到他家，要求工作队按着电表上的数字收钱。但这是不可能的，因为根本就没有电费计量标准。秋雨淅沥，居民区的上空一片昏黄，酒长方将工作队纠缠到午夜时分，然后他拾起一把斧头将电表的玻璃砸碎了，奇怪的是表盘指示线仍然转了一圈又一圈。这一新发现转移了疯子的注意力，也使他免受了皮肉之苦。此前，工作队已经做出决定，准备将他铐起来游街了。

街头的杨树叶子以最快速度落尽了，秋雨好像不会停歇，下得黏黏糊糊。天气也冷起来，居民们站在小学校的操场上不住地打冷战。工作队进行着最后的努力，他们试图通过攻心战术和宣传力量达到目的，这使小学校这最后一个没有通宵点灯的地方也亮了起来。居民们都觉得事情越来越不对劲了，事情进入了一种恶性循环，他们的神经受损，开始恐惧黑暗。工作队和居民们在小学校的操场上一连对峙了三天。

第四天的傍晚，小学校的院墙外面传来了怪怪的尖叫声，还没等人们明白是怎么一回事，就见两个人一前一后地冲了进来。人们看清了，前面奔跑的竟是那个电表推销员，而他身后十几米远跑来的正是那个浙江鞋匠。鞋匠狂乱地挥舞着明晃晃的杀猪刀。会场顿时大乱，人们纷纷围拢上去。等那两个主角脚步慢下来，发现他们竟被围在了当中。现在，大家终于看清楚了，电表推销员的雨靴跑掉了一只，仍然拎着他的白帆布背包，他倚着粗大的水泥电柱，气喘吁吁，鞋匠脸上则现出古怪的笑容。

人们看到的最后一幕是电表推销员变成了一只猴子，一眨眼的工夫便窜到了电线杆上离地五米远的高处，在他的头顶，有一只旧风筝挂在电线上。鞋匠气得将水泥电线杆砍得当当直响，砍出一道道白印。眼前的一幕就像是无声电影中的片段。围观的人开始移动了，有人按住了狂暴的鞋匠，鞋匠的刀早成了一把破锯。那个电线杆上的家伙迟疑了一下，又向上爬去。

风声和电流的嗡嗡声混杂着下面的人声。目睹这一幕，没有谁还能喊出来，人们都瞪大了眼睛张大了嘴。电表推销员的手终于搭在电线上，美丽的蓝色火焰瞬间腾起，火花四溅。人群中传出恐惧的尖叫，天空中划过一道又一道跳跃的闪电。挂在电线上的电表推销员剧烈地颤抖着，一股浓烈的焦香迅速弥漫开来。忽然，他给弹了起来，一个漂亮的引体向上动作，一个更大的火球弹向天空，那个火球没有落下来，而是射向天空，消失在了暗夜之中。人们这才发现操场上是多么黑暗。我们这个居民区终于停电了。

这次大范围的停电持续了一个月，也许时间还要长一些。被明亮的夜晚折磨得精神失常的人们正好乘此时机休养生息，好回到以前的生活轨道上去。

显然，小区工作组受了那个倒霉的电表推销员的启发，他们开始利用这段停电检修的时间推行电表安装。这一次，这项工作没有受到阻碍。为了保险起见，许多户人家都要求将电表安装在卧室里。其他的问题也差不多迎刃而解了，人们终于下决心结束和邻里之间的用电比赛，其实，他们都早已经吃不消了，只是碍于脸面和斗气才不肯罢手。节省下来的电费开支一下子让所有家庭的经济上都宽裕了一些。

有一天，邻居送给母亲两个土豆，她感动得几乎落泪。几个女邻居重新坐到一起，虽然彼此提防着，交流上加着小心，但温情毕竟悄悄地荡漾了。尤其是烛光在彼此的脸上跳跃，忽明忽暗，可以掩饰许多表情，不像在电灯下面那样一览无余。

这一天,母亲得到的信息是许多邻居都得了一种新的怪病,原来,像孩子一样夜半惊厥的不只父亲一个人。

自从在卧室的墙壁上安装了电表以后,父亲听力方面的毛病加重了。躺在枕头上,原来若隐若现的蛙声现在变成了电流的嗡嗡声。睡到半夜,他总是感到眼前电光一闪,在睡梦中叫出声来。他还在梦中看见电表像一只巨眼眨呀眨,之后表盘便飞快地旋转。醒来,他点燃蜡烛,电表的表盘还停在白天看见的位置上,黑色的表壳闪着乌光。他回到床上,发现冷汗已经浸湿了床单。

父亲的双颊明显地消瘦了,酒长方来我们家的次数更多了,他们已经成了好朋友。父亲说话时思维的跳跃速度连母亲也跟不上了。母亲已经不再相信小区的医生,她决定到镇中心药店去购买更好的神经类药物。

母亲带回一小瓶安定和一个消息,兴奋暂时代替了抑郁。"你猜猜,我看见谁了?"

等不及父亲回答,母亲忙不迭地说:"我看见那个鞋匠的女人了,就是和电表推销员私奔的那个。"

母亲兴冲冲地讲述着她的见闻。就在距我们这个小区五站地的镇中心药店门口,那对鞋匠夫妇又并排坐在一起了。鞋匠的脸色十分苍白,看人的眼光比以前躲闪得更加厉害了。看见母亲,他几乎把头塞进裤裆。他的妻子已经显怀了,肚子骄傲地腆着。不同的是她用一条白纱巾把脸蒙得严严实实,纱巾后面的目光还和以前一样,竟然毫无羞耻,"蒙了纱巾我也认识她。啧啧!"

母亲看见父亲的脸上绽出兴奋的光彩，他站了起来。这天下午，父亲重新回到他的工作间，把研制新式手电筒的那一套工具扔到角落里，现在他手里的工具是斧子和锯。傍晚，父亲完成了他的工作，他做了一个精致的电表箱。

父亲完成了他一生中唯一的一项发明。那是一只木制的电表盒子，拉开木头盒子的小门就可以看见电表上的数字，关上小门，画着风光图案的盒子就成了好看的壁饰。当然，在你们的眼里这种发明根本算不了什么，在你们那里，安装电表这样一件小事在生活中肯定也不值一提，但它确实治愈了父亲和他的邻居们的惊厥症。父亲的小发明迅速推广了，最先来我们家学习的当然还是那个酒长方，不应该的是他竟然将这项发明据为己有。我们那个小区的人都说，那个疯子终于干出了一件好事。母亲对此愤愤不平，父亲却如释重负。他说："不管怎样，只要能把那只电表藏起来就行，我总觉得它像只眼睛一样看着我。"

父亲指的是那只慢慢旋转着的电表。母亲却发现了父亲工作的疏漏，木头盒子上，父亲用电笔烫画的凉亭就像一个褐色的疮疤。

底 片

　　一个燠热的中午，煤灰线方向没有响起汽笛，那些工人们破例没有加班加点。马路上石子滚烫，骑自行车的人骑一骑就要停下来检查车胎，从台阶下面跑出来的过街鼠只有跳着才能穿过街道。顶着烈日，有两个男人来到电台街的时光照相馆。这两个男人都穿着黑褐色的格衬衫，扣子扣得严严实实。年长些的穿着一双黑色雨靴，年轻人的雨靴则是草绿色。在这样的天气里，见到有人穿雨靴上街，你不感到奇怪吗？还有更奇怪的，这两个人的脑袋都又圆又小，连年轻人的脑门上都有很紧的皱纹，他干净的下巴上还没长出胡须呢，他们的眼睛都是圆圆的。但看上去他们竟丝毫也不为自己的长相感到难堪。当照相馆上了年纪的修版师手里的汤匙当的一声掉进饭盒，他们竟宽容地咧嘴笑了。

　　"给我们拍张合影。"年轻人一进门便招呼说。

　　正是午休时间，照相馆里的小徒弟在换衣间里午睡，修版师示意来人看看墙上的作息时间表。

"很抱歉，我们不识字。"中年人礼貌地说。

"我们可以等你吃完。"年轻人牵牵中年人的衣襟，两人坐在靠墙的长条椅上。

饭里不断地嚼出沙子，修版师烦躁不安。一道云影晃过照相馆的玻璃窗，他的嘴巴停止了咀嚼，影子中间还拓着一个更黑的影子，弯曲的四肢，细长的脖子，香瓜一般大小的脑袋，身子是圆圆的，仿佛国营食堂一个巨大的锅盖。冷气从舌底直冲上来，他揉揉眼睛，云影已经扫过，街对面的水果店里传出蝈蝈的叫声。修版师转向店内，两个客人正襟危坐，显得极有耐心。不知为什么，修版师觉得今天有什么不对劲儿，他起身想倒杯开水，椅子却自己从他的屁股底下抽了出去，他惊讶地眼睛刚眨一下，汤匙就不见了。他傻呆呆地看着饭盒，忘记了喝水。

"你是不是在找汤匙？"年轻圆脑袋殷勤地说，"我刚才看见你把它放在照相机上了。"

不可能。绝对不可能，他根本不记得自己进过摄影室。修版师狐疑地走进摄影室，汤匙就放在照相机的黑蒙布上面。怪事还不只这一桩。他已经忘记汤匙，不自觉地摆弄起机器来了，仿佛他要自己动手干活了。天哪，那两个怪物又出现了，就在取影框里，他清清楚楚地看见了灯泡大小的脑袋，他吓得瘫坐下去，椅子不知什么时候自己挪到了他的身后，而他的面前，两个顾客笑眯眯地，已经并排坐好在背景前面的方凳上。"你的技术还和以前一样好。"年轻人提示惶恐不安的修版师，及时地打消了老头要从这屋子里逃出去的念头。

　　而修版师呢，已经认定这是两个怪人，他想立刻把他们打发走。他胆战心惊地看看取影框，怪事没有再发生。不用他摆布，年轻人的身子和头都扭得恰到好处，中年人的手自然地放在他的肩头。修版师的手又一次不自觉地动起来，闪光灯闪亮了两下。他无力地瘫坐下去，可是后面竟然没有椅子，要不是中年顾客及时上前将他扶住，他肯定会一屁股跌坐在地上。中年人将他扶到外屋，给他倒了一杯开水。修版师渴坏了，大口大口地喝水，一点儿也不觉得杯子里的开水烫嘴，可不管他怎么喝，杯子里的水总是满满的。要不是他的徒弟发现不对劲将他按住，他还会喝下去，而他的肚子已经大得挤在了桌椅之间。他半躺着待在那儿，说什么也站不起来了，一边泛出酸水，一边不停地打嗝。

　　修版师在被送往医院的路上，看见一条狗翘着后腿在树荫下撒尿，他打嗝的毛病一下子好了。走到望火楼附近的春饼店，手推车的车胎被石子颠了两下，咣的一声爆了。随着这一声响，修版师全身的汗腺大开，胸前射出女人乳汁一样的液体，只是不够稠，不够白，肚脐眼里竟窜出了一条小便一样的水柱，溅在推他去医院的徒弟的脸上。小徒弟的狼狈相逗得修版师大笑起来，他跳下车子，自己往回走了。走了几步，他害怕地站住，抬头，阳光仍晃在春饼店门口的灯笼上。大街上行人多起来，一片云影扫过街角。修版师蓦地想到，这云会越来越厚，也许持续一个月也不会天晴。

　　正像修版师想的那样，接下来果然是个闷热的阴天。第三天中午，徒弟们走进换衣间去午睡，修版师忽然想起那两个怪人该来取照片了。他走到相片架前，那袋照片并不难找，就在第二层格子里。修版师对自己的技术从来没像今天这样没有信心，他忐忑不安地取出照片。他担心的事情到底还是发生了，照片上竟然是——两只乌龟。他吓坏了，喉咙像是给人扼住，喊不出声音。更可怕的是，前天的两个客人已经走进了照相馆。

"同志，我们来取照片。"他们竟叫他"同志"。

那两个人还是前天的那身打扮，不同的是他们的手里多了两条湿毛巾，他们的表情殷勤而得体。嘴角的笑意似乎是在鼓励修版师克服恐惧。

"恐怕是，恐怕是出了点儿麻烦。"修版师结结巴巴地说，他的嗓子干涩，像是长了一层霉苔。

年轻人皱起眉头，"还没冲洗出来吗？"

"底片出了问题，"老头巴望着店里再来个什么人，可是没有。他只好说下去，"这种事不常出，可是不等于不会出。"他用脚将垃圾桶向柜台下面踢踢，"这样吧，我去叫我的徒弟来，再给二位补拍一次。"

"我看不必了，我知道是怎么回事，你不用担心，只管把照片给我们就好了。"修版师知道他给中年人看穿了，可是他敢将那几张照片拿出来吗？他只好把谎继续编下去。"确实是底片坏了，你们不信可以去问问我的徒弟。"他又想抽身溜走。

接下来的事更是匪夷所思。那个年轻人径直走进柜台，拿出了垃圾桶，并且一下子就找到了那袋照片。他已经取出照片，修版师面如土色，几乎瘫倒下去。

两个客人看看照片，没有任何惊讶的表情，轮流拿着照片看。"你的形象太差。"中年人取笑年轻人。

"你也没好看到哪儿去啊！"年轻人说。

这时天边忽然响起一声炸雷，他们一起向外看去。转眼间粗大的雨鞭已经开始抽打照相馆的后橱窗了，雨水倾泻而下，门前的杨树在风雨中抖个不停。

"这回咱们能回去吗？"年轻人有些焦虑地问。

"这场雨可不小，怎么也把咱们接回去了。"中年人肯定地说。

"走吧！"年轻人先走进雨里。雨点儿更大了，雷声轰隆隆响，一块玻璃掉落，风雨直扑进来。

修版师瘫倒在柜台里面，好半天他才试图爬起。街口有行人蒙着衣服跑过，老头怎么也站不起来了，徒弟们将他扶起来，老头的样子将他们吓坏了。他的嘴角歪到了耳根，谁也听不清他在说些什么。还有，他的半边身子僵硬，左腿好像成了一条不能回弯的棍子。

正像传说中的怪物预言的那样，这场水灾果真不小。大雨连下两天，城市低洼处已经积水了，并且有人在水中丧生。纺织厂的一名女工下夜班踏进了一口下水井，她的尸体两天后漂到了衬衫厂休息室的门口。洪水真的泛滥成灾了，水灾最严重的城西区房屋倒了几十幢，还有近千幢成了危房。锅炉厂的三层办公楼淹了一层，二楼以上都住进了灾民，并且随时准备向楼顶转移。汽车厂的精壮工人一批批被抽调到抗洪前线，反帝广场的水没足踝之后，女工们也参加了煤灰线方向的警戒。因为有轨电车只能通到纺织厂，洪水一天前就漫过了百货公司仓库的窗口。

糟糕的是前些天的传言，就是关于那两个小圆脑袋的，似乎并不那么简单。星期四的中午，一名中学生在空旷的操场上发现了他们，他们就坐在榆树墙附近的单杠下面抽烟。学校的低洼处已经积水，为了安全起见，学校已经放假一周了。这名学生是值勤生，等他跑到校长室领人出来时，那两个怪人已消失得无影无踪。傍晚，又有消息传开，南湖边渔具店的老板在下午三点接待了两个顾客，他们买了一张新式渔网。"他们一进店我就觉得不对劲，天刚刚还是晴的，忽然就下起雨了。"在饭桌上，人们一边咀嚼着渔具店老板的话，一边忧心忡忡。窗外的雨停了，但雨雾仍黏着老榆树的树冠，路灯光隔二十米就仿佛蒙上了一层黄纸。

城市里的桃罐头脱销了，只因为"桃"和"逃"谐音。和桃罐头一起旺销的还有红绸布。大街上，男孩子们腰里露出红绸布做的裤带，他们一点儿也不觉得难为情。传说愈发离奇了，还是那两个怪物，据说想在离开时带走五十名童男。水情仍然不容乐观，这助长了人们的恐惧心理。而那些正害青春期的坏小子们却仿佛有了放荡的借口，他们整夜在大街上游荡，厚颜无耻地盯着女孩们的大腿和妇女们的腰臀不放，企图趁机实施强奸。他们也有的因为盗窃罪被抓了起来。这段时间，城市里的犯罪率明显上升了，甚至第二百货公司有一名女工在自家门口就被奸杀。但该公司的员工否认这事出在他们单位，他们说，确实有人被奸杀了，可据他们所知，那个女孩是市里一名要员的女儿。报社被通知不准刊登辟谣的文章，以免引起更多的谎言。但翻开报纸，人们仍然发现案情报道确实增多了。公安部门加大了扫黄打非的力度，他们抓了一批又一批的妓女，让他们头疼的是，这些从事皮肉生意的女孩没有一个不是被拐来的。

如果说吃了桃罐头就可以逃过灾难的说法是无稽之谈，那么时光照相馆的老修版师，也就是那个亲眼看见过怪物的人，现在要被送往离城三十里的精神病院却是千真万确的事。可怜的老头中风症刚见好转，一天傍晚，他忽然出现在照相馆里，用他好使的右手举起斧头砸坏了单位新购置的一台扩片机。

城里每天都会驶来许多辆农用四轮车和拖拉机，城市周边的灾民们仍在匆匆地赶往城里。四轮车上拉着驴，目光迷茫的女人坐在包袱上，她们怀里孩子的眼中充满了好奇。拖拉机后面的笼子里装着鸭子和鸡，水桶挂在车旁叮当作响，震人耳鼓。灾民们被民政部门一批批安置在学校和小招待所里。灾民们说，沿途的村庄里有的农民已经开始打造船只了，水鸟在沉入水中的屋脊上面飞翔。

然而，先进城的灾民们却失去了耐心，现在迫切地想返回家园，哪怕是回到村子附近未被淹没的高岗上去。他们就在被水隔断的公路头等船。市政府被迫同意了运送灾民返乡的要求，因为城里人被可能到来的疫情吓坏了。出城的路口总有近百人在等船，每有一艘机动船驶来，灾民们就抢先跳进没到小腿的水中向小船奔去。

已是晚上7点，出城向西的路口驶来一辆救护车。护城河早已变得又宽又深，道路被大水隔断约有一里，等船的人隔水相望。这辆救护车载来的正是照相馆那个可怜的老修版师。在狂躁了几天之后，此刻他十分平静，他的小徒弟扶他下了车，小伙子好不容易说服救护车多停一会儿，他忧心忡忡，担心师傅上船之前突然发病。其实还有更糟的，如果上了船再出事岂不是更可怕，他盘算着该趁这会儿给老头打一针镇静剂。还好，老头乖得像一个玩累了的孩子。他的两手抬起来虽很艰难，但他仍在努力地做着模拟相机取景的动作，并且一声接一声地叹气。在他的眼睛里，这个世界的每一处都像有问题的底片，需要仔细加工修改。突然，他停了下来，紧紧地攀住徒弟的胳膊。

"船……船……你看船上……"

徒弟看到了，所有的人都看到了。那艘机动船刚好停下来。船尾的发动机挨在一棵杨树上，树叶在马达的震荡中瑟瑟发抖。"开船不等客，要走的快上船。"那个年轻圆脑袋说。他的身后，中年人的笑脸就像一颗成熟的核桃。

无望的抱怨和哭声都停了下来，只剩下肆虐的蚊子。四面的洪水，被夕阳映照的无际的水面，平静得令人绝望。向日葵在水中只剩下一个脑袋，即将成熟的玉米已在水中腐烂了。

"是他们，就是他们。"时光照相馆的老修版师瘫软下去。

小徒弟张大了嘴，在他们的正前方，那艘船上的两个人的身后，落日差不多有车轮大小。夕阳沉入水中，血一样洇开。

旅　游　地

　　最初的见面显得十分尴尬。麻烦出在张玲身上，她没想到和吴俊一起来的会不是黄梅。出租车在宾馆的院子里一停下，她便跑下台阶，夸张地奔过去。她故意不看先下车冲她微笑的吴俊，冲车里大喊黄梅的名字，然而从车上下来的却是一个陌生的女孩。

　　"我们都等你们半天了，怎么才到？"汤文进也跑上来，故意大声说话，用胳膊肘使劲捅张玲的后背。张玲看看丈夫，汤文进正在冲吴俊眨眼睛，她看出来了，这两个男人早有默契。

　　吴俊把女孩拉过来，"我来介绍一下。"

　　"我叫叶小萌，你是张大姐吧？"叶小萌不理吴俊，上前和张玲拉手。吴俊有些不自然，冲汤文进笑了一下。

　　张玲陪叶小萌洗脸的当儿，吴俊问汤文进："老汤，怎么搞的？你没告诉张玲我领的不是黄梅？"

　　汤文进斜倚在沙发上，"别提了，昨天中午出去和同学喝点小酒，回家晚了点儿，他妈的和我吵了一宿，张玲这脾气真让我吃不消了。我还琢磨着她今天都不能来，没想到她比我起得还早，出去买了一大堆水果。不过她这会儿还没跟我说话呢。"

吴俊敷衍说："我看张玲脾气不错，你可别总气人家。"

汤文进往前凑凑，边往门口看边说："没想到你小子这么有艳福，这女孩子挺漂亮的。"

吴俊看出汤文进不怀好意，"还有什么话你一起说出来吧。"

汤文进很坏地笑笑，说："我看你们好像还没睡过，叶小萌看上去挺有性格，不是你能驾驭得了的那种。"

吴俊说："没性格的我能找吗？不过咱可说好了，你得跟你老婆好好说说，不能让黄梅知道我到湖上来了，她只知道我到你们这出差。别叫张玲给我说走嘴了。"

汤文进拍拍吴俊的肩膀："你就放心吧，什么该说什么不该说张玲总还知道。"

这时，叶小萌边梳头发边走进来。不知是叶小萌歪着头的姿势，还是裸露的脖颈触动了汤文进哪根神经，他愣了一愣，张玲正倚着门框斜睨着他。

汤文进被张玲叫了出去。吴俊讨好地上前欲吻叶小萌，叶小萌把他推开，不满地问："你不是说你同学不认识你媳妇吗？"

吴俊说："我觉得你梳披肩发更漂亮。"

叶小萌赌气地扎头发，"你看张玲看我那种眼神，好像我是只鸡似的。"

"你别乱说，"吴俊宽慰她说，"人家张玲挺厚道的。"

小萌冷笑道："比黄梅还厚道吗？"

吴俊掐一把她的屁股，哄她说："好不容易找到机会出来一趟，咱们能不能不说这些？"

小萌看看他，轻轻地叹口气，"我只是觉得挺尴尬的。其实咱们完全可以自己单独找个地方住。"

吴俊无赖而亲昵地说："哪个男人没有虚荣心？我领这么漂亮的女孩出来，不让人见见岂不可惜了。"

小萌总算被他逗笑了，说："男人都像你这么厚脸皮吗？"

女人总是比男人更会掩饰。餐厅里，张玲和叶小萌俨然一对多年的朋友了。她们互相夸赞对方的皮肤，小心地回避着某些话题。晚餐十分丰盛，满满一桌子都是鱼。汤文进殷勤地介绍着湖上的种种特色，什么鳌花、鳊花、季花，还有岛子鱼，俗称三花一岛，还有什么江水鲇鱼、油炸江虾，汤文进一副熟谙的样子。叶小萌发现张玲狠劲瞪了汤文进一眼，想起刚见面时张玲审视自己的目光，心里不禁一沉。吴俊对此仿佛毫无察觉，说起大学时的往事，很激动地喝酒。叶小萌忽然觉得他十分陌生。

后来餐厅里又来了三桌客人。他们彼此以老师相称，吵吵嚷嚷地洗手入座，随后就虚张声势地拼酒，尤其是那桌女客，简直可以说是忘乎所以，不一会儿就大喊大叫，一阵一阵的哄笑声把房盖都要顶起来了。

吴俊说："咱们猜一猜，这伙人是干什么的？"

汤文进已有几分醉意，"我管他们是干什么的，我得过去说说，问问他们能不能讲点儿公共道德。"说着便往起站。

吴俊将他按下，又和他干了一杯，叶小萌说："吴俊，人家汤大哥没你的酒量好，你别一个劲地和人家干杯。"

汤文进说："小叶，你好像在说反话，你才不会关心我呢，你是怕我把吴俊给喝倒吧？"

张玲早就看不惯汤文进的表现，这会儿便忍不住要刺激他："叶小姐，你让他喝吧，他除了会在女孩子面前逞逞能没别的本事。"

汤文进控制着自己不去理会张玲，对面桌子的那几个女教师拉住一个男教师要喝交杯酒，说笑更加肆无忌惮。汤文进有气无处撒，便一遍一遍地回头去看。

叶小萌示意吴俊，意思是应该走了，吴俊却说她忘了给张玲敬酒。

张玲说："叶小姐，吴俊是让你买通我呢。"

小萌脸红起来，张玲说："汤文进，你别用那种眼神看我。我和叶小姐开句玩笑，谁像你那么小心眼。叶小姐，你不会生气吧？"

"怎么会呢？"话虽这么说，人的情绪已有些低落。她将头转向窗口，纱窗外许多蚊子和七星瓢虫在乱飞乱撞。江水在一百米开外的坡下，夜雾起了，白蒙蒙地弥漫开。这面尴尬起来，那面的说笑就愈发显得吵闹了。还是那几个女教师，从洗手间回来，又要了几瓶啤酒，场面更加混乱。吴俊回头看看，忽然怪叫了一声。然后他若无其事地和汤文进干杯，汤文进心领神会，读大学时，在电影院或是在会场，类似的恶作剧他们干过多次。

奇怪的是屋子里一下子静了，那些客人都转头同这里看。

其中一个年轻人离座走过来，站到吴俊身后，不满地说："哥们，大家都是出来玩的，你能不能讲究点儿？"

吴俊还在想着对策，没想到汤文进早已站起，抄起手边的啤酒瓶子就砸了过去，对方一闪没砸着，大叫："你怎么还动手啊，你？"

餐厅里顿时乱作一团，那群胆子小的女教师捂着耳朵大叫，胆子大的上前来拉自己的同伴。叶小萌乘机将汤文进推出餐厅，吴俊也拉上张玲慌慌地走出来。吴俊一边侧着耳朵听着餐厅里的动静，一边虚张声势地做着迎战的准备。"小萌，你和张玲先回房间去。"喊完，发现叶小萌抱着肩膀，冷静地看着他，他掩饰地说："你看我干什么？"

小萌笑一笑，摇摇头。吴俊觉得自己给她看穿了，心里虽然发紧，可毕竟比刚才镇静了一些。

还好，餐厅里已经静下来。有一个老教师，可能是校领导一类的人物走出来，"你们没事吧？我们那个体育老师喝多了，你看大家都是出来玩儿，出点儿事多不好。"又劝慰说，"你们这些年轻人哪，火气怎么这么大！现在没事了，过一会儿我叫他来给你们赔礼道歉。"

汤文进仍然不依不饶："道歉就不必了，下次叫他别那么张狂。"

张玲被气得开始掉眼泪，"汤文进，你有完没完？你怎么这个德行？我今天算认识你了。"

吴俊说："好了，好了，有错都在我。"他提议说，"文进，咱们到湖边去坐会儿。"他示意叶小萌劝劝张玲。叶小萌却像没事人一样，仍然抱肩而立。

吴俊只好自己说话："张玲，一起到湖边走一走，你看，都是我不好。"

张玲不买他的账，"你们去吧，我回房间歇歇。"

汤文进说："张玲，你能不能懂点儿事？在家耍你就耍了，今天吴俊来你能不能不这样？"

小萌说："吴俊，你和汤大哥下去吧，我和张姐回房间去。"

汤文进感激地冲小萌点点头，张玲已独自走去。

这晚没有月亮，去湖边的台阶只修了二十多米，剩下的距离都是乱石和杂草，他们好容易下来湖边。湖面平静极了，仿佛一潭死水般。远处黑魆魆的，时而传来几声狗叫。夜雾中能听到不清晰的桨声。

两个人找了块礁石坐下来。吴俊说："不好意思，文进，你看我来一趟还惹得你们两口子不高兴。"

文进说："你有什么不好意思的，张玲她怎么能理解咱们的友情呢？我倒是怕小叶多心。"

"小萌是挺敏感的，不过她挺明白事理。"

文进说："你跟她认识多长时间了？你不是想和黄梅离婚吧？"

"我不知道，"吴俊想一想，"我真的不知道。"

文进说："玩真的是要付出代价的。"

文进又说："上次你和黄梅来，也是咱们四个人，那时你们正在谈恋爱，转眼三年过去了。"

两个人沉默了，各自想着自己的事。这时，宾馆里传来歌声，那伙讨厌的客人进驻了卡拉OK厅。歌声刚停，舞曲又起。

湖面起风了，湖水轻轻荡漾起来，荡碎了倒映的星光，如墨里闪亮着几根很短的金丝线，又如飞快跃动的鱼脊。文进先站起来，他们往回走了，照例走得并不轻松。吴俊想，他脚上的皮凉鞋一定给石头硌坏了。

在湖堤上，他们遇到了独自站着的叶小萌。小萌说："房间里太闷了，抽水马桶又不好用，我出来透透空气。"

汤文进意味深长地拍拍吴俊的肩膀，"你们住223房间，早点儿睡，我就不打扰你们了。"

走了几步，汤文进又站下，招呼吴俊单独说了几句话，最后一句他半开玩笑地放大音量，"明天早点儿起来，湖边的景色数早晨最好。"

吴俊回到叶小萌身边，小萌仍在凭栏远眺，远处黑黑的，闪着几处不真实的灯光。吴俊搂住她的肩头，小萌的肩头冰冷冰冷的。

吴俊把热气吹在小萌的发际，暧昧地说："我想我们该回房间了。"

小萌说："汤文进和你说了什么？"

吴俊说："没说什么。"

小萌看定吴俊的脸，说："我想知道。"

吴俊说："文进怕你多心，他和张玲昨晚吵了一宿，所以张玲的脾气就很坏。"

"他说的不是这句。"小萌肯定地说，"我想知道他跟你说了什么。"

吴俊笑道："你这个机灵鬼，什么事也骗不了你。好了，好了，我告诉你，文进怕咱们担心房间不安全，他说这儿离城里有五十里，肯定没有人查宿。这回走吧，当心着凉。"

吴俊吻着小萌的脸颊，却吻到湿湿的泪水。他吃了一惊，"小萌，你怎么了？"

"吴俊，我想回去。"叶小萌不明白眼泪怎么就会流出来。

吴俊有些慌张起来，着急地问："到底发生了什么事？"

叶小萌推开他，"什么事也没发生，我就是想离开这儿。"

吴俊为难地说："可是，又没事先约，这会儿根本就没有车回城去。"

小萌赌气地说："那我不管，我只是想走，现在就走。"

吴俊看了她一会儿，叹口气说："好吧，我去找文进想办法。反正出来是为了让你高兴，既然你不高兴待在这儿，那我们就离开好了。"

小萌叫住他，问道："要是没有车呢？"

吴俊咬咬牙说："我豁出去了，我陪你走回去。"

小萌看看他，又叹口气，"算了吧，不为难你了，今天就对付一晚吧。"

吴俊试探着说："小萌，要是你不愿意，我可以和文进住一个房间。"

小萌幽怨地说："我们又不是没一起睡过。你别多想，我只是心里不大痛快。"

说得吴俊心疼起来，怜惜地拥住她说："你放心吧，小萌，我会对你负责任的。"

小萌说："我不用你负什么责任，如果我们一起生活，我也许还不如黄梅呢。再说，你是不是我心目中的那种男人，我现在还真有些吃不准了。"

"你真是这么想的吗？"吴俊这才觉得事情真有些严重了，"小萌，我真不知道我什么地方伤害了你。"

小萌见他认真，敷衍道："我跟你开玩笑呢！我有点儿冷了，我们回去吧。"

房间里是两张单人床，吴俊趁小萌洗漱的工夫把床并到一起，将被褥重新铺好，检查了窗户，然后躺在床上等小萌出来。一想到接下来还有那么多事要做，他还真有点儿急不可耐的感觉。这家宾馆虽然几经易主，但房间里的设施和备品却没什么改善，只是比以前更旧了些。吴俊想起了三年前和黄梅一起出来，汤文进想安排他们住在一起，结果黄梅死活不肯，最后黄梅还是和张玲去住了一个房间，吴俊大感失望，被文进取笑了半宿，搞得他十分狼狈。第二天见到张玲还有些不自然，张玲却向他夸奖黄梅，半开玩笑地说："你将来要是对黄梅不好，你可真是缺了德了。"又叹道："现在这样本分的女孩真不多了。"吴俊就很感动，怨气一扫而光。这会儿想起三年前的情境，吴俊的热情就打了折扣。他想黄梅现在一定搂着儿子睡着了。他点燃一支烟，刚吸两口，小萌便走进来，吴俊掐掉烟，把她拉倒在床上。"你急什么呀，我把木梳放起来。"小萌嘴里这样说，也由着他搂抱亲吻。两人刚刚入境，隔壁汤文进和张玲的房间却传来争吵声，且越来越大。两个人停下来，屏息静听。

"我算看透了，你也不是什么好东西，汤文进，你不用和我凶，你现在是不是特羡慕吴俊，也想再找一个？"张玲边抽咽边数落。

汤文进恼怒而无奈地说："张玲，拜托你，你能不能小点儿声？你让人家吴俊和小叶听见。"

"叫得挺亲呀？还小叶呢，你是不是也巴不得上去亲一口？你放心，她不会拒绝你，这种女孩特开放。"

吴俊看看小萌，起身穿衣服。"我去告诉张玲说话注意些。"

小萌拉住他，"算了吧，你别过去。"

吴俊回头，见叶小萌已将乳罩除下。叶小萌将吴俊拉向自己的怀里。叶小萌的声音极大，吴俊想隔壁一定听见了。他几次想要停下来，又被小萌拉下去。等他疲惫地躺下，隔壁已悄无声息。

吴俊不知该怎样安慰叶小萌，只是从背后搂着她。后来他以为叶小萌睡着了，抬身看看，却见小萌瞪大着眼睛，嘴角挂着冷笑。

第二天一早，吴俊担心的尴尬并没有出现。张玲和叶小萌都抢先打招呼，手拉着手合影。相反，汤文进的表现倒有些不自然，他的眼睛里布满血丝，哈欠连天。吴俊问："昨晚没睡好？"汤文进说："你们怎么不小点儿声？"他忍不住去看叶小萌，叶小萌正冲他笑着。她穿着一件低领的白色 T 恤，胸前很丰满的样子。

张玲提议沿湖边走走。他们经过一片沙滩，几个在这里出租马匹的农民争抢着迎上来，纷纷喊道："骑一圈吧，马老实，保证安全，一圈才十块钱。"

那几匹劣马身上搭着脏兮兮的鞍具，无精打采地啃着地上的青草，有时抽搐一下，打个响鼻，那是为了赶走叮在身上的瞎眼蠓。

汤文进说："吴俊，要不要骑一次？我记得那次咱们一起在哈尔滨的太阳岛骑马，你差点儿掉下去。"

叶小萌说："看来吴俊读大学时掉价的事还真干了不少呢，汤哥，你多说几件让我听听。"

张玲说："我看还是让吴俊自己告诉你的好。"

"吴俊讲的都是他过五关斩六将，走麦城的事他可一句也不会对别人说。"叶小萌看着汤文进，笑眯眯的，一副天真的样子。汤文进慌忙移开目光。

远远地，他们看见了一排漂亮的房子。他们沿着坡地登上去，却发现这是一个自成天地的私家别墅区，除了穿过那里，再找不到其他路径。透过别墅区的栅栏，可以看见里面的网球场和游泳池。里面的甬路边种着花草果树，还有北方不多见的讲究的假山。他们找到一个用铁丝拧着的铁门，将门打开，就来到了游泳池的平台。游泳池里没有水，白色光滑的瓷砖反射着阳光，远远的竟像涂了一层蓝釉。

他们决定在这里选几个景拍几张照片。

吴俊边用相机选景，边羡慕地说，"要是每年能在这种地方住一段时间该有多好。"

　　叶小萌不屑地说："吴俊，你真没有理想，你就不能设想将来挣到大钱建一处自己的？"她转头对汤文进说："汤哥，我看和吴俊是没有希望住上这样的房子了。将来你要是发达了，一定不要忘记请我到你的别墅里做客呀！"

　　"那当然。"汤文进很受用地答应着。他的脚尖被张玲狠狠地跺了一脚。

　　吴俊心中不大畅快，他已经发现了叶小萌的企图，这时悄声提醒她："小萌，你可不准胡来。"

　　没想到，叶小萌将他的话大声复述出来，"汤哥，你猜吴俊和我说什么？他告诉我不准胡来，他怕我勾引你。"然后笑起来。

　　其他三个人面面相觑，都不知道说什么好。回应笑声的却是狗叫，一条凶猛高大的狼狗从五十米外的地方边吠边跑，一直向他们冲来。几个人慌忙跑到拱桥上面，狗狂吠着眼看便扑过来。张玲躲到吴俊的身后，吴俊张着两手，身边连一块石子也找不到。更糟糕的一幕终于出现了，叶小萌一下子扑到汤文进的怀里。两个男人都僵在那里。张玲不知在哪捡到一个拖布杆，发疯一样迎着狗冲过去，那狗一愣，掉头就跑。吴俊跑过去打开刚才进来的便门，张玲断后，几个人盯着那条随时可能再扑过来的狼狗，慌张地退出来。

　　吴俊第一个来到外面，他的嘴唇都发白了。现在最镇静的是叶小萌，她看着吴俊取笑道："吴俊，你的心理素质也太差了，你这样的男人怎么靠得住呢？一条狗就给吓成这样。"

　　吴俊打量叶小萌，像在打量一个陌生人。他想，他迟早要给她毁掉，而且，也许他就要失去她了。他辩解说："我怕的不是狗。"

叶小萌笑起来，"你怕的不是狗，难道是我把你吓成这样吗？"

吴俊脸红了，头顶发热。他现在能想到的，就是迫切地需要做一件什么事给她看，来证明他不是懦夫。这时，他看见了沙滩上的那几匹马。

吴俊跨上马背，汤文进他们刚好来到沙滩上。他向他们招招手，踢踢马镫，抖动缰绳，可是那匹劣马动也不动，仍在低头吃草。

"怎么搞的？马不喂饱就拉出来？"吴俊埋怨牵马的农民。

那个农民也急红了一张黑脸，他好不容易牵转马头，然后拉着马小跑起来。

"能不能快点儿？"吴俊觉得自己的形象滑稽极了，他大声招呼让那个农民撒手。

马还是跑不起来，最后干脆站下了。吴俊听见了叶小萌的笑声，那笑声针一样直刺他的耳鼓。他恼怒起来，从口袋里掏出了水果刀，使劲划在马臀上。

沙滩上的人看见那匹马嘶叫一声，突然狂奔起来。吴俊的头发被风吹起，衣服飘鼓，他的姿势完全像是一个高超的驭手。

那匹马载着吴俊跑下沙滩，一直向湖边冲去。所有人都目睹了那骇人的一幕——那匹马踏上一块礁石，双腿跪倒，吴俊被甩离马匹，划了一个好看的弧线，向湖里弹射而去……

冬天的时候，叶小萌独自来到湖上。她已经离开了吴俊所在的电脑公司，不用说，他们已经分手了。她搭了一辆出租车，快进山的时候她看见了一家邮局，她走进去试着给汤文进打了一个电话。电话是张玲接的，没问她是谁就开始大骂汤文进。叶小萌好容易才听懂了，他们十天前刚办了离婚手续，汤文进独自一人去了广州。骂了半天，张玲才想起问一下对方的姓名，叶小萌挂断了电话。

冬天的旅游地所有的宾馆都关闭了。就在她来的前一天，有人在湖上的冰窟里发现了一具被分解掉的尸体。碎尸案使当地的住户十分兴奋，他们面带笑容，警惕地打量每个陌生人。

叶小萌去了那个带游泳池的别墅区。别墅区里还是空无一人，甬路上的雪没被人踩过，好看的松鼠爪印一直延伸到假山下面。她在那院子里走了几个来回，奇怪的是，这次没看见狗。

湖边的夜晚

　　交通宾馆距丰满小镇约有五里的山路。旅游旺季，这里的房间总是住得满满的，接待着各种会议。因为坐落在松花湖边，甚至有两年吸引了同一批作家到这里来开笔会。他们整晚地坐在水泥台阶上，看着湖水交谈。在楼后的水泥凳上写作，在山坡上跑着学乌鸦叫。此时这里却静极了，现在已经是十月中旬，那些在山里避暑的人早已经下山了。看看宾馆看门人惊奇的眼神，便可知道这里有好长时间没有接待过客人了。她们差不多成了这家宾馆的最后一批客人。

　　她们一共六个人，在一号楼开了三个房间。服务员一边开门一边抱怨，她们的到来使她错过了下山的汽车。如果不是她们早晨就打电话预订房间，她这会儿没准正坐在家里看电视呢，宾馆已经决定从今天下午开始正式歇业。她们当然不会道歉，她们当中至少有三个人认为那小妞是出于嫉妒。她们完全有理由这样认为，谁都看得出来，她们从事的是很好的工作，过着优裕的生活，更重要的是，她们在成家之后仍有好心情结伴出游。

白天在湖上，她们一上游船，就立刻吸引了所有人的目光。她们指着湖边钓鱼的窝棚大喊大叫，嘻嘻哈哈彼此打趣、暗中却比赛着谁最能吸引男人的目光。最后她们一致认为黄梅在六个人中最出风头，"真让人嫉妒！"陶洁挥着胖胳膊捅黄梅的腰眼，"你的那位白马王子上钩了。他要是也能那样看我一眼，我立马过去和他拥抱。"

船舷的确倚着一个小伙子，穿着一身白西装，虽然过了节气，却更加抢眼。黄梅早就注意到那个男人偷偷地注视着她，她向他匆匆看了一眼，那个男人慌忙会意地一笑。

想起白天的事，黄梅不自觉地又笑出了声。房间里只有她自己，女伴们都在隔壁。她忽然间就觉得很疲惫，想躺下来休息一会儿。刚刚倚在床头，一个小动物便爬上了她的胳膊，是一只叫花大姐的瓢虫。她拉开窗帘，一股腥膻气味扑鼻而来，天啊，水泥窗台上覆盖着一层瓢虫的尸体，玻璃窗上也爬满了虫子。她惊叫起来。回应她的是走廊里女伴们的笑声，她们正为一句放肆的粗话兴奋不已。黄梅将后半声惊叫咽了回去，泪水却在眼圈里打转。像所有已经习惯了被人呵护的女人一样，一旦失去了庇护，便难免惊慌失措。她毕竟结婚不过两年，正醉心于在丈夫面前使点儿小性子，喜欢用小时候翻手绢一样的小花样让他俯首帖耳，相信丈夫不会背叛，爱她爱得发疯。

服务员早已不知去向，黄梅在服务台找到了笤帚和撮子，忍受着腥臭打扫房间。虫子足足扫了半撮子，好在洗手间有水，她将虫子倒进马桶冲了下去。打扫窗台时，她看见窗外的那排白铁皮房子上着锁，冷气开放和供应冰镇啤酒的牌子仍然挂在门口。就在几个月前，她和丈夫接连十天每天晚上都在冷饮屋坐上一个小时，她喜欢里面的一种黄色的冰糕。然后他们便站在叫作水碧的回廊里赏花。冷饮屋和楼房中间的回廊种着矮棵冬青和马蹄莲，还有紫杉和连翘，每株花树的茎上都拴着一个椭圆形的小铁牌。

夏天的情形让人难忘。那时正值六月中旬，结婚纪念日那天他们来到了这里。住进来的第五天，对平静的江水和湖畔的蛙声开始有点儿厌倦的时候，因饱尝了爱情的甜腻，极尽了欢爱，他们开始渴望重新回到人群中去的时候，那些衣着随便不拘小节的作家们住了进来。这一对小夫妻立刻引起了作家们的注意，为了满足编故事的癖好，也为了证明他们由自己推及别人的对爱情的不信任，几个男作家轮番地向她献殷勤，一个容貌清秀举止轻佻的女诗人则开始给年轻的丈夫写诗。一天早晨，她发现丈夫悄悄地起了床，她故意装睡，想要弄个究竟。不一会儿他便回来了，为她采了一大把带露水的野花。美丽的花朵预示着美好的前景。他们重新躺回床上，紧紧地拥抱在一起，发誓要用毕生的事实证明他们的感情是怎样的牢不可破。

在丈夫去深圳出差的十几天里，黄梅每晚都守在电话旁边，无论多晚，丈夫总会给她打电话。但是前晚电话没有打来，昨天一早他向她解释说他喝多了。他是一家药厂的会计师，本来推销工作并不由他负责，可他正在竞选厂长，迫切地需要大宗订单来证明他的多方面才干，和客户接触时多喝几杯也是正常的。她在心里早已原谅了他，可嘴上仍不依不饶。恰好第二天是周末，她告诉他说她准备出去旅游。显然丈夫把这当成了气话，他已经订好了周六的机票，下午 4：00 即可返回长春。"你可想死我了，"他说，"在家做好吃的等着我。"

她说："你想得美呀！"

没想到，周五中午她竟然真的安排了这次旅游。

吃午饭的时候，黄梅一直想着南方的阳光，她想：这会儿丈夫在做什么呢？见她心不在焉，几位同事便取笑她，"黄梅想老公想疯了。"陶洁用汤匙敲着饭盆，"你不用着急呀，他明天不就回来了吗？"

黄梅被说得害羞起来，"你当我在想他吗？他一年不回来我都不想。"她说，"我早想好了，明天我准备去松花湖，你们还有谁去？"

出乎意外，她的话立刻引起了回应，陶洁第一个响应，很快又有四个同事要求同去。银行的营业室只有主任一个人是男性，他吃惊地看着几个年轻的女职员在为旅行做着种种计划，他认为她们不会是认真的。

旅游计划超出了黄梅的想象，陶洁和叶红梅竟然提议在松花湖过夜。作为发起人的黄梅后悔也来不及了。陶洁和叶红梅都有孩子，黄梅怎么好意思说她的家里放不下呢？

坐在从长春发往吉林的客车上，黄梅仍然无法开心，她有一种被绑架的感觉，担心丈夫看不见她留在餐桌上的纸条。直到丰满水电站的大坝赫然出现在前方，她的心情才好起来。叶红梅提早安排了交通宾馆作为落脚点。这样安排，黄梅总算心理平衡了一些，因为夏天的经历，她对这家宾馆充满了好感。

十月的松花湖已见萧瑟。白天还可以看见水汽蒙蒙的松花江水，看见山峦之上的那五颜六色；到了夜晚，空山里只剩下风声，间或有乌鸦叫，应和着不真实的犬吠。犬吠声是从距宾馆半里路的村子里传来的。村头有一家个体旅店和一个停车场，泊着几辆出租车，司机都穿着棉大衣，耐心地也无望地等着急于下山的乘客好宰上一把。这晚他们身上的棉衣派上了大用场，将近晚上九点，天空掉下了雨点儿。

雨点儿打在窗户上，几个人一齐将头转向窗口，有人不觉皱了眉头。她们玩扑克一个小时了，早有些腻了，由于女性特有的弱点，她们的情绪悄悄地发生了变化，只是碍于脸面不肯公开说出自己对家里的牵挂。出来放松一下的初衷变了味，变成了可憎的一时意气。如果不是怕第一个往家里打电话遭到他人的耻笑，房间里那部电话早就有人煲粥了。

九点半钟的时候，黄梅终于忍不住了，她走到电话旁边。她的手给叶红梅摁住了。"我来给你打。"叶红梅笑嘻嘻地，在办公室里，她是被公认为花样最多的人。

果然，叶红梅找到了一个刺激的玩法，"看看那几个家伙谁会禁不住诱惑。咱们试探试探他们，谁要是心里没底赶紧说出来。"

"先往我家打，"张玉清第一个喊起来。张玉清一直疑心丈夫对她不忠，这在办公室已不是什么秘密。

看得出，张玉清紧张极了，她故作轻松地笑着，嘴角却僵硬，眼睛瞪得大大的。

"就你一个人在家吗？"叶红梅的声音还真有种催眠的磁

力，从没人对她声音动听提出疑义。

"你是哪位？"电话里声音很粗，大家都能听清楚。

"你不用问我是谁，你要不要人陪陪你呀？"叶红梅眨眨眼睛，示意到了关键时刻。

电话挂断了，张玉清长出了一口气，"哼，谅他也不敢。下一个谁来？"

"对，我和孩子在家，陶洁去吉林了，你是哪位？"陶洁的丈夫大声问道。

"那你一定寂寞吧？要不要我陪陪你呀？"

"别开玩笑，你是谁？"

"我这里是吉祥夜总会，离你那有多远？你能来接我吗？"

"你男人真粗鲁，他骂了我一句。"叶红梅给了陶洁一拳。

第五个轮到黄梅。叶红梅说："黄梅，别那么自信，没准他就会上钩。你不是留了纸条在家吗？"

黄梅说了电话号码，陶洁把她推到一边，几个女伴把头凑上去。黄梅倚在床头，笑着看同事们恶作剧。

"要不要我陪陪你呀？"叶红梅的声音有些不自然，黄梅的心一下子提到了嗓子眼儿。

对方讲了足有一分钟，不等对方讲完，叶红梅就挂断了电话。几个同事都转过来看黄梅，叶红梅说："他好像听出了我的声音，知道咱们在和他开玩笑。"

黄梅的头嗡的一声，脸腾地红了，"你再打一遍，你肯定拨错号码了。"

"我来拨，黄梅，号码是多少？"陶洁抢先拿起电话，黄梅凑上前去。

的确是她丈夫的声音，"小姐，电话怎么断了？你是在哪打电话呢？"

他好像没开玩笑，没开玩笑，这个混蛋，他上钩了。黄梅的脸唰地白了，眼泪几乎当场就要流下来。事后，她想当时她根本没有为丈夫的背叛感到伤心，她的感觉是给人当众剥光了衣服。

接下来，丈夫说什么黄梅再也听不完全了，反正他在说着她从没听过的粗话，那些话即使在床上他也从没和她说过，她羞得无地自容。

气氛完全给这个电话破坏了，大家不知道该怎样安慰黄梅，最好的办法是当什么也没有发生过。她们又开始玩扑克了，黄梅的表现出乎大家的意料，她脸色苍白，不停地冒虚汗。"看我回去不收拾他。你们算把我害了。"她这样说，大家便松了一口气，她们都怕黄梅受不了这个打击，当场便哭闹起来。她们七嘴八舌地说笑话，往别的话题上引，故意为一张牌争得面红耳赤。黄梅也藏了一回牌，被她们从羊毛衫里翻出来。

"我去找服务员要壶开水，渴死我了。"扔下牌，黄梅走了出去。

过了二十分钟，黄梅仍然没有回来，房间里她的化妆包也不见了。她们追到停车场，一个小伙子告诉她们，十分钟前有一个姑娘搭上一辆出租车下山了。"这会儿早到镇子上了。"小伙子说："那个姑娘好像有什么急事要赶回长春去。"

那雨越发大了。空山夜雨，几个人抖成一团，面面相觑。

　　不一会儿，小镇便给抛在了后面。现在，出租车正在沿江的公路上向前疾驰。她看不见外面的情形，沿途的灯光她也视而不见。她的身体被屈辱涨满了，她只想快点儿赶回去，质问他，打他的耳光。司机是一个十八九岁的小伙子，好像看出了她的情绪恶劣，知趣地沉默着。后来他便不自然起来，偷偷地打量他的乘客，心里却在渴望发生一场艳遇。

　　明天这件事就会传到所有人的耳朵里，一想到同事们怜悯的目光，也许她们还会幸灾乐祸，她的身体就一直凉到了脚后跟。她回忆起丈夫从深圳给她打电话的时候，她还听见旁边有女人的笑声，谁能保证他在外面会规矩呢？即使谈恋爱的时候，他的眼睛也没忘记对街上的女人瞧来看去。还有，他总是借口出差，她却从没怀疑过其中有诈。这个混蛋，原来他一直都在欺骗她，而她就像是一个傻瓜。一个念头蓦地窜上心头，她要报复他。

　　这个念头一起，血一下子涌上来，撞得她的头嗡嗡作响，几乎陷入迷乱。她热极了，不知不觉中，她已解开了衣扣。如果就她自己，她会将全身的衣服都脱掉，连扎头的皮筋套也不留，她就那样赤身裸体地挨雨淋，也许只有秋天的雨水才会让她平静下来。如果这个时候随便哪一个男人向她招手，她都会义无反顾地迎上去。仿佛丈夫就在她身边，她要大声告诉他："你瞪大眼睛看一看，你干的我也会！"

　　这时候，她才认真打量了一下她乘坐的这辆车。司机是不超过二十岁的小伙子，唇上的胡子刚刚变黑，那孩子分明已魂不守舍，先前他只是从镜子里偷看，后来他干脆一次一次地回头。

她挑衅似的看着他，她听见了司机粗粗的喘息声。

"你可以打开车窗。"小伙子结结巴巴地说。

"你想要我吗？"急促而冲动，她发现说出这种话并不困难。

"你说什么？"小伙子一哆嗦，他险些踩错油门。

"你说什么？"他又问了一句，他看见他的乘客脸色苍白，瞪着惊愕的眼睛。

她给自己吓坏了，一下子掩上衣襟。"我说，我要下去。"

雨仍在下着，风从还没有收割的玉米地上方掠过。田野里散发着粮食凉津津的清香。她打起哆嗦，此时，她的头脑完全清醒了。天哪，我差点儿干出什么事？泪水冰凉地流出来。身后不断地有车驶过，碾着落叶和雨水发出唰唰的声音。城市在雨雾中显出了巨大轮廓。半里外，一家汽车修理部灯火通明，几个人正在忙碌着。看着女人抽泣的背影，小伙子沮丧极了，他痛悔自己错过了一次绝好的机会。他使劲地拧了一下自己的大腿，嘴里丝丝地吸着凉气。他猜这个女人不可能再搭他的车了。

黄梅返回长春红旗街的家中已是凌晨。她换乘了一辆出租车赶到吉林市火车站，又在夜半之前乘上了从吉林开往长春的火车。

长春没有下雨，落着的是街道两边飘零的树叶，第一班有轨电车咣咣当当地碾过铺着清霜的铁轨。电车并没有像想象中的那样卷起路基上的树叶，落叶上覆了一层清霜，沾在湿凉的石子路上。

黄梅跌跌撞撞地上了楼。站在自家的门口时，恐惧将她扼住了，她早已忘记了仇恨。她哆哆嗦嗦地开了门，然后几乎是跳进了屋里。

现在，一切都过去了，危险被关在了门外，所有的屈辱也被关在了门外。

她倚着房门，泪水方才汹涌而出。

室内的情形和她离开时没有任何变化，厅里的霓虹灯发出柔和的光亮，她留给丈夫的纸条放在蛋糕上面，桌子上摆着她临走时洗好的水果。总之，没有任何进过人的迹向。

她昏昏沉沉，仿佛刚从一个噩梦中醒来。她还没来得及想这是怎么一回事，电话响了。

"出了什么事，电话不是串线就是没有人接。我差不多整晚都在打电话。"

丈夫的声音焦急而缥缈，他告诉她，由于一场罕见的龙卷风，航班延误了，他到明天早晨才能登机。

但丈夫说的什么她一句也听不清，而声音又像雷一样在耳边回响，她的泪水肆意流淌。

他听见了妻子的哭声。

"你怎么了，告诉我，发生了什么事？"

她的手死死地攥着话筒，仿佛抓住的是一件失而复得的珍宝。她感到了从未有过的幸福。

"我想你，你快回来吧！"她哭着说。

彩　票

经验告诉我们，发财的机会几乎比比皆是，比如最快捷的现在就有一种，街头不是卖彩票吗？你怎么知道你就肯定不会中个头奖，从而拥有别墅或者汽车呢？

马长青就是这样想的。他是市里一家经济类干校的食堂管理员，长相没有什么特别的，拥有你认识的那些厨师朋友的共同特点，面色白里透红，喜欢袒露前胸，眼睛略有红肿，体态肥胖。他尤其具有务实的精神，热衷于参加各种媒体举办的竞猜活动和幸运抽奖，并且尝到过甜头。就在年初，南京的一家方便食品公司还寄给他一对枕巾和一张荣誉卡，从哈尔滨一家啤酒厂的代理商那里搬回了两箱啤酒。他的运气真是没的说，只是缺少更有说服力的事例来给予证实。

这一天傍晚下班，他和平常一样，骑着自行车穿过操场。操场上十分嘈杂，正在同时进行三场排球比赛，欢呼声此起彼伏。学校建在郊区，铁栅栏外面便是农民的菜地。菜农们在日落之前给西红柿和香瓜浇最后一遍水，傍晚的火烧云让他们对气象预报中的雨水已经彻底失望。他们一边卖力地干活，一边火气很大地斥责出去疯跑的孩子，抱怨妻子没有严加管束。风还送来闷热的农家肥的气味。这种情形要持续两个小时，月亮升起的时候，校园里会静到只剩下一片虫嘶。

　　一向喜欢热闹的马长青这晚没什么好心情。他租住的房子租期快要结束了，而他和校方的交涉却毫无结果。总务处答复他也许会分配给他一间房子，可那要等到房改完毕之后。房改的方案从出台到进行可行性研究，再到具体操作实施，差不多需要三年的时间。这就等于告诉他不要再对学校抱什么指望。骑到校门口，马长青也没有想好该怎样劝慰妻子。林迟是小学数学教师，活到三十岁，最大的梦想是能在海边生活，可她嫁给了一位厨师。如果生活条件好转，她还可以吃到烹调讲究的海鲜，但这和大海毕竟相差万里，是两回事。两年前，他们有了一个可爱的女儿，林迟不得不请长假在家里照顾孩子，心情经常变得很坏，她不愿意离开讲台，又无可奈何，每月除了房租水电，他们没有多余的钱请保姆。

　　在校门口，马长青被赵燕拦住了，她在厨房做饭。晚饭串烟，挨了马长青的批评，她特地等他想要解释一下心不在焉的原因。这原因她讲过一百遍了，她的丈夫在外面有了外遇。她不给马长青插话的机会，免得他借故溜走。马长青心里焦躁起来，就在这时，一颗黄豆粒大的雨点儿砸在他的脑门上。赵燕也愣了，因为她亲眼看见天上掉下了那颗雨点儿，还有马长青用手擦下的水珠为证。

"咱们明天再说,下雨了。"马长青跨上自行车。他又下来了,这是一个晴朗的夏日傍晚,夕阳给天空镀上了一层火红的云霓,一个晴朗得不能再晴朗的傍晚。

赵燕发出刺耳的笑声,她用手绞着皮包带,几乎笑岔了气。好容易停下来,"小马,"她说,"你去抓彩票吧,这可是天上掉下来的运气。"

马长青仰天四顾,他们站在校门口的空旷处,只有马路对面的建筑工地有一只脚手架,距离也在四十米左右。这颗雨点儿来得确实怪异。

二十分钟以后,马长青来到了工人文化宫门前。骑过省宾馆的时候,他听见彩票发售中心通知服务人员打扫场地,他加快速度赶到那里,服务人员正在往车上搬冰箱和彩电,奖品只剩下一辆轿车仍在展台上,反射着灯光,愈发乌亮。场地里人已经不多了,大声说话的只有门口那几个假借抓奖名义卖鞋的小贩,他们的鞋摊旁边摆着朱古力豆和洗衣粉。还好,马长青终于找到了一个举着盒子的妇女。

"还剩下 16 张,"妇女说,"不买就没有机会了。明天这里要开辟下岗人员再就业市场,半个月以后彩票才允许再次开市。怎么样,不碰碰运气? 5 元钱一张。"

马长青有些犹豫,对于他,80 元相当于女儿的 5 袋奶粉,相当于妻子的一件衬衣,相当于,他用不着再换算了,卖彩票的已经走开了。她是中心临时招募的人员,工资从发售的彩票中提成,在这里工作了几天,人多少已有些势利。马长青被她最后的眼神激得冲动起来，"你站住，"他喊道，"还有多少张彩票？我全买了。"

那个妇女走回来，低声说："兄弟，你可不要生气呀，我就是讨厌那个人，他跟着我半天了，想买彩票又舍不得花钱。"

确实，那个外地民工一直手插在衣袋里，盯着彩票盒子。这会儿，他终于下了决心，凑了上来。

"还有吗？我买1张。"他操着胆怯的南方口音。

"没有了，刚才你干什么了？这位先生16张都买了。"妇女呵斥道。

"你能让给我1张吗？就1张。"小伙子期待地问马长青。

"要买就买8张，我替这位先生做主了，买不起你就躲开。"妇女抢先回答。

小伙子愣了一下，见马长青已开始用指甲刮彩票上开奖的铅粉，他咬咬牙，脸涨得通红。"8张就8张。"他拿出40元钱递上来。

"让给他8张吧。"妇女和马长青商量说。

本来马长青全部买下就有些后悔，乐得做个人情，他从盒子里数出8张递给那个小伙子。

都刮开了，什么也没有。马长青啐了一口，有些扫兴。他抬头，看见那个小伙子正向开奖台跌跌撞撞地跑去。

"他真中大奖了？"妇女诧异地嘟囔。

他们正看着，台上的麦克风已经喊了起来。

"朋友们，朋友们，大奖啊，大奖终于出现了。本次发售彩票中的最后一辆红旗轿车有了幸运的得主。朋友们……"

　　台上说什么马长青一句也听不清了，他大脑一片空白。他只知道他和幸运女神失之交臂。他的面色苍白，双膝酸软，双眼渐渐模糊，流出了泪水。他跳上自行车，飞快地逃离了那里。骑过儿童公园，确信已经听不见彩票发售中心煽情的宣传，他下了车子，绵软地跌坐在路边的水泥地上。

　　最先填补大脑空白的是懊悔，他已经将那张幸运之门的通行证拿到了，又愚蠢地给了别人，一念之差，还没来得及反应，一切都变了样。他努力地回忆，认定不该擦抹半小时以前掉在头上的那个雨点儿，现在说什么也没有用了，脑袋里嗡嗡作响，他恨不得回去找到那个替他做主将彩票转出去的妇女打她两个耳光。就是打十个耳光也于事无补了。他的心堵得发慌，憋闷得发痛，他想大喊几声，最后他从地上捡起一只谁扔掉的半截烟蒂。空气中波动的烟圈让他冷静下来，他想，他该回家了。

　　回家的路上，他极力想从那张该死的彩票中挣脱出来，可这怎么能做得到呢？那个长头发的民工怯懦和略带口吃的声音在他耳边萦绕不去，跑向开奖台时笨拙的脚步和可耻地摇晃着的身形在他眼前晃动，马长青真真切切地明白了什么是嫉妒。他恨不得……有什么用呢？那个抢了他的幸运的家伙没准正在犯愁怎么对付那辆轿车呢！要是他中了奖，他会首先给妻子打个电话，让她来看一眼，再将车开回来在学校里兜上一圈，然后，卖掉。也许不该这样张扬，那就将车直接卖给彩票发售中心，拿回属于自己的钱，怎么也有十几万吧！直接取钱可能不安全，那就让他们写下一张欠据，第二天再去领奖。他无法想象他将十万块扔到妻子跟前她会怎么样，别说真的看到钱，就是他中了大奖的消息也会让她惊喜若狂。他会拿上家里所有的存款带上妻子和女儿去市里最好的酒店消费一次，他只会在香格里拉和名门饭店中间做出选择。十万块毕竟不是一笔太大的数目，不能圆妻子在海边生活的梦想，但至少可以带她到大连或者青岛这样的海滨城市住上一段时间。如果他做了这样的决定，林迟一定表示反对，心里却会感激不尽。林迟会用这笔钱买房子。在这种时候，女人狂热是狂热，但是她们也许会比男人更早地冷静下来。女人的浪漫总显得很矫情，务实才更近于她们的天性。种种天真的假设只能让他更难受，更痛恨自己。他觉得这是一场梦，而且是梦魇。生活毫无来由地捉弄了他一番。

距离住处越近，双腿越没力量。踏进家门的时候，怨恨已经填满了胸膛，他一遍一遍地吞咽，咽下妻子早晨在尿盆里便溺的晦气，咽下她无休止的抱怨，咽下他们对未来种种美好的设想，咽下女儿整天看着墙角白霜的哭泣，咽下她吃荔枝和杧果时的贪婪，咽下他和妻子对女儿将来种种美好的憧憬。他什么也咽不下，难过就在舌头底下，苦涩，酸楚，只是没有甜蜜。

他倚着门框目光飘忽的形象一定把林迟吓坏了，她扔下孩子跑上前来，"长青，你怎么了？你是不是病了？"

他摇摇头，林迟嘘了一口气："你可吓死我了，我还以为发生了什么事。"

"我丢了十万块钱！"他艰难地说。

"你把单位的钱丢了？天啊！"

"不，不是单位的，是我们的，咱们家的。"

"我们的？咱们家的？十万块？"林迟扑哧笑了，"马长青你可真会哄我开心，自从嫁给你，我都快忘记钱长什么样了。要是没什么事，你赶快到厨房里给我做饭。这一天忙里忙外给你带女儿，都快把我累死了。"

"林迟，我没跟你开玩笑，就差那么一点儿，那么一点儿。"他狠狠地砸了一下门框。

这天晚上，林迟极尽温柔，早早地哄睡了女儿，在床上也表现得十分主动。她想以这种方式安慰身边这个受了创伤的男人。取得的效果却恰恰相反，这加重了男人的自怨自艾。他更加懊悔和内疚，联想到当下的生活，马长青怎么也无法从那张彩票中解脱出来。他当然明白非财不可得、是财躲不过的道理，可就是转不过弯来。

第二天，马长青明显消瘦了一圈。他租住的地方是城郊一片狭窄混乱的棚户区，虽然不断地传来小区改造的好消息，可这和马长青没有关系，他不过是一个看房东脸色的临时住户。在学校的工作间，他第一次发现周围的环境如此不堪。洗手池堵了，哪个学生在下水管塞了块吃剩的馒头。炊事员的帽子和锅台一样油腻，让他想起街头小吃部老板娘擦桌子的抹布。食堂前面是一排高大的杨树，除了扬起漫天恼人的叫作"六月雪"的杨花，再就是遮掉了办公室的阳光。存放白菜和粮食的仓库阴凉，散发着霉味，地当中有一小堆的老鼠屎，代替了撒放的老鼠药。没见到老鼠的尸体，显然那伪劣的鼠药成了小动物的美味。他下决心压住火气，不去想类似糟糕的事，恨不得塞上耳朵，免受抽油烟机和鼓风机刺耳的轰鸣。

于是他拿起了报纸。报纸的编辑们也仿佛和他作对，一块社会新闻版竟刊登了一组和彩票有关的消息。其中的一则是这样的，一个老人买彩票中了一辆自行车，一个小伙子借口请他帮忙，给了老人十块钱，乘他专心抽奖将那辆自行车偷走了。老人并没有吃亏，他用小伙子给的钱又摸到了一辆摩托车。接下来的一则消息和他有关——就在昨天，某建筑工地的来自南方的一位民工，只花了四十元钱买彩票就摸到了一辆轿车。有关彩票的报道刺激了马长青，他站起身来，恰好食堂的出纳员从他身边走过。他咳了一声，昨天傍晚的经历就像一个嗝，一下涌上来。他艰难地指着报纸上的报道："你知道吗？昨天晚上我损失了十万块。这辆车本来是我的。"他这样开了头。

女出纳员听完，认真地看了他几眼，见对方不是在开玩笑，她爆发出尖细的笑声，"你们大家都来听一听马管理员的故事。"她夸张地捂着肚子招呼大家。

很快他便发现，他成了同事取笑和私下谈论的对象，普遍的看法是他想发财想疯了，这样说的人是对他的故事表示怀疑。而相信的也没有表现出同情，他们的态度更近于嫉妒和幸灾乐祸。他们装出一副关心他的样子跑来打听昨晚的事，当他讲完，他们或笑或叹，眼角和嘴角却掩饰不住戏谑，不知不觉地流露出来。再好的故事讲十遍也会索然无味，奇怪的是他明知道对方不怀好意，可就是压抑不住倾诉的欲望。

这种现象在下午三点彻底走向了反面。院长召集后勤有关部门的负责人研究食堂改革方案，往常，这种场合马长青一般是不发言的，除非领导问到他。当处长将学生写给院长的反映食堂伙食不好的信转到他手里时，他忽然听见一个奇怪的声音："你们知道吗？昨天晚上我损失了十万块。"他一愣，发现包括院长在内，所有人的目光都盯着他。

处长不满地说："小马，院长正在和我们谈工作，你的事会后再说。"

可是马长青已经无法控制住嘴巴，他几次想要缄口不言，舌头却不自觉地自己翻动。舌头背叛了他，嘴唇成了同谋，口腔成了共鸣箱。甚至舌头任意添加的细节，包括他自己也是第一次听说。他恐惧地捂住嘴巴，嘴里发出唔唔的声音，嘴唇剧烈地抖动。他冷汗淋漓，可是手一移开，故事就会自己流出来。他瞪大的眼睛把大家吓坏了，他好容易腾出右手来，艰难地写下一张纸条，扔给了目瞪口呆的院长，然后跑出了院长室。

"我不想说，可我控制不住。"这就是纸条上写下的话。

马长青捂紧嘴巴跑回自己的办公室，将门锁死。他试着将手放下，他又听见了自己的声音。他恐惧极了，汗湿透了衣服。他将毛巾塞进嘴里，用牙咬住。他感到口干舌燥，喉咙如针刺一般。他的眼前不停地闪动院长的眼睛，耳边的声音渐渐变成了处长恼怒的提醒。"院长一定以为我疯了！"他悲哀地想。

确信情况有了好转，他走去校医室。他一进门，几位医生立刻停止了说笑，互相交换着目光。显然马长青是他们刚刚说笑的对象，并且他们已听说了他在院长室的表现。

"我正要去看你，"张医生说，"这种病例我还是头一次遇见。"

"都是那张彩票害的。"马长青喘息着说。他的声音沙哑了，眼睛里布满了血丝，"你知道吗，昨天晚上我损失了十万块。"像是小水坝决了堤，故事又流了出来，他慌忙捂住嘴。那几个医生饶有兴趣地听着，见他停下，张医生提醒说："你讲到那个民工花了四十元钱，可你干吗要给他那几张彩票呢？"他边说边向同事使着眼色。他看见马长青的脸色憋成了绛紫色。他这才重视起来，"看来我应该给你打一针镇静剂。"他站起来，他没躲过对方抡起的拳头，马长青一拳打在他的鼻梁上，打飞了他的眼镜，打出了他的鼻血。

马长青知道自己再也无法忍受人们的奚落。如果在医务室待下去，他不知道自己还会干出什么事来。走出楼门口，他忽然发现，他忘了捂嘴，而"故事"并没有流出来。他试着张了张嘴，舌头确实控制住了，只是嘴唇在轻微地痉挛。

回家的路从来没有像今天这样凸凹不平，这样漫长难行，往日十分钟的路程，这晚他走了足有半个小时。看见家门的那一刻，他双腿发麻，觉得全身的力气都被耗尽了。

晚饭时马长青的嘴唇再次发生了痉挛，抽搐的面积扩大到了左腮。他强忍着没有把哭闹的女儿扔到门外去。林迟识相地搂着女儿先睡了，破例没有催他洗脚。本来他已经想好了要踢翻洗脚盆发泄发泄。林迟像是看透了他，就是不给他发作的机会。

马长青独自来到户外。夜露打湿了野玫瑰的花瓣，风轻轻地送来火车冷清的汽笛声，城市的暑气刚刚消散，灯光却在搅扰月亮的清晖。浊气冲天的城市早已没有真正的夜晚了，他想，这个城市里这会儿也许只有他一个人在为生活发愁。在此之前，他一直觉得充满希望，从来没有像今晚这样跳出原来的生活冷静地想一想。他一向引以为豪的工作环境和好人缘一个白天就彻底颠覆了。妻子不加修饰的脸上的皱纹，衬衫上的两块泛黄的奶渍变得触目惊心，生活原来竟是这样的冗长无望。城市不属于他，就像一片墓地碑林，隔膜而巨大。身边的一切让人窒息、压抑。从那张彩票开始，生活变成了一个越束越紧的圈套，不但戏弄他，戏弄过后又将他抛弃了。现在他真正认清了周围的一切，他和这世界隔膜着，此前之所以满足，是受了生活假象的欺骗。

房东的屋子里传出连串的咳声。房东是一个脾气暴躁的鳏夫，酒精泡硬了他的肝，对消除口臭却没什么帮助，林迟最怕的就是他逗弄她的女儿。在十天以前醉酒之后，那鳏夫点燃被子烧坏了双腿。想起房东贴满膏药的双腿，马长青压抑不住一阵恶心。这时，他的舌头又跳动了一次，他恐惧地捂着嘴逃进屋子里。

马长青为在校医室的鲁莽行为付出了代价——他被校方停止了工作。一周时间，他的生活已经变得一塌糊涂。尝试了十几种安眠药和镇静剂之后，他开始酗酒。由于他的自暴自弃，夫妻关系也出现了裂痕。忍受不住舌头跳动和面部痉挛引发的烦躁，他对林迟大打出手。可是用不了一会儿，或是妻子弯腰时让他看见了乳房，或是妻子给女儿冲奶时晃动了臀部，都可能让他想入非非，身体产生冲动，生出了怜惜的温情。他恬不知耻地道歉，为了博得妻子的强颜欢笑，他在地上跳着学狗叫。一旦两人和好，他又故态复萌，心中充满了恶意。

夜里，他梦见自己的胸部涨满了，那口郁积的闷气膨胀开来，涨到了腹部，他看见了肚皮上的毛细血管。他绝望地想坐起来，可是无法移动。一种撕裂般的痛楚向他袭来，然后砰的一声。他清楚地听见了肚皮爆炸的声音，醒来，他大汗淋漓。点燃一支烟，定定心神。他想，如果在这屋子里再待下去，他也许真的会像一只气球一样炸掉了。

怕在家里闷下去丧失理智，马长青清晨起来便走上街头。他漫无目的地走着，有两次横穿马路，险些给飞驰而来的车撞到，奇怪的是他对那些斥骂声充耳不闻。他想，应该想清楚导致他陷入目前这种境遇的原因。后来他在一处地方停了下来，看了那么久，眼前的一切终于有了印象，他驻足的地方是一处繁忙的建筑工地。搅拌机的轰鸣和密密麻麻的脚手架突出了工地的忙碌和嘈杂。光着脊梁的矮小的南方人紧张地推着运料车，在跳板上跑来跑去，落着水泥灰尘的黑红的后背隆着结实的肌肉。一粒小石子穿透屏障掉在他的脚下，他忽然想清楚了。有一个人应该为他现在的一切负责，就是那个从他手里买了彩票的南方人。为什么先前没有想到呢？他的五脏六腑像一堆旧棉絮一样给抽打着，腾起的怒气弄昏了他的头。就是那个家伙夺走了他的钱财，夺走了他触手可及的幸福生活。夺走的还不仅仅是这些，他过去的一切也被剥夺了。既然如此，他就有理由报复那个家伙。他想起那张乞求的脸可怜巴巴地看着他——至少该让他看看那张中了大奖的彩票是什么样子。他又想起那个南方人跑向领奖台时的动作，分明就像一只鸭子。他越想越难以忍受，怒火仿佛把他的头发点燃了，他一遍一遍地叮嘱自己，要保持冷静，要保持理智。

这个理智的人想起了几天前在报纸上看到的报道。他辨别一下方位，确定那个伤害他的人就在距他三站远的地方打工。马长青立刻迈开脚步，恨不得现在就用拳头捣碎那张被兴奋扭曲的丑脸。他毫不担心是否能够找到那个南方民工，即使一万人站在他的面前，他也可以一眼把他从人堆里挑出来。他大踏步走着，感到丧失的力量和信心又回到了他的体内。

他穿过了五条街道和一个农贸市场。在农贸市场的一个摊位，他想也没想便买下了两包老鼠药。他高兴的是他现在非常理智。对，他耳聪目明，应付眼前的事就像烧一锅豆腐泡那样简单，那样有把握。

现在，马长青站在一片庞大的建筑工地前面，他的对面，一座旧楼于定向爆破的烟尘和轰响中正在慢慢地塌落。他站在看热闹的人群中被推来搡去，他的手心湿湿的，塑料袋里的鼠药却很爽脆，稍一用力就可以捻成碎末。身边的人都指指点点，微笑着，有的还把孩子举过头顶。马路堵塞了，出租车司机烦躁地按着喇叭。这个时候，马长青才发觉人群的庞大，而且这处建筑工地有十几座楼正在兴建，要找一个不知姓名的人是何等的艰难。

正像他想的一样，一开始他就碰了钉子。"你躲开那儿，工地危险你知不知道？"一个工头模样的人怒气冲冲地向他喊道，

"你到别处找，我们这没有，你站在这干什么？还不快走？"

他在建筑工地转了一天，没有找到任何线索。但也不是没有一点儿突破，至少有三个被问到的人知道有这回事，两个人说报纸报了这件事，一个人说听别人谈起过。他们异口同声地说："要是我有这么好的运气，你想我会怎么办？早拿钱回老家了。"

这让他十分沮丧，这些人说得没错，换了他，也不会再干下去了。也许那个幸运的家伙这会儿正在老家晒太阳呢！他倚着一排砖垛坐下来，一直坐到太阳消失在海关大楼的后面。

接下来的事情就变得有些不妙了，先是有一个人走过来坐在他的身边，凭直觉，马长青也知道他不是这个工地上的人。果然，对方故作轻松地盘问起来："你找那个民工干什么？你们认识吗？"

周围的人多起来，立定了看，交头接耳。那个人很不满，示意人们散开，工地上的人慢慢地挪动脚步，距离稍远一点儿又站下转回头。

马长青警觉地东张西望，含混地说："我看了报纸，想看看中大奖的人长什么样。"坐着的人显然不信，继续审视他。

什么东西咔咔作响？响声发自他的口袋，是那两包老鼠药，这会儿却像两只老鼠一样活动起来。

马长青惶恐地站起，把手伸进口袋，结果响声更大了。"镇静，镇静，只有镇静才能理智，只有保持理智才不会出错。"他在心里不断地告诫自己，故意放慢脚步，留心不被砖头绊倒。来到马路上，他差不多虚脱了。还好，并没有人追来。

马长青病了，高烧不退，浑身酸软。肉体的痛苦加剧了心头的痛楚。后来，他忽然恐惧自己再也站不起来了，才慌张地爬起。

这天早晨，他猛然想起租房的期限已过去了三天，房东并没有赶他，也没有找他提高房租。凝神细想的时候，他听见了房东的咳声，他的舌头应和着那咳声开始一下一下地跳动，然后嘴唇又开始了新的一轮痉挛。"叫他闭嘴，叫他闭嘴。"他顾不得吵醒孩子，含糊不清地招呼妻子。他大口大口地喝水，力图使自己镇静下来。他发现了扔在墙角的老鼠药，他的眼睛被刺痛了。他想，趁他还能保持理智，他得给这两包老鼠药派个用场。

林迟听见了丈夫的喊声，但她没有回应。连日来，她已被丈夫的神经质折磨得狼狈不堪。她正在炉子上帮房东熬药。多种气味混合在一起，看着闪动的火苗，她默默地流着眼泪。看上去，丈夫对于窘迫的生活失去了信心，在学校里，第一次发现同事们彼此充满了敌意，震惊之余，他被这一发现压垮了。她想不出怎样做才能帮助丈夫渡过难关，拿不定主意是否应该送他去看心理医生。一想到丈夫没准会精神失常，她不寒而栗。她一刻不停地忙这忙那，害怕闲下来会想象未来生活的黯淡。

她主动帮助房东熬药，帮他打扫房间，耐着性子听他回忆他在"文化大革命"期间吊死的妻子，和某一次与朋友斗酒，或者一次杜撰的艳遇。那个老鳏夫被她感动了，答应让她们一家免费再住上半年。

药熬好了，林迟起身将火关掉。马长青就站在她的身后，手背在后面，似笑非笑地看着她。

"你进屋去看看女儿，我来帮你送药。"马长青温和地说。

林迟吃惊地打量丈夫，疑疑惑惑地向里屋走去。走到门口，她猛然发现，丈夫正往药里投放着粉色的颗粒。天哪，他在给房东的药里投毒，投放老鼠药。她尖叫一声，冲过去一掌将丈夫手里剩余的老鼠药打落。马长青一愣，眼露凶光，林迟以为他又要行凶了，没想到，马长青身子一下矮了半截，他猫着腰飞快地跑出了房门。

林迟手忙脚乱地将药倒掉，把药壶涮了又涮，然后跑回屋里，抱着女儿瑟瑟发抖。她怎么也想不通，丈夫竟会产生杀人的念头。原来她只以为马长青是忍受不住失意，万没有想到那张彩票给他带来的伤害如此之大，他竟然发疯了。一时间林迟六神无主，恐惧异常。

马长青确信面部的痉挛和舌头的跳动与房东的咳声有关。他已没有耐心把这种折磨忍受下去，报复的对象在不知不觉中改变了。他决定尽快采取行动，将房东干掉。既然投毒不成，他便准备瞅准机会将那个坏脾气的家伙勒死。如何摆脱林迟的监视是他最伤脑筋的事，林迟的目光一刻也不肯离开他。他从其中得到了乐趣，有几次他假装进入了梦乡，林迟哭了一通之后也感到了疲倦，他忽然跳起来，林迟被吓了一跳，条件反射地攀住他的肩膀，脸色苍白。"我只是想上趟厕所。"他开心地说。

类似的恶作剧也开始让他感到厌烦了，痉挛的部位由面部扩大到了脖子。他想，再这样耗下去，没准明天他就会像秋风中的树叶一样，全身都抖个不停，会像食堂抽油烟机一样，在轰鸣中最后抖到全部坏损。房东仿佛故意和他作对，咳声越来越大，次数也越来越频繁。现在林迟也对那咳声变得极其敏感，一听见咳声她就脸色苍白，紧紧地抱住丈夫，浑身发抖。有时睡着睡着，她猛地惊觉着坐起来。她听见了丈夫的鼾声，房东的屋子里没有声音。知道自己是在做梦，她惊魂甫定，不禁悲从心来，咬着嘴唇低声哭泣。

马长青计划中的最后期限终于到了。为了让林迟相信他已经改变了杀人的念头，星期一的早晨，他早早地起来，帮助妻子做饭，给女儿穿衣，并且征得妻子的同意，在她的监视下给房东送去了一碗鸡蛋汤。房东剧烈地咳嗽，唾沫星子喷了他一脸，老人歉意地解释说自己患了严重的伤风感冒。他强忍着痉挛，舌头都给咬出了血，艰难地向那个不知厄运就要降临的老头露出了微笑。

马长青破天荒地提议陪妻子和女儿去逛逛南湖公园。自从有了女儿，他们好久没有出去走走了。林迟问了丈夫几个恋爱时他们在公园的树林里的细节，她终于相信，丈夫的确已经恢复了正常。她长出一口气，偎在马长青的怀里，流下了欣喜的泪水。

公园里的杏花开了，草地绿意正浓。林迟被女儿趔趔趄趄的脚步吸引了，渐渐地放松了警惕。马长青借口上厕所，他轻松地走去林间，趁林迟没注意，他撒腿就跑，飞快地跑出了公园。

在出租车上，他想好了下手的办法。他准备使用女儿的背带，假装去给房东送水，乘他不备勒死他。他模模糊糊地想了一下如何处理尸体，是等到晚上移尸郊外，还是伪装自杀的假现场？现在关键的问题是行动。他被这念头疯狂地扼住了，忘记了痉挛的烦躁。他的手脚冰凉，点烟时打火机掉进出租车里竟浑然不觉。

他太紧张了，心跳和痉挛使他双手无力。到家之后，他先喝了一缸凉水，然后打开了电视机。这也是他的行动步骤之一。电视的声音可以使他平静情绪，缓解紧张，也可以不让邻居感到异常。他没有找到女儿的背带，才想起刚才去公园时被林迟带走了。这是个小小的意外，他出了一头汗，一时间有点儿惊慌失措。在他的计划中，这条背带可是一个重要的组成部分，决定了计划的成败。他眼睛盯着电视，脑子里一团混乱，他想，他得用最快的时间找到替代的绳子。

就在这时，电视画面将他吸引了。画面中出现了一张照片，那是一张他印象极深的脸。

"是他，没错，就是他。"他跳起来，冲到电视前面，瞪大了眼睛。接下来，电视里播发的是该凶杀事件的现场。那个幸运的南方小伙的尸体躺在农民的水田里，一只手捂着胸口，一只手搭在田埂上，仿佛愤怒地指着天空。凶手在审讯室里交代作案过程，讲他如何见财起意。他是遇害民工的同乡，得知他买彩票中了一辆轿车，便以买车的名义将死者骗到郊外，一共刺了九刀。马长青的眼前模糊了，他瘫软下去，捂住疼痛的胸口。他好容易爬到床上，大汗淋漓。

林迟奔回家中的时候，她看见丈夫泪流满面，向她张开了双臂。什么都没有发生，灾难的阴霾已经散去，丈夫的脸上绽放着消失多日的光彩。从他的眼神中，林迟看见了重新点燃的生活的火苗，缭绕，升腾，烧掉了生活中的荒诞和芥蒂，烧掉了污秽和痉挛，照亮了天空，春光比平日更加明媚，树枝发芽，小草变绿。林迟投入丈夫的怀抱。马长青紧紧地抱住她，连日来的烦躁和激愤统统消失了，他感受着从未有过的安全和幸福，像十层楼房那样高的，巨大的幸福。

赌　局

　　木器厂的会计云青是个瘸人。春天，木器厂倒闭了，他便失了业。他的业务水平不是很高，再没有人肯聘他。当了几年的会计，把个人当得懒懒的，以为自己有了身份，既不肯去做街头摆摊一类的营生，其他的诸如修表修家用电器一类的手艺又一概不会。原来的工厂厂房里长满了齐腰深的荒草，藏了蛇和狐子，连捡块废铁卖的机会也没有了。他的生计一时没了着落，靠着福利厂糊纸盒的爱人挣钱养家。爱人挣计件工资，为了多糊几个纸盒累得要死要活，脾气就一天比一天暴躁。可以说，这一年从打开始，他便没有一天的顺心日子可过了。

　　到了冬天，他的生活仍然没有什么起色。他每天只做一件事，就是去镇政府请求安排工作。从他家到镇政府差不多有一公里，中间路过一家杂货店。这一日他在杂货店门口遇到了工友老金，老金原是木器厂的保管员，两年前帮衬上了一个煤矿工人的女人，结果眼睛瞎了一只，给人弄残了。老金在家休息了一年，恰好休到了工厂倒闭的时候。云青听说为治眼伤老金卖掉房子，搬到镇外去住了，心里很是同情，以为他和自己是一样的光景。哪知一见，云青大吃了一惊。老金和原来一样的只有那只瘪了的左眼，但他竟然出乎意料地发达了。老金面色红润，穿一件质地很好的雪花呢大衣，虽然仍包不住一团的猥琐，人却比以前富态了许多。

寒暄了几句，老金说："云青老弟，你这样下去可不行。"

早先在工厂，老金见到他总是很远就打招呼，叫他云青会计，给他递烟，接不接还要看自己当时的心情。他哪里敢直接呼他云青，还叫老弟！尤其是老金的穿着打扮，让云青心里更不好受。看着老金的确一脸的真诚，云青叹口气，说："不这样又能怎样呢？"

云青说："老金，你好像发了，你跌个跟头捡到金子了？还是哪个女人看上你的瞎眼倒贴给你钱了？"

老金脸红了，早先在工厂时听云青这样说话习惯了，全没理会他的刻薄，干巴巴笑笑说："云青你可真会说笑话。有那样的好事也得先可你们干部，天上掉磨盘大的元宝也砸不到我头上啊！像安排工作，不就先考虑你，你快有新工作了吧？"

云青也笑了，到了哪步田地，老金还是老金，是高不过他云青会计的。"快了，"云青说，"镇政府说马上就可以安排了。"说话间云青心里涌起几丝悲哀，想想这一年坐在信访办的椅子上冰得自己的腿时不时就疼起来，还要搬出一条瘸腿做筹码，争取残疾人的权利。就这样，镇政府安排了几次，不是人家拒收，就是工种不合适，不定哪天才能有个好结果呢。

云青说："老金，你好像真的发了，有那种既省力气又挣钱的路子，你可别忘了给我指指。"

云青本来是说句无奈的笑话，哪知老金竟认了真，沉吟了一会儿，咬咬牙，说："反正你也不是外人，现在就有一条挣钱的道，不知你敢不敢踩。"

云青看看老金，见他不像是说笑话，警觉地说："真的有路子？"

老金再下一次决心，说："要是倒霉我就认了，云青老弟，我当你是真朋友，你知道我怎么置下的这身行头，还有钱买酒吃肉吗？"

当下，老金说出了一条挣钱的路数。云青听完，怯懦地说："这不是正道啊，我怕我干不来。"

老金不满地说："操，真是的。什么正道邪道，你不看现在赚了大钱的还不都是靠投机钻国家的空子，偷税受贿占国家的便宜？要不那么多人就像吹气似的先富起来了？咱们没有路子，就怪不得走旁的路。再者说了，家家卖烧酒，不漏是好手。你还真不要说哪是正道哪是邪道，你云青会计走正道，怎么到现在还没见安排新工作呢？你的情况厂子里的弟兄们也知道个大概，你家女人就算好心性了，要不，哪个女人肯白养个男人在家吃闲饭？又不是有钱的骚货养着小白脸逗闷子取乐。操，真是的。"

云青只说了那么一句，竟引出老金这样一番话。给人说中了心事，云青脸红了。老金凑上来低声说："你要是肯，今晚的生意我就让给你做。"老金意味深长地笑笑，说："还有一出好戏看呢！"

老金告诉了云青住处，说是还要回去安排一下就先走了。云青呆立了一会儿，看看天色，天空彤云密布，又是一场好雪。起风了，雪沫像一条条蛇一样在街头窜来窜去。云青再没了去镇政府的心情，闷闷地走回家去。闷坐了一天，云青仍没想好是不是要去老金那里。

到了晚上，云青还在想着老金的话。这天晚饭他破例没有挨骂。不是女人不想骂，是没有力气骂，女人病了，发高烧，连饭也没吃。

云青坐在一炕的纸盒中间喝闷酒，一杯接一杯地喝。女人说："云青，我想喝水。"

云青不吭声，仍喝。他想，还是去吧。女人又说："云青，我想喝水。"

云青不吭声，他想，还是不能去。

最小的女孩舀了一碗凉水送到女人枕头边，女人欠起身，她没喝水，泪水唰唰地流下来。云青想，去还是不去呢？这时，他听到了女人的声音。女人近乎绝望地喊了一声："云青，我要喝水。"

云青喝完最后一口酒，他决定不去了，他云青会计怎么能和老金一样呢？他回过头，女人把碗里的水泼了。女人说："云青，你好狠心，我累死累活地赚钱，你在家太太平平地喝烧酒。我病了，让你端碗水你都不肯。"女人放声大哭。

后来，云青想，他的命运就在女人哭声顿起的一瞬间被改变了。他从女人手里夺过那只水碗，摔在地上。云青说："我去挣钱，我去挣钱给你看。"

出了门，云青想，他现在就到老金那里去。云青仰头对着大雪将至的夜空说："就去了，你能把我怎么样？"

云青挎着一篮子冻苹果，脚步跟跄地夹裹着一个河道的寒风闯进了老金的屋子，此刻，他已被赚钱的念头搞昏了头。这个夜晚是北方无数个寒冷冬夜中的一个。在这样严寒的天气里，最能耐寒的本地狗都钻进了草窝，或可怜巴巴地赖在主人住的屋子里不走。老金单身一人，住在离镇子三里外的一幢砖房里。这里原是一个水电管理站，废弃了，老金贪图是个瓦屋，又不用钱，就搬了进来。房子独立在河岸上，迎了四面的风，饭在锅里也冻成了冰坨。真想不出老金是怎么在这屋子里活人的，亏他还想得出在这设赌局抽红。可他偏就设了，设了就有人来，因为安全。镇上公安局穿薄呢子大衣的那些年轻警察从不到这里来，他们抗不了这里的风。用老金的话说，冬月河道上的夜风能冻坏所有金贵的家什，不怕被老婆从床上端下去，就让他们来吧！真就没人来，除了这几个赌人。现在云青也来了。

云青一闯进来，屋里的人立时吓了一跳。灯影里只有五个人，主人老金，还有四个赌客。云青认得其中的一个是镇上有名的无赖，云青在心里称他第一个人。十年前，流行喇叭裤时这第一个人第一个穿了喇叭裤。六年前，这第一个人第一个烫了头，长发波浪披肩。三年前，这第一个人第一个剃去长发，刮了亮亮的光头，穿起花裤头出入舞场。他十几年不变的是腰里别着的那把菜刀。这样的人在街上遇见也让人胆寒，没想到在这里遇见了，云青脸色都变了。

果然，这第一个人骂了起来："老金，你个瞎子，怎么有人知道这有局？你让他滚出去。"

有人呼应说："老金，你是不是找死？让他滚出去。"第二个人气呼呼的，他是一个黑瘦的中年人。

云青一头的汗流出来，连冻带吓，全身发起汗了。他结结巴巴地招呼老金，老金忙对第一个人赔笑说："老弟你别急嘛！这位是我亲戚，我这没热水，特地让他送几个苹果给几位压压咳嗽。"

老金回头冲云青使个眼色，说："你这苹果个大吗？"

第一个人甩掉手里的骰子，骂了一句，说："等会儿再洗牌，我就不信我点儿这么背。"

第三个人是个四方脸。第三个人说："老金，他妈的你真够精的，又拉上你亲戚宰我们。"

老金压住云青的篮子，说："怕宰你别吃苹果，我还真不愿给你。"

第一个人说："别逗闷子了，先给我拿一个。"

云青缓过一口气，擦擦胡子上挂的霜花，定睛看看，意外地发现坐着低头不说话的第四个人是一个女客。屋子里弥漫着呛人的烟气，看不清她的相貌。

第一个人刚抓过一个苹果，第二个人就说："你怎么能先吃呢？先可赢家呀！"

第三个人对云青说："对，今晚的苹果这位大姐请了。"他一指第四个人。

云青正犹豫，女客抬起头，云青这才看清她的相貌。她长得很薄相，可能是灯光的缘故，她的皮肤有些发黄，瘦长的脸上点缀着几颗清楚的黑痦子，尤其颏下的一颗豆粒大的像一粒黑色的甜甜果。很薄的黄头发用一方花手帕拢在脑后，一转头，头发一甩，见一点儿亮色，却难掩一丝浪迹，多少有点儿风骚的样子。女客穿一件肥旧的军大衣，里面是很普通的水红色羊毛开衫，镇上许多煤矿工的女人喂猪时招摇的衣服也是这种样式。云青看不出这个三十多岁的女客哪点儿和常人不同。可她竟是一个大赌，这让云青很吃惊。

女客先是一愣，很快脸上便绽出了笑。她爽快地扣下手里的牌，拉过云青的篮子，说："这位大哥真会做生意呀，这篮苹果我也不数了，这一张票够不够你的数？"

女客从桌子上码着的一沓钱里随便地抽出一张，递给云青。云青见是一张一百元面值的票子，吃了一惊，脸红红的，不敢接。老金一把抢过来，给他塞在口袋里。老金说："操，你可真是的。云青，你一个男人能叫钱吓着？钱咬手吗？"

老金又对女客说："妹子，你也太小气，人家这么冷的天来了，你就这么打发？你们说是不是？"说着伸手去女客的那沓钱里抽出一张五十元的纸币。再伸手时，女客娇嗔地一巴掌打在他手上，笑笑说："这些还留着让几位大哥翻本呢。"

大约是赌得极紧张，心里热，四个人洗也不洗便咯吱咯吱嚼起苹果来。老金拉着云青走到外屋，说："怎么样？云青，你大哥没给你窟窿桥走吧？"老金去口袋里掏，云青想他是在掏钱，就很感激。老金掏出的却是一盒火柴，很熟练地抽出一根，倒过来剔牙，剔下了一线令人恶心的烂红肉丝。

云青说："真没想到她会这么大方。"云青心里想：老金怎么还不把那五十元钱拿出来呢？

老金停下手，吐一口，说："你可真没见过世面，你知道那女的身上有多少钱？她赢了多少？"

云青瞪大眼睛，并没有下文，老金火柴棍又塞进嘴里，剔一剔，说："操，真是的。"

云青想把话往那五十元钱上引，说："你胆子可真大，敢上人家面前抢着拿钱。"

老金又啐一口，瞧不起他说："你真没看出来？要在往日，我不敢。今天我就再拿她几张她也不敢说什么难听的。"

云青以为老金又弄玄虚，故意吃惊地说："这我就不懂了，怎么今天就行？"云青想老金不会把钱给他了，心里就不快。

老金压低声音说："这几个男的你还不知道底细？哪个是好惹的货色？出手都那么狠。在我这儿赌了这么多场，还没有人从他们牌桌上拿走钱的。他们身上带着刀，心里精得透亮。本来他们合计好了要算计这个外地来的女人，不知怎么倒让这个女人给赢了。看来她不把钱扔下是别想走了。操，真是的。"

云青知道这里真有机关，不知为什么倒为那女客捏一把汗。老金兀自沉思说："她是骑自行车来的，可能住处不远，也没听说附近有这么一个好手啊！"

这时，屋子里忽然传出一声尖叫，两个人一惊。"动手了！"老金脸色一变，慌忙往屋里走，他的头险些磕在门框上，云青吓得腿也抖了。

屋里并没有混乱。三个男人都坐着没动，方才尖叫的女客正捂着肚子痛苦地蹙着眉，脸上滚下豆粒大的汗珠。其他几个疑惑地互相看着，想从对方的目光中得出答案，想知道这女人是不是在耍花样。他们得出的结论是"不像"，脸上就露出幸灾乐祸的表情。老金松口气，说："操，真是的，要死也别死在我这儿。"上前给她捶了几下背。

好一会儿，女客脸色好了些，她低声呻唤："这是什么苹果呀！吃了肚子这么疼。"

云青吓了一跳，慌起来，说："这苹果我是刚从杂货店买来的，哪能有问题呀！"

女客说："不行，我得出去方便一下。"她把桌子上的几叠钱塞进衣服里。其他的三个赌客就慌张了，抬起身子，第一个人沉不住气地把手伸进了腰间。

女客苦笑说："你们这几个大男人，还怕我跑了？我真的是坚持不住了。"

第二个人说："那你就在屋里方便。"

女客变了脸色，慌张地说："我可不是那种女人，来别的可不行啊！"

看她恐慌的样子，那三个人放了一半心。第三个人笑着说："怎么不行？老金，你说行不行？"

老金说："操，真是的，行，怎么不行？"

屋里的空气轻松了。女客焦急地扭扭身子，说："几位大哥，别开玩笑了，我真得出去一趟。咱们回来再开局，现在还没到半夜。"

三个男赌客互相看看，不说话。

女客脱下棉大衣扔在桌子旁边，摘下腕上的高级女表和一枚戒指，把身边的小包也放在桌子上，打开，抽出一叠钱让屋里的人看看，说："车钥匙也放这儿，这样总该放心了吧！"

她急慌慌下了地，身上哆嗦着，回头对站在门口的云青说："我吃的可是你的苹果，外面黑，麻烦你陪我一趟。"

第三个人笑着说："真是麻烦。"几个人再不阻拦。女客的手绵软，一拉，云青不由自主地跟着她走到屋外。

外面已经飘起了雪花，云青打了寒战。女客小声说："这屋里就你一个好人，那几个都跟老色狼似的。"原先在木器厂，三十几个工人清一色男人，只有一个出纳员是女的，还是一个五十多岁的麻子脸。他没遇见过这样的女客，就是自己的妻子也没这样和他说过软话，云青很感动。

云青怜惜地说："天冷啊，看冻着你。"

女客说："顾不得了，其实不是你的苹果的事，是那个来了，时间要长点儿，真不好意思还要让你等。"

云青心一跳，有些地方激动了，心里却正经起来。女客就当着云青的面在灯光的尽处褪下裤子，白光一闪，云青心里说："她可真白呀！"更激动了，只得转了脸。

女客蹲着挪到黑影里，温软地说："你可别看啊！"

云青喉咙发涩，热热地说："天真冷啊，雪怕是要下到天亮了。"雪花果然就大了，如撕碎的纸片，眼前银灰一色，雪声簌簌，十米外模糊着，看不清了。

云青心里坚守着那女人对他的信任，他觉得自己是个好的男人，腿也似灵便了，身子一撑，一条腿仍不争气地悬起，一落脚，身子又歪了一下，这让他很沮丧。

等屋里的几个人反应过来，跑出屋子，那个女人果然没有了踪影。云青还在傻站着。

第一个人把他拉转身，问他："人呢？"

第二个人骂道："你他妈怎么看的？她去哪了？"

第三个人说："别问了，快追吧！"

"往哪追呀？"

"估计跑不多远，分头追，让她跑了咱们可就输惨了。"

"我输了两万块啊！"

"谁也不比你少，快追吧！"

三个赌客眼睛红了，充血了，抽出了刀子。跑了两步，回头对云青说："追不上再找你算账。"

怎么也没料到事情会是这样，云青那热的地方早软了，手脚冰凉。他抓住老金的手，哀求说："老金啊，我不知道她会跑，你相信我。"

老金说："我信有什么用？连我也别想脱身，他们还不说咱们和那个女的早定好了计啊！"

老金说："完了，完了。操，你他妈真是的。"

纷飞的雪片让西风刮着，河道的冰不时咔嚓作响，坚硬的风抽打着河边的灌木丛，呼呼的，呜呜的。远处镇上煤矿的一盏灯迷茫中有一个亮点儿，让人胆寒。云青绝望地跌坐在凉硬的雪地里，汗如雨下。

三天之中云青就瘦脱了一张脸，像是只有头发、眉毛和乱糟糟的胡须了。云青躺在床上，终日拨动他的算盘珠，噼噼啪啪。停下，头疼就立刻开始，心里烦躁得要命。妻子吓得纸盒也糊不成了，留在家里陪他。妻子给他端来凉水，云青说："不喝。"妻子给他端来开水，云青说："我不喝。"妻子给他端来糖水，云青说："我不喝啊。"妻子就抱住他哭，说："都是我害了你。"云青倒清醒了，说："哭什么？都是安排定了的，该来的祸躲也躲不过。"他在心里侥幸说："三天了，还没见那三个赌客有什么动静，也许他们放过我了吧！老金也应该来一趟啊。"

老金就来了，仍穿着那件雪花呢的大衣，衣摆却多了一道口子，用线缝着，很粗的针脚。老金哭丧着脸，鼻梁红肿，脸上一块青一块紫。

云青说："老金，那天他们没追上，回来什么也没说就让我走了，是不是他们想开了没有我事放过我了？其实本来也没我事。"

老金不说话。

云青说："我真的没想到她会跑，知道她要跑我就是不拦她也会进屋告诉一声啊！你说是不是老金？"

老金还是不说话。

云青从他的脸上窥到了不祥，吓得张大了嘴。老金说话了，"云青会计，是我害了你呀！"云青收了舌头，闭了嘴。

老金说："他们那天不打你，我就知道不是好事。在工厂时，大家都知道你云青会计厚道，也没想到你厚道得心眼实到这个份儿上。"云青连眼睛也闭上了。

老金说："云青会计，你别怨我，我斗不过他们，侬看他们把我的大衣也划破了，我就辩了两句。"云青的心乱极了，思维几乎没有了。

云青的妻子绝望地说："老金，他们到底想要怎么样？"

老金说："他们让云青会计赔偿损失，还他们让那个女的拿走了的三万元钱，除非把她找回来。"

云青的妻子就呆了，好半天流泪说："到哪去弄这么多钱啊！"她忽然收住泪，说："那我就去政府告他们。"

老金说："告谁呀？这么多次抓赌都抓不着他们。再说，再说告也把自己告进去了呀。"

云青的妻子说："就没有办法了吗？"

老金一跺脚，说："操，真是的。我要是不想让你去发这个财也就没这事了。我认了，云青会计，我替你还五千，这五十元你先拿着。"老金把一张钱拍在桌子上，拍扁了云青妻子的一个纸盒。

老金叹着气走了。云青仍发着呆，妻子恐惧地推他。他忽然笑了，摇摇头，说："操，真是的。"又拨动他的算盘，拨着拨着，算盘哗啦散了，锈了的珠子四溅，和他的眼泪一起滚落了。

下了几场雪，天气忽然暖了，腊月天大河边竟有了沿流水。河边的柳树一夜之间返了青，枝头点缀了些当地人叫作毛毛狗的灰白柳花。天气刚暖几天，一股寒流骤至，寒气蚀透了镇上爱打扮的女子的薄呢裙，玩漂耍单的小伙子眼睛下面多了一条手帕，那是为了护住擤鼻涕拧红的鼻子。一暖一寒，哮喘病很快在老年人中间流行。天气更加冷了，镇医院每天都会收住几个被冻伤的病人。那些天云青每日游荡到半夜，他发疯似的想找到那个女赌客，他固执地认为他一定会找到她。他拖着两脚雪泥走在空荡荡的街道上，走在镇外的许多个村落的小径上。寒气蚀了他的气管，一口风灌进，他便干呕，又呕不出，他患了严重的肺炎。他妻子情况更糟，先是每天闷声不响地糊纸盒，像是哑了，后来躺倒了，躺着糊了几个纸盒，再也糊不成了。她每天把玻璃窗的冰花呵化一块，脸贴在那里呆呆地望着大门口，一有人来就全身发抖，她有些精神失常了。

老金来过几次，来了也不多说什么，只把一只独眼四处逡巡，吐几口痰。他的赌场仍开着，却不是每天有局，最近风声紧，一些赌客为避风头歇了手，他抽不着红利，生意不好。但老金每次来都提点儿东西，有时是二斤卤肉，有时是一盒点心两瓶酒。老金只在出院门时才对云青提说那几个无赖赌徒催账的事，云青每次都红了眼，大声咳。云青每次都说他正在找那个女赌客，他信誓旦旦地说一定会找到她。老金就怜悯地看他，摇摇头，走了。老金来一次，云青就好几天睡不好，有时一直游荡到天亮，看见哪家后半夜还有灯光，他便摸上去看，有两次遭遇了恶狗，被咬坏了裤脚，万幸的是天实在太冷，有点儿动静主人也赖着热被窝不起，他才没有被当成贼抓住，躲过了一次次毒打。

终于有一个白天，云青将老金堵在了自己的家里。那天云青出去得早，走过镇政府时，不意遇到了信访办的主任。主任说好久没见云青到信访办"上班"了，并告诉他工作很快就要有着落了。前几天市里下来了一个检查组，视察到镇面粉厂，面粉厂的会计陪客喝得大醉，醉得人事不省，在医院已抢救了几天，十有八九是不成了。果真不成了，镇政府研究让云青补他的缺。云青听完咳了一阵，他的心情坏极了，既替那将醉死的人悲哀，更悲哀自己。他再也没有心情去镇外找那个女赌客，一瘸一拐地回了自己的家。

老金正手忙脚乱地脱云青妻子的衣服，云青就撞进了家门。屋里的老金一下呆了，云青头轰的一声，双腿一软，靠在门框上，几乎倒下去。老金到底先清醒过来，跳下炕，走到门口，却下意识地扶了云青一把。这一扶，云青把他抓住了，云青说："老金！"

老金胆怯地说："云青会计，我是来找你。"

云青红着眼，仍说："老金。"

老金哆嗦了，说："不怨我，是你媳妇让我帮你还钱。"

但云青仍然只喊他的名字："老金！"他的声音一次比一次低，一次比一次狠。

老金扑通跪倒了。老金说："饶了我吧，云青会计，我什么也没做成，不信你问你媳妇。"

云青的妻子哇的一声哭了出来，云青一愣，老金跳起抢出门去，云青没有追他，甚至没有回头。他慢慢地挪进屋里，把妻子的衣服理好。妻子紧紧地抱住他，他也抱住妻子，两个人哭起来。后来他们收住泪，痴痴地看着窗口呵亮的一块玻璃，透过重新冻了的透明的冰花，他们看见窗外飘起雪花了。大雪纷纷扬扬。

事情在春天发生了变化。这一日云青在街上走，街上的行人忽然闪开了。泥泞的街道上行过来一支车队，声音先传了过来，是镇上打击刑事犯罪游行的队伍。开路的宣传车逐一宣读着犯人的罪行，后面的十几辆卡车上站立着疲沓沓的剃了光头的犯人。云青看见了在老金赌局里见到的第一个人。原本瘦削的第一个人青虚虚的浮肿了一张恶脸。接着云青看见了第二个人和第三个人。第二个人黑瘦的脸现在像一刀烧纸，很难看地黄着。他的两腮外努，脸就有些棱角，成方脸了。而第三个人的方脸变成了黑瘦细长的一条。他们全没了赌场上的神采。云青下意识地鼓了几下掌。

这时，云青看见了老金，老金的头垂着，站在卡车上。卡车驶过云青的面前，老金抬起了头。云青看见老金冲他点头，还笑了笑。老金竟冲他点头，冲他笑了，身边的许多人奇奇怪怪表情复杂地打量云青。云青忙回身走了，这一刻云青心里热极了，胸膛都胀得疼痛了。

这一天中午，镇上的人看见原来木器厂的会计云青酒醉后兴高采烈地唱着一首含糊不清的歌，摇摇晃晃地走在大街上。他不停地和路上认识的不认识的人打招呼，引起了许多莫名其妙的嘘声。云青看见春天和煦的阳光映在人们脸上，所有的人都笑着，生活真是美好轻松极了。

就在这时，又有一场变故发生了。云青走回家去，他走过距家一公里的那家杂货店，恰好一个女子从店里出来，急匆匆向他迎面走来。云青头嗡的一声，立刻两耳轰鸣。他看清了，他简直不敢相信，他看见了女子下颏豆粒大的黑痦子。他已经放弃找她了，可她竟自己迎着他走来了。

擦肩而过的一瞬，那个女子也认出了云青，她的脸立时变得毫无血色，惊恐地张开了嘴。云青想要拉住她，却把她推倒了。事实上，云青的手还没触到她，她就摔倒了。云青弯下腰，她捂着肚子极痛苦地蹙起了眉，脸上滚下大滴大滴的汗珠。云青说："我可找到你了。"想起这一个冬天的日子，云青想哭。云青哭了，泪水涌出来。云青说："你到底让我撞见了。"

女子低声呻唤说："我怎么这样难受啊！"

云青哭着说："你又吃了杂货店的苹果了？这回不是我卖你的。我让你害苦了。"他紧紧抓住她的胳膊，"这回你别想跑了。"

女子苦笑说："我跑不了，我真的坚持不住了。"

云青说："我不会信你了，我谁也不信了。"云青想起那个雪夜，他的好心肠被她践踏了，现在她又到他的面前了。

云青语无伦次地述说着这个艰难的冬天，述说着那些个寒冷冬夜的遭际，述说着那些痛苦的白天。他发疯似的摇晃着女子瘦削的双肩，他摇出了女子的眼泪。她说："我真没想到会害了你。"

说完这句话，嫣红重新出现在她的脸上。她蓦地感觉到眼前那张愤怒的脸渐渐地模糊了，他的声音也渐渐地变成了潺潺的泉水和啁啾的鸟鸣。绿草茵茵，她走在柔软的盛开着鲜花缀满晶亮露珠的草地上，白白的雾气蒸腾起来，眼前一片迷离。她看不清路了，她立刻意识到发生了什么，她重又感到了撕心裂肺的疼痛。一切都在她的眼前消失了。

云青还在流着泪述说着,突然间他愣住了,她软软地歪在了他的怀里,她的脸没有一丝血色。他摇动她,她的双眼阖上了。云青撒开手站起来,她躺在那里一动不动。天哪,她竟然死掉了。

这个阳光明媚的春天里,那个女子在云青的面前死掉了。

庞林医生的电话

电话铃响起的时候，肖白正在刮胡子。镜子里照出一张青灰色的脸，人过中年，眼袋如两条赘肉。肖白努力地回忆自己少年时的长相，当年有着两个大酒窝的红扑扑的小脸，现在熟悉的只剩下一个红红的鼻子头了。岁月像水潭里砸进了一块石头，一圈一圈的波纹，又弥合了，其实一切都已发生了变化。

这时，他忽然发现右鼻凹里有一个红点，没疼没痒，那里竟然长出了一个挺大的粉刺。像青春期一样长了粉刺，肖白觉得这毫无道理，难道他肖白还是少不更事的小伙子吗？毕竟是一个办事谨慎的中年人，他不可能立刻动手将它挤破，可他是一个单身男人，长出这样一个东西，难道不会遭来耻笑吗？他好像已经听见办公室的同事们戏谑他的声音了。这时，电话铃响了。

骤然听到电话铃声，他的第一个反应是吃了一惊，刀片在下巴上划了一条小口。他昨天才安装了电话，而且没有告诉任何人他的电话号码。那些赶时髦装电话的人在电话没通之前就逐个地告诉电话号码，显得既夸耀又小家子气。而肖白历来都是一个沉得住气的人。可是，现在，电话铃响了。

肖白拿起了听筒，由于吃惊，也有点儿激动，他的手微微发抖，这毕竟是他在家里第一次和人家通话呀。

"这是庞林家吗？我找庞林医生。"听筒中传来一个男人粗粗的声音。

肖白愣了一下，他的声音仍很谦和。肖白说："对不起，你打错了。"

电话那边沉默了一会儿，没再作声，便将电话挂断了。

第一次接电话就是一个打错了的电话，他当然不会太在意，在办公室接到打错的电话是常有的事。可这是在家里，又是第一次使用新安装的电话，这不能不让他有一点儿扫兴。

肖白开始吃他的早餐了，蛋糕却发了霉，这可是他昨天才从商场买来的。单位对面新开了一家自选商场，他多少次都想进去看一看，昨天终于下决心去走了一遭，结果就遇到了这种事。他们怎么可以这么干？肖白愤愤地喝着牛奶，牛奶也兑了水，肖白更加生气了。电话铃又猛地响了起来。

有了第一次的经验，他便不那么急于接了。等铃响四声，他才拿起听筒。

"这是庞林家吗？我找庞林医生。"还是那个粗粗的声音。

一天早晨就这样不顺心，碰上发霉的蛋糕，又接起这样的电话，肖白实在是有些气恼，他极力压低声音，尽量使语气平缓。"你挂错了。"肖白说，"这家不姓庞，这里没有庞林医生。"肖白使劲按下了听筒。

没等他转身，电话铃又响了起来，肖白决定不再接了，他拎起皮包准备出门。然而电话响得不屈不挠，要想不接，除非用什么堵住耳朵。电话铃第三遍响起的时候，肖白像年轻人一样跳到床头，没等对方说话，他便大喊起来："我告诉过你，你挂错了，你不要再挂了。"

扔下听筒，肖白几步窜到门口，像是怕那铃声再响似的，他几乎逃也似的下了楼。

来到班上，肖白的好心情已荡然无存，看见什么都感到别扭。他是一家房地产公司的会计师，主管材料方面的账务。肖白谨小慎微，有着财务人员最理想的心理素质。可是今天他分明有些浮躁，那些报账的材料采购员、仓库保管员和公司的出纳员都感到肖白会计有点儿莫名其妙，连主任也发现他魂不守舍。主任皱着眉头说："肖白会计，你昨晚没有睡好吗？"

办公室里的几个女同志就哄笑起来，笑得肖白额头冒了汗，下意识地捂住了鼻凹的粉刺。

直到中午，肖白的心情才渐渐好起来。打扑克时，他和漂亮的女出纳员分到了一伙，牌出奇的顺，竟然连赢了两轮。晚上下班，已经有四个人知道他的电话号码了。尤其是女出纳员，还特意把号码记在一张纸条上。女出纳员刚刚办完离婚手续，她这样重视这个电话号码，肖白觉得有些不寻常。下班了，肖白一路上都在回味着女出纳员的笑脸。"这回想找你聊天就方便了，"女出纳员说，"肖白会计的电话一定会很忙吧？"

"不忙，不忙，"肖白自嘲地说，"很多人都觉得我古板，其实我只是不喜欢他们那些做派。"

"可也是，肖白会计是正经人，不像有些人那么无聊，不过晚上给你打电话的女朋友也不会少吧？"

肖白半开玩笑地说："那除非是打错了。"

该死，肖白想起早晨那个讨厌的电话了。走神的工夫，女出纳员的自行车已骑出公司的大门了。

晚上，肖白睡得很不踏实，他特意调好床头灯，免得黑暗中仓促摸不到电话。他按了几次免提键，生怕话机出现故障。他也想给哪个同学打个电话，又恐怕这会儿有电话要打进来。到半夜不得不睡下时，他还怕睡得太死听不见电话铃声，将话机扯到了枕边。

然而，并没有电话打来。一连三天都是如此。

星期四的晚上，肖白已经能平静地看待那部红色的话机了。因为他准时打开了电视机，并将音量调得很大，他喜欢由伴随画面的嘈杂的声音去感受球场的气氛，今晚转播意大利足球甲级联赛中一场很重要的比赛。

将近十点半，巴蒂斯图塔一记漂亮的远射直飞对方的球门。电话突然响了起来。

一听到那个悦耳的声音，电视里精彩的比赛立刻变得微不足道了。肖白会计干脆关掉了电视机。

"你一个人吗？"女出纳员的笑声像一团棉花糖，"我可真不敢相信哪，你们男人有几个说真话呢！"

肖白的嗓子有些干涩，他表白说："咱们在一起共事两年了，你还不了解我吗？"

对方也庄重起来，女出纳员说："肖白，也许是因为咱们有相同的经历，我觉得能和你说到一块。这么晚给你打电话你不介意吧？"

"怎么会呢？"肖白皱起眉头，他感到了对方的沉重，他坐直了。

"其实我觉得晚上才是真正的自己，白天在单位咱们都好像蒙着一层厚厚的面纱，要不就是一副假面孔。"话说得越来越深入了。肖白想自己应该安慰对方，平日刻板讷言的肖白会计这会儿更感到自己的确笨嘴拙舌。

女出纳员继续说："白天我有时也想和你说话，可觉得那是肖白会计，不是肖白。想一想，人活得真累。"

肖白喝了一口水，没想到竟然呛了，他大咳起来。好不容易停下，听见话筒里问他怎么了，他擦掉咳出的眼泪，老老实实地说："喝水呛着了。"

电话的那头就为这笑起来，笑声中夹杂着仿佛火车鸣笛的声音。女出纳员说："跟你说话真让人开心。不过我得先停一会儿，厨房的水开了，我去灌暖壶。"

女出纳员说："等着我，我一会儿上了床再给你打。"

我也应该喝口水。肖白站起来，觉得腰部酸痛，方才没有察觉，原来他是有些紧张。毕竟有三年多时间没有这样接近一位女性了。肖白原在郊区的一家水泥厂工作，他的妻子是水泥厂的化验员。结婚七年之后，妻子再也无法忍受他晚上穿着旧尼龙衬裤上床，又要求他将黑框眼镜换成金丝边，最后干脆离开了他。好在没有孩子，分配财产时都表现得很大度。这没什么奇怪的，也不是该谁负责任的问题。七年的共同生活是很多人婚姻的临界点。那以后肖白就应聘到市中心的这家房地产公司，兢兢业业，虽然偶尔也和朋友进过卡拉 OK 包房，但肖白怎么也控制不住自己，生怕小姐看不起他。也有几个热心人将女性领来和他相识，但没什么结果。肖白想他应该慎重地处理自己的第二次婚姻。

肖白喝水喝得很稳重，免得再次呛水。他一边喝水一边想象女出纳员可能已经上床了，脱去衣服她的身体也一定很好看吧。肖白是有过婚姻经历的男人，不可能不产生其他想法，这也很正常。正想得某个地方有了冲动，电话来了。

没想到，他听到的是女人的哭声。肖白会计一时没有转过弯来，竟不知该说什么好，只是一声声地问对方怎么了，那哭声却越发激烈了。肖白会计额头流下了汗珠，回想自己刚才说话是不是有不检点的地方，才惹得女出纳员如此伤心。最后他断定，没有，他没有什么不检点的地方。

哭声持续了足有三分钟，话筒里传来了一个男人的声音，肖白会计一下子蒙了。对方一开口，他立刻反应过来，又是早晨那个打错电话的男人。

"我找庞林医生。"那声音较早晨更加沙哑阴沉。

"这里没有庞林医生，我姓肖，我是新安装的电话，请你不要再打这个号码了。"肖白放下电话，全身兀自发抖。

电话刚刚放好，铃声又响，肖白慌忙接起，"我都等不及了，"他说，"你这水灌的时间真够长的。"

对方沉默了一下，"你不要装蒜了，我知道你就是庞林。"

还是那个男人。肖白气得快要发疯了，他想他倒了大霉了，要是不解释清楚，对方还会打来。"我已经告诉你了，我觉得我说得已经够清楚了，这家不姓庞，我姓肖，我叫肖白，我不叫庞林，你找庞林你得给庞林打电话。"肖白会计几乎气糊涂了。

"庞林医生，这件事你想躲也躲不过。"天哪，他还叫他庞林，肖白简直就要发疯了。他大声喊道："你不要再挂了，我还要等电话。我再告诉你一遍，这家姓肖，不姓庞。"这会儿，他真想把话机砸在对方的脑袋上。

肖白看了一下表，两个电话足足耽误了他十分钟。他想，女出纳员一定来过电话了，他这面竟然占线，她会怎么想呢？她会生气吗？她一定生气了。直到窗外现出曙色，仍然没有电话打来。

第二天，昏头涨脑的肖白最先赶到了办公室，而女出纳员姗姗来迟，迟到了差不多有二十分钟。一个上午，肖白总把眼睛瞄向窗口的方向，他看见街对面自选商场楼上的广告玻璃幕墙不断地打出同一条广告：一洗了之。一洗了之。女出纳员在办公的时隙，如果不和同事打趣，脸也朝向窗外，或者朝向哪个角落，只是不向肖白投注一眼。女出纳员和其他男同志开着放肆的玩笑，肖白觉得她是故意的。肖白的脸色发青，他的思维不断地出现空白，出现障碍，电话每响一次，他都打个激灵。肖白想了好多种借口想要和女出纳员搭讪，以便找机会解释昨晚的事。同事们好像发现了他的企图，一次次坏掉了他和女出纳员单独接触的机会。午饭前女出纳员走出办公室，肖白磨蹭了一下，然后快速跟了出去。女出纳员去了洗手间。肖白装作在走廊里吸烟，等了好半天，她终于出来了，却从走廊的另一头下楼了。站在楼梯的窗口，肖白看见女出纳员和等在楼下的一个男人肩并肩地走出公司的大门。她为着一句什么话笑得肩膀一耸一耸，浑圆的屁股则在一步裙里滚来滚去。

下午，女出纳员没来上班。肖白脸色越发青灰，做当月材料成本报表时感到力不从心。肖白神情恍惚，他想他是病了。

肖白患了严重的感冒，头疼欲裂。医院给他开了五天病假。休息的头两天，那个男人就打来了三次电话，每次都说要和他解决掉那件事。既然对方认定了他是庞林医生，他的解释甚至是怒骂均宣告失效，肖白愤怒到了极点，最后愤怒变成了无奈。他只好将电话线拔掉了。

肖白提前一天上班，他感到有了一点儿力气，就坚持来到公司。肖白是一个规矩人，想要让他不遵守纪律都做不到。他的责任心并没有得到肯定。主任甚至没有问候他一句，他一上班就给叫到了主任办公室。

主任满脸愠色，手里拿着肖白的那份报表。肖白脸一下子白了，报表上竟然有十几处涂抹的痕迹，如果不是有他肖白的签名，他几乎认不出这份报表真的出自一贯谨慎认真的自己之手。会计师肖白额头渗出汗珠。"都是那个该死的电话。"他不觉说出了声。

"对了，咱们说一下电话的事。这两天我在班上往你家挂了不下十次电话，一早一晚也挂了三次，就是没有人接。"主任说：

"有的同事认为你没在家养病，我说肖白会计不会干这样的事。"主任审视的目光直视肖白，似乎要从他的脸上找到答案。

肖白的脸上有的是惶恐、惭愧，他怯懦着想要辩解，最后只说出一句："我的电话坏了。"肖白会计很少撒谎，他想主任一定将他看穿了。

"不管这事是真是假，肖白会计，你当然清楚应该怎么对待工作。"主任向他暗示了黯淡的前景，"咱们公司比不得那些铁饭碗，这一点我想你也清楚。"

对公司情况明了的肖白会计是不需要将话说透的，他知道主任省略的是哪几个字，销售部最近已炒掉了三个人。

肖白会计拿着那份报表双腿发软，腾云驾雾般走到自己的办公桌前坐下。女出纳员走了过来，她仍旧笑眯眯的，故意提高了说话的声音。

"肖白会计，知道你病了，大家想要问候问候你，还准备买上礼物去看望你，可是电话怎么也打不通。什么时候都没人接，你没在家里吗？"

女出纳员将"什么时候"几个字咬得特重，肖白哪里听不出来，她一定在晚上给他打过电话。肖白对那部电话不禁恨之入骨了。

肖白用了整晚的时间想了各种恶毒的语言，只要那个电话再次打来，就让对方领教一下他肖白的厉害。他要骂得他狗血喷头，不等对方说话他就开骂，骂到对方自己放下电话为止。虽然电视又在转播他喜欢的足球节目，但肖白平日的兴趣全部

消失。他的注意力都在那部电话上，看得他眼睛发花，出现了
双影。

　　这一晚肖白接了几个电话，但都不是他等待的。一个同学
异想天开地鼓动他挪用公款一起炒股票。一个远房的亲戚不知
从什么渠道打听到了他的电话，用了半个小时的时间给他讲城
市的饮用水多么的污浊，不洁的饮用水和癌症有着极大关系，
然后亲切地问候他，问他的身体怎么样。啰唆这么一大堆，就
是企图卖给他一种传销的净水器。他们都遭到了拒绝。肖白一
改平日的谦和，他的声音连自己也觉得陌生、不近人情。

　　一个星期也没有等来他想听的电话。女出纳员已对肖白失
去了兴趣，现在她和公司销售部的经理打得火热。销售部的经
理秃顶，有着一个大肚子。这两样恰好是一个成功男人的特征。
和销售部的经理相比，肖白不能不自惭形秽。他的身材干瘦，
镜片后面的目光飘忽不定，对生活缺乏信心。肖白想，也许女
出纳员开始就没有那方面的意思，他不过是一个临时的倾诉对
象。相对于男人，女人更需要听众。这样一想，肖白便十分懊
丧，觉得自己十分可笑，在这样的年纪倒患了单相思。

　　肖白感到了小小的挫折。肖白曾经历过婚姻破裂的洗礼，
这种尚未发展的感情还不会给他造成致命的打击，他感到的是
空虚。夜里，他常常惊醒，看着街对面有轨电车闪着蓝色的火
花轰隆隆地驶过，听着出租车司机疲倦地摁喇叭。这时候，他
会胃疼，渴望乡村夜晚的空气，月光下，轻风拂动，溪水淙淙。

　　城市进入了雨季，每天灰蒙蒙、湿漉漉的。公共汽车像一
个个上了年纪的老人，吃力地喘息着，在雨水中穿过，溅起水

洼里的积水。除了害着相思病的恋人们，还有靠父母供养的浪漫的大学生，恐怕没有人会觉得这样的天气充满诗意。

晚报上登载着发生在城市里的凶杀案。六路小公共汽车的一位司机两年内用同样的手段杀死了六名青年妇女，然后，销尸灭迹。在城南地带，已有数起未结凶案。一个男人尾随单身行走的男女伺机作案，他提着斧头将受害者赶进一处建筑工地，抢劫财物后再将他们砍翻在地。有时候他也直接将其砍倒，然后抢劫。城南一带人心惶惶。公安部门已将此案列入重点侦破对象。

还有一条信息引起了肖白的注意。一篇文章里，写着窃贼利用电话作案，以电信局或者其他部门的名义询问到电话用户的住址，发现该处电话没有人接，便判定家里没人，然后登门作案。肖白看出了一身的冷汗，对电话这种信息手段产生了怀疑和恐惧。

既然女出纳员的电话对自己失去了意义，肖白等待电话的焦灼也随之消失了。虽然不免寂寞，但空虚过后，不可思议地有了一点儿轻松。肖白会计没有更多的业余爱好。有一天，在半个晚上的百无聊赖之后，一个想法忽然跳了出来：那个人为什么要找庞林医生？谁是庞林？他们之间发生了什么事？

这个想法一旦产生，他便迫不及待地想弄清楚那件事情的来龙去脉，他做了种种假设。女人抽咽的哭声，男人阴郁的嗓音，很容易让人联想到偷情的故事。那也许是一个蹩脚的故事，落入了生活的俗套，却又是最有可能发生的。肖白欣喜地发现，他从中得到了乐趣。他有点儿后悔没有留下余地，那个电话再也不会打来了，否则他就能够验证他的猜测是否正确了。

出乎意料，那个电话再次挂了进来。星期天一大早，电话将肖白从睡梦中唤醒。肖白立刻清醒了，正是那个男人。

"你不要再抱什么幻想，庞林，咱们之间一定要有一个了断。"肖白闻到劣质酒的气味。男人的舌头僵硬，听得出，他的情绪极端恶劣。

"我不知道咱们之间有什么事要解决，你能不能说得清楚一些。"说完，肖白吓了一跳。这句话在他的脑子里转了许多次，没想到，他真的说了出来。对方已经暴怒起来，他听见什么东西被砸碎了，也许是一只没洗的盘子，也许是一个塞满烟蒂的烟灰缸，或者干脆就是一个喝空的酒瓶。

"你他妈装什么糊涂？什么事你自己清楚。混蛋，还用我告诉你吗？"

肖白慌忙挂断了电话。他为自己的卑鄙深感可耻。同时，他还意识到，他惹上麻烦了。

果然，电话又响了。这回，那个男人一拿起电话就大吼大叫："混蛋，你听着，一星期之后我给你打电话，我给你一周的时间考虑应该怎么办，要是我出差回来你还跟我说该死的混账话，那你就走着瞧吧！"

"你听我说……"肖白呆在那里，他想，这下他真的惹上大麻烦了。

接下来的一周，肖白是在提心吊胆中度过的。在班上，他早来晚走，看上去肖白会计比以前更加勤勉，其实他是想多在单位消磨一点儿时间。

电话给他挪到了沙发后面，免得一看到那个红色的怪物就心惊肉跳。他差不多得了电话恐惧症，每次电话一响，水果刀就会划破手指，钢笔尖就会划破纸面，电视遥控器就会掉在地上摔碎了外壳。他之所以没有扯断电话线，实在是为了和那个男人最后再解释一次。有两天他甚至在公司保卫处的门口徘徊，下不定决心是不是要进去谈一下情况，寻求组织保护。可是有谁会相信这样的事吗？他们一定会觉得荒诞不经，把他的担忧当成笑柄，以为他肖白会计得了精神病。

虽然最终没有走进保卫处讲明情况，肖白在那门前徘徊这一反常的举动还是给他带来了恶果。星期五早晨一上班，他发现他的账本不见了。不用说，那账本现在摆在主任的办公桌上。

"肖白会计，你不要多想，这不过是例行审计，没有别的意思。公司没有一点儿不信任你的意思。"

主任的话显然不符合实际情况，从办公室其他同事同情、怀疑、幸灾乐祸的目光中就可以看到事情的本质。人们背后议论他在保卫处门口徘徊的事，猜测他没准贪污或者挪用了公款，正在犹豫是否要自首坦白。有关部门的财务大检查就要开始了，那些在账目上做了手脚的人难免要心惊肉跳，发生这种事是完全可能的。

肖白懊丧屈辱到了极点，好在他的账目一清二楚，即使有几笔下账不合理，他也能讲清楚原委。但事情往往出人意料，考虑到可能产生的结果，他开始留意报纸上的招聘广告。这回，电话派上了用场，他给朋友们打电话，请求他们帮他安排工作。

然而，十天过去，那个电话仍然没有打来。肖白天真地想，没准对方已经搞清楚，那个什么庞林医生电话号码变更了。肖白长出了一口气，并且有两个不错的单位相中了他的业务水平，准备进一步研究是否录用他。总之，看上去麻烦似乎就要过去了。

刚刚平静两天，那个电话终于挂了进来，像前几次一样，对方没给肖白解释的时间。"姓庞的，你想明白了吗？这世上还没有一个人敢这么对待我，我要让你付出代价。"

"朋友，你听我说。"肖白急忙表白，"你真的打错了，我姓肖，叫肖白，我不认识谁是庞林。"

对方笑了，笑得十分阴沉。"姓庞的，想用这种办法躲过去是不可能的，你不要再抱幻想，你骗不了我，你就是那个他妈的什么庞林医生，那个该死的庞林医生。"

那个男人继续说："我准备和你面谈，有什么话你到地方再说吧。星期六下午三点，我在滨河小区平泉路的储蓄所门前等你。听着，别再跟我要花招。我早弄到了你住址的门牌号，我想你也不敢失约……"

肖白的胃里一阵痉挛，扔下电话，他快速跑去洗手间。他什么也没吐出来，只是呛出了泪花。

肖白一夜没有合眼，难道他真要替什么庞林医生去赴这莫名其妙的约会吗？可是那个男人竟然弄到了他的住址，他清楚地听见对方说的就是他的住址，他肖白的住址，不是庞林的住址。

　　直到天亮，肖白才想出一个解决办法，他要找到那个庞林医生，把这件事告诉他。

　　肖白想，要找到庞林也许并不困难。最有可能的是，庞林医生使用过他现在的这个电话号码，他只需通过电信局查一下，在他安装电话之前使用这个号码的那个家伙住址在哪里就可以了。

　　想起来简单，实际做起来就麻烦了。没想到，电信局拒绝了肖白的要求，据说这是出于对用户安全方面的考虑。也有可能因为接待他的小姐心情不佳，反正肖白一无所获。

　　肖白认定从电信局这个渠道能够找到庞林。为此他绞尽了脑汁，最后拐弯抹角地找到了一个熟人的亲属。肖白用一条红塔山换回了准确信息。他的电话号码先前的使用者是一个孤寡老人，姓陈，住在东煤公司后面的小街。老人已于半年前去世。

　　线索断了。肖白并不甘心，他又调动了他所能调动的所有关系，试图从医院方面找到庞林医生。难度可想而知。这时候肖白才发现他所在城市里大小医院竟然有三四百家。这还不包括一些无证营业的地下诊所，那些地下诊所从事着打胎和治疗性病的生意。

　　肖白彻底绝望了，他对着日历苦恼不堪，心虚气短。这种情绪导致他无法工作，对周围的环境产生了厌倦。办公室里哪个角落传来笑声，都会招致他的白眼。他无法忍受同事们通电话时的虚伪和矫情，恨不得用牙将电话线咬断。星期五的上午，肖白的情绪恶劣到了极点，这时候，如果不是主任找他谈话，他没准真会干出什么惊人的事也说不定。

肖白的第一个反应是他就要被炒掉了，他奇怪地感到了轻松，他第一次发觉和上司平静地对话也并不困难。"直说吧，主任，我有思想准备。"肖白挺直了腰板。

主任诧异地看看他，站起来拍拍他的肩膀，又摇摇头，说："肖白会计，你对提职有没有兴趣？"

肖白的腰立时弯了，眼睛里有咸咸的东西流了出来。

主任也很激动，分明受了感染。他拍拍肖白的肩，"你做的工作大家都是看在眼里的，肖白会计，你会有前途的。"

现在，一切都显得不那么重要了。生活再次表现出了戏剧家的随心所欲，现在阴霾尽散，连灰尘和枯叶都显现出其可爱的一面。

这种好心情一直延续到星期六中午。临到走出家门，肖白才感到奇怪，奇怪自己为什么没有想到不去赴那个莫名其妙的约会。答案是他今天的心情好。

平泉路和动植物园只有一墙之隔，动植物园曾因养着两只老虎而闻名。现在显眼的是由这座城市动迁拆下的灰石砖块堆成的秃山。站在山顶，可以看见城市的全貌。城市规划虽然保留着日军侵华时期的遗迹，但也变得越来越现代了。

肖白先拐去了他工作过的水泥厂。当年红火一时的工厂并没有因为城市扩建而有所发展，相反首当其冲成了环境治理的目标。工厂的铁门下面长出了杂草，两座破败的楼房门窗大半已被毁坏，楼体污迹斑斑。工人不用说已放了长假，肖白再次感到了命运对他的惠顾。

当他来到约会地点的时候,阳光正照在二百米外新建的一座豪华宾馆的玻璃幕墙上。早晨下过雨,动植物园的外墙墙根底下仍然有点儿潮湿,墨绿的青苔上爬满蜜虫。麻雀在丁香枝丛中跳来跳去,肖白注意到那麻雀的羽毛是黑色的。

墙里传来一声虎吼,晚报上说,动植物园里的一只母虎将在今天分娩。

那个男人没有按时到来,街上没有多少行人,三个孩子在一家杂货店门口的石凳上翻看卡通图画书。不远处的一个门洞里,乘凉的老人在下棋。这个地方比较偏僻,往前走一里路左右就是那条横贯城市的河流。河水污浊,河面总是漂着一层污物,闪着金属般的蓝色光泽。出租车司机几乎不到这里来,偶尔会有几个骑自行车的人经过这里,他们看见肖白皱着眉头,站在那里东张西望。

肖白差不多就要失去耐心的时候,从对面的一条胡同里走来了一个男人。他压着一顶过时了的黑色呢帽,帽檐的阴影使他的面目模糊暧昧,但是直觉告诉肖白,来的就是和他约会的人。

那个男人匆匆忙忙地走上前来,距肖白十步远的距离,肖白看见他满脸泪水。

五步远的时候,肖白看见了对方满脸的杀气。

他想躲避已经来不及了。

他惊恐地怔在那里。

他等着对方说话,他听到的是公园里的虎吼。吼声催人泪下。

那个男人像拥抱一样抱住了肖白瘦削的肩膀。

肖白感到一样硬物直插前胸。

男人将肖白扶坐在他身后的石凳上。肖白张着嘴歪倒下去。血从他的胸口流出来。他的身后，丁香花正在悄悄地绽开。一只蜜蜂嘤嘤地叫着，落在他的脸上。

模糊中，他听见了自行车的铃声，一个穿着红色运动衫的孩子从他的身边匆匆而过。

家庭妇女

他们在一家商场的地下咖啡座坐着。她坐的是一张矮椅，他的身后则是一条长椅，连着一排座位。桌子上放着一杯草莓汁。她笑时鼻凹很深，差不多能放一颗小豆粒，她的脸便生动起来。

她这会儿却没有笑，她在诉说昨天对他的思念。"我的被子很柔软，我的枕头是白色的，我紧紧地搂着它，"停顿一下，"我在想你。"她接着说。

她说："他宁愿让我成为一名家庭妇女，由他来挣钱养活我。男人为什么要这样？"激动无疑会破坏此时的情境。他的目光游移起来，无法作答。

"有时候我想什么都对你说。"柱子上的霓虹灯映红着她的脸。

"想对我说什么？"

"没了。"她笑着说，"真的没了。"

这时，一对夫妇抱着一个男孩坐在他们旁边的座位上。他们不再说话，一齐看那孩子。男孩有着一双大脚，黑乎乎的脸蛋。孩子东张西望，眼睛里充满着好奇。

妻子冲他们笑笑，丈夫来了情绪，"儿子，给阿姨和叔叔学一个小品。噢，亲爱的，又生气了。"丈夫模拟着电视剧里演员的动作，将手拄在下巴上。

孩子没有回头，他被那杯草莓汁吸引着。那液体红红的，漂浮着她的记忆和伤感。她冲孩子笑笑。

"学呀，给他们学一个。"丈夫不屈不挠地怂恿着儿子。"你肯定不会了。"

"我会。"孩子坚决地说。

"你就是忘了。"

孩子的脸上浮现起一种奇怪的笑容，他开始学了，拉起长声："噢……又……"

"学全了，学全啊！"丈夫鼓动着孩子。孩子执拗地："噢……又……"

她清楚地听见那对夫妇一起打了个嗝，显然他们给孩子噎着了。

他们转回头，四目相对。眼神已说明了一切，那孩子稚气的执拗又一次向他们证明了，事情就是这样，当你有所期待的时候，也许故事毫无进展。

她偎在一个男人的怀里面对着大海哭泣。忧伤如潮水般绵绵不绝。脚下的细沙被荡漾的海水悄悄地带走，将似有似无的瘙痒留在脚趾缝中间。两里外有一个晒鱼场，腥味和闷热的臭味不屈不挠地吹来。在他们的右方，三个女孩共撑着一把花伞，在细雨中招揽生意，向仍未尽兴的人出租救生圈和气垫。乌云正在海上浮标的位置翻涌着，一门心思赚钱而不顾危险的驾驶员大胆且熟练地操纵着飞艇，驶向海的深处。那上面，乘客后悔不迭又感到刺激，惊叫声应和着机器的轰鸣声。

她偎着的是一个陌生的男人，皮肤黝黑，右腹处有一道阑尾手术后的疤痕。不用说，他已经在海边住了一段日子。

"迎着海风哭容易伤害皮肤，不管发生了什么事，我都建议你回到住处去。"他安慰她。他是一个负责任的男人，有点儿怜香惜玉，喜欢奇遇。

她怎么也停不住眼泪，"我不想哭，可我不知道怎么才能停下来。"

"听我的，我们一起到那面的咖啡厅坐一坐，我还想听你介绍一下自己呢。"

他殷勤地扶住她裸露的肩膀，嘴里呼出的烟草和口臭混合的气息，直扑她的耳根发际。她的心不禁一动，产生了想要干点儿什么的渴望。

他搂着她向更衣室走去，有意无意地触碰着她的胸部。走过那片帐篷的时候，那只手已经大胆地抚弄她硬硬的乳头了。恰好阳光破云而出，一下子照下来。她猛醒般地挣脱开，独自向前跑去，并且感到了屈辱。她想那个人一定在不解地看着她的背影，她奇怪地拘谨起来，尽量动作小些，免得松弛的臀部在泳衣里摇晃外溢。更衣室里没几个人，她还是慌张地撞到一个姑娘的身上。看着那女孩赤裸好看的身材，她的脸腾地红了。

忘记了刚才的羞辱，代之而来的是羞愧，为她早已不再年轻的略显臃肿的身材自惭形秽。

她以最快的速度穿好衣裙，那个男人没在原地等她。她失望而慌乱地坐上海滨巴士，回到下榻的疗养院。知了在柏树间鸣响，被褥潮湿，暗绿色的蚊帐挂得时间太长了，已经能钻进蚊虫。蛾子和苍蝇在纱窗外面乱撞。一只蜥蜴从右边爬到左边，又从左边爬到右边，不知疲倦地爬来爬去。她盯着那只丑陋的动物，直到停住悲伤。

她和同室的旅伴走去附近的一家海鲜馆吃螃蟹，她们穿过一片苹果园和一片盛开着油菜花的菜地。在这著名的旅游地，螃蟹却让人大失所望，餐馆里飞舞着苍蝇，没有盐的食物让人觉得败胃口。

她们一路埋怨着回到住地。柏树的深处，一片荷花池边传来了晚会的舞曲声。她从来没有想到过跳舞，这次却被旅伴拉下了场。

几乎是同时，他们都看见了对方。

男人毫不掩饰他的兴奋，径直朝她走来。她慌乱得不知怎样才好，只想躲到别人身后去，或者变成一只蝉让树叶盖住。

"真是太巧了。"他说，"没想到你也住这里。"他穿着一件T恤，一副干净清爽的样子。

他们谈得很好，他殷勤适度，能及时地找到避免她尴尬的话题。他没费什么劲儿就知道她是一家电器公司的后勤人员。当她告诉他，她的丈夫两个月以前刚刚去世，他沉默了好久，同情地看着她，任她泪水溢出眼眶，识相地没有当场劝慰。这说明他是一个识趣的男人，是一个善解人意的男人。

后来，他讲了一个小笑话，使她破涕为笑。然后两个人渐渐远离了人群，舞曲声弱下去的时候，他已经把她带到了长廊尽头。

露珠从柏树上滴落。松鼠跳到树下向草丛跑过去，嘶鸣的虫子惊惧地停下来。树脂的味道混合着野玫瑰的清香。

他说："我教你一个忘记烦恼的方法，闭上眼睛，你现在就闭上眼睛。你感觉到了什么？"

她感觉到他又按住了她的前胸，感觉到他的嘴唇贴上来，把热气扑到她的脸上，感觉到一股热流直达小腹。还有，那是久违了的激情。

她慌忙睁开眼睛，他抱着肩膀什么也没干。黑暗中她似乎看见了他的笑容。

这倒让她有些意外。

知道她还能在这住两天，他立刻提议陪她去山海关，"山海关距咱们住的兴城的这家空军疗养院只有四十里的路程。我们清晨出发，可以在那玩上一个整天，那可是孟姜女哭长城的地方。"这个博学的人不得不承认他犯了一个错误，不但破坏了精心营造的气氛，也使企图有所作为的想法化为泡影。谁都知道，孟姜女是中国历史上最有名的一个烈女。

"我要回去了，得给单位打个电话。"她编了一个理由。

"你是冷了，我怎么没有想到呢？"他故意自责地说，准备抓住最后一个机会。

"我不冷。"

"你就是冷了。"他抱住她，手不自觉地又开始抚摸她的胸部。

"你要是再不放开，我就喊人了。"她紧紧地扯住裙子，不让他乘虚而入。

他们路过荷花池时晚会刚进入高潮，她慌乱地准备甩开他。

"好吧，"他说，"我记住了你的地址，说不定什么时候就会去拜访你。你等一下，我也给你写一下我的住址。"

"不用了，我们明天不是一起去山海关吗？"她说完便匆匆地跑掉了。

回到住处，她简单收拾了行装，神不守舍地在天亮之前赶到火车站。火车徐徐地驶离海滨的疗养地，她忽然想起自己的背心和毛巾还晾在洗手间里。

葛兰回到长春的时候，一场大雨正肆虐着这座北方著名的城市。站前广场明灭着水泡，汪积的雨水在灯光下映着出租车的倒影。雨稍小一点儿，她便跑去 62 路车站。在红旗街她又换乘了 54 路有轨电车，电车哐哐当当地行驶着，她看见长春电影制片厂门口有人在卖烤苞米。雨已经停了。

湿凉的夜风一下子便打透了很薄的衣物，她拎着皮包在站牌下面打哆嗦，这会儿，她才从昨天那场莫名其妙的冒险中挣脱出来。还好，她把自己的贞洁又带了回来，即使这样，她也要鼓起足够的勇气才能走回家去。她真想在这夜晚的街头大哭一场。但她心里发紧，流不出眼泪，只在那里呆立着，看着宿舍楼的窗口涌起一阵又一阵的心酸。

就在这时，她的脚趾触到了一团湿漉漉的毛发，她几乎惊叫出来，蜷在她脚边的是一只猫。那只猫身上的毛被雨水打湿了，像一只丑不堪言的刺猬。葛兰恐惧地将它踢开，猫委屈地叫了一声，抖抖身上的雨水，又向她偎来。

她走了几步，那只猫在她身后凄厉地叫了一声，显得是那般的孤立无助。怜悯心瞬间充溢她的心房，可她从来就讨厌养猫和狗一类的宠物。她不甘心就这样把它带回家中，"你会跟上我走吗？"她问了一个很蠢的问题。

奇怪的是，那只猫好像听懂了她的话，真的跟上了她，像条狗一样地跟上了她。她不再犹豫，一下将它揽在怀里。

家中没什么变化，丈夫蒙着黑色绢花的照片仍摆在酒柜上面，花却已经干枯了。她放下东西就给经理打了一个电话，秃头的酒量极大的经理对她这么快就结束了疗养十分奇怪。她还给一位女朋友也打了电话，对方气喘吁吁，她立刻意识到这个电话打得不是时候，"没什么，真的没什么，你可别瞎想，我刚好做完仰卧起坐。什么？你说你在路上捡了一只猫？"为了不使她尴尬，对方装作感兴趣地问："你给它起名字了吗？"

如果把各种电波和信息幻化成有形的丝线，城市将变成一个巨大的撕不开扯不烂的乱麻团。风在窗口刮过，将有线电视的胶皮线吹得抖出铮铮的响声。雨后的凉意从纱窗透进来，她抖做一团。厨房有什么响了一声，她惊愕地坐起来，打开台灯，那只猫安静地趴在沙发上，将头缩着，她的心跳却不那么容易平静，大着胆子走去厨房看了看。风将厨房的气窗吹开了。

关掉气窗，她站在丈夫的遗像前看了一会儿。仅仅过去了两个月，她却觉得过去了好久。照片上的男人已经有些陌生了。他是一个锅炉维修工，十几年前，他看过描写数学家陈景润的报告文学，开始他仅仅是想弄清楚"数学王冠上的明珠"是怎么一回事，后来渐渐地就对数学着了迷，一心想要证明1+1到底等于几。他从修理自行车大小不一的螺丝需用配套尺寸不一的扳手受到了启发，认为陈景润之所以无法将"哥德巴赫猜想"的研究进一步深入，原因是他的研究方向发生了错误。

丈夫想要借此改变命运，出人头地，向单位的领导证明自己的能力，便经常性地旷工。后来他又将希望寄托到儿子身上。儿子考上了大学，却不肯按他的设计深造，学了政治学，开始写诗。他则开始借酒浇愁，抱怨妻子不支持他的事业。有一天他醉酒跌断了鼻梁骨，在医院里他清醒过来，为过去半年在街头摆地摊浪费的时间懊悔不已，决定继续他的研究工作。正当数学王冠上的明珠重新照亮他的心灵，他患了心肌梗死。两个月前的那个雨夜，风吹开了厨房的气窗，他起床关窗，在厨房门口大叫了一声，跌倒在冰箱旁边。这个爱好数学的人死时赤裸着身子，瘦嶙嶙的大腿被暖气片划出了血痕。

丈夫死后，儿子回家住了两周便回学校上课了。葛兰几乎被突然发生的变故击垮了，为了平复她的创伤，单位特准她去海边疗养。那天她在海边站着站着忽然悲从心中来，再也无法抑制，竟然忘情地趴在一个陌生男人的肩头大哭不止，因为这次大胆的过错，她仅在疗养地待了三天便不得不逃离那里。

现在，她躺在家中，躺在死气沉沉的家中，唯一有生气的便是那只猫了。她庆幸拾回了这只猫，否则她会感到更加孤独凄冷，更加难以忍受。此刻天棚传下来床腿的响动。她是一个过来人，知道那响声是怎么回事。去年夏天的一个夜晚，伴着那响动她还听见了楼上传下来的难以抑制的呻吟。她用暗示的眼神含情脉脉地看着丈夫，可那个爱好数学的家伙，对楼上夫妇做爱打断他的沉思十分痛恨，竟然狂躁地用拖把敲打直通楼上的暖气管。楼上住着的是一对很温和世故的夫妇。而且妻子差不多还要算是个美人，皮肤白皙，头发染成金黄色，好看的臀部总在窄裙里滚来滚去。丈夫竟然丧心病狂地敲人家的暖气管子，从此这两家人再不说话。有几次，葛兰在楼梯上和金发美人撞个正着，人家却不肯看她一眼，弄得她十分尴尬。

葛兰想，楼上也许还不知道她已经回来了，否则怎么会有这么大的响声呢？她想不开的是，既然他们那么有钱，那么甜蜜，干吗不换一张好床呢？

如果心情愉快，电视里播放的无聊喜剧制造的笑声也会拨动你脆弱的笑神经，否则就不一样。你会为洗碗时水龙头不淌水，困倦时窗外定时响起的垃圾车的音乐烦躁不安，觉得日子混乱如麻，工作的压力，家庭的琐事，总之，这日子枯燥无味，无法再过下去。这种恶劣的情绪也许随着第二天初升的太阳和明媚的春光一扫而光。可在葛兰，这天夜里，天棚楼板传下来的声音像铅球一样砸中她的心口窝。她强忍着不去敲暖气管，后来她终于扬起菜刀背，迟疑了那么一会儿，楼上已悄无声息。

第二天一上班，葛兰便发现公司的气氛压抑，同事们仅就海边的气候敷衍地和她聊上几句，当她准备夸张地讲讲蝉声和湿润的海风时，对方却表现得十分无理，不是走开，就是告诉她，哪天再听她细讲。同事们都在为单位即将出台的裁员方案忧心忡忡。"我可不愿就这样回家当一名家庭妇女。"张晓梅红着眼圈，奇怪地问："葛兰，我看你怎么跟个没事人似的，你可真超脱。"

葛兰心中有事。她忽然想起早晨走得匆忙，忘了把猫食碗从洗手间里拿出来，忘了把那盆心爱的月季移到窗台上，猫不会将花架打翻吧？她发现自己担心的不是花架倒了摔碎花盆，而是害怕砸着那只小猫。用抹布擦抹办公桌，擦着擦着她停了下来，魂不守舍，猫会不会从气窗爬出去跌到楼下去呢？最后她竟无法确定早晨锁门是否将随她走出房门的小猫锁在了门外。一时间多了这么多牵挂，葛兰心中七上八下。无疑，那只猫让她的生活多了一项重要的内容。

借口身体不适，她中午匆忙赶回家去。路过电影厂，她已经给小猫起好了名字，她要叫它"明珠"，这表明她潜移默化地受了死去的锅炉工的影响。钥匙转动门锁的一刻，她的心提到了嗓子眼儿。

谢天谢地，猫就站在厅中间，看见主人回来，它胆怯地叫了一声，谨慎地表示了亲昵。"明珠，"葛兰蹲下身招呼它，"明珠。"她又喊了一声。

小猫愣了一下，然后颠颠地跑上来，胡须蹭得葛兰的手掌心痒丝丝的。小猫愉快地打着小呼噜，伸出粗糙的红舌头舔主人的手腕，舔得葛兰心里涌过暖流。葛兰感到自己从来没有像现在这样喜欢过一条小生命。这是一只很普通的灰黑杂色的女猫，甚至腮边的胡须处还有和老鼠搏斗时被咬破的伤痕，并且已经流浪了一段时间，但它的眼睛和善解人意的温顺，完全配得上"明珠"这个名字。

今年夏天是葛兰记忆中的第一个燠热的夏季，城市像一个大的蒸笼，出租车行驶在无遮无拦的街道上，沥青味重得让人头疼。而被称作"六月雪"的杨花仍在城市漫天飞舞，挂在人们干燥的脸上和睫毛上。游泳馆爆满了，红眼病又开始流行。

被通知下岗的那天，葛兰的表现出乎所有人的意料。谁都知道她只有微薄的工资，还要供养一个大学生，她完全有理由和厂方理论一番，申请照顾。没有人相信她甘愿回家的原因竟是因为一只猫。那几乎是一种变态的情感。有时睡到半夜，她也要打开灯看一看猫在不在。厂里没有一个人不知道葛兰的猫学会了在洗手间大小便，她会为早晨明珠转圈咬自己的尾巴尖的淘气举动快活一个上午。晚上，明珠就安静地卧在她的枕头旁边。有一天夜里，她感到脸上湿润润的，醒来发现猫正在亲昵地舔着她的额头，头发也给小猫舔过，油亮亮的，她感动得哭了一场。

就在那天夜里，她听见楼上的窗口传出一种新的声音。不是床腿的声音，是猫叫，竟是猫叫。那叫声最先吸引了明珠，它愣了一愣，接着跳上窗台，专注地望着窗外。听着听着，它突然回应了一声，然后跳上床，将头埋在葛兰的手掌里打起呼噜。

葛兰暂时还不急着去找一份新的工作，这家里只有她一个人，她可不像同事那样害怕做一名家庭妇女。她已经好久没有听见楼上的响声了，相反，那猫叫倒是一天比一天次数频繁。而明珠也显得越来越不安，在窗台上来回走动，一副寂寞难耐的样子。

星期六的早晨，葛兰在楼下遇见了四楼的邻居，那位年轻的金发美人意外地冲她笑了。自从锅炉工敲过通往楼上的暖气管以后，她们已经很长时间形同陌路。

几句尴尬的搭讪之后，她们很快就进入了共同的话题——两家都养了一只猫。

"我叫王芳，你叫我小王好了。"葛兰发现对方原来是一个很活跃的人，她想自己应该改变观念了，不应该因为人家染了头发就对人家有看法。这只能说明自己的生活观念还很保守。

"你养的是一只女猫，这可太好了。"王芳说，"我们家的王子，这几天正闹发情呢！"

王芳说："就这么定了，我现在要出去办点儿事，下午你在家吧？对了，咱们以后都是家庭妇女了。忘了告诉你，我也回家了，医院精减人员，我倒乐得不上班呢。"王芳说："咱们可说好了，下午3点我下楼敲你的门，我这可是给王子郑重地提亲哪！"

王芳一点儿也没觉察到葛兰的不自然，不等她回答便自顾自地走了。葛兰呆在原地，拒绝的话还在舌头下面打着转儿。

一个上午，葛兰都在为没能当场拒绝王芳懊悔着，她什么也干不下去，呼吸都不顺畅。明珠跟着她身前身后地打转，被她烦躁地踢了一脚，它委屈地叫着跳到沙发上，圆圆的眼睛就像两汪清泉水。葛兰后悔不迭，她把猫抱在怀里，猫咪猫咪地安慰着。她一厢情愿地认为，她的猫咪绝不愿意被雄猫染指，更不想因为一只毫不相干的雄猫进入发情期就牺牲自己充当泄欲的工具，承担可能怀孕的恶果。一想到可怜的猫咪现在对将要到来的厄运——一只雄猫的侵犯毫无防备和防范能力，她的自责就像酸水一样泛起来，酸得舌根发痒。她心乱如麻地想着拒绝王芳的做法，应该说，她是一个有主见的人，可这会儿她拿不定主意是到楼上当面拒绝，还是在对方敲门的时候装作不在家。

约定的时间到了，王芳没有抱着他的王子前来敲门。葛兰凝神谛听，走廊里和楼梯上连脚步声也没有。太阳从水电学校教学楼的后面落下去，喧闹的孩子们在楼下疯跑，将足球一次次砸在自行车棚的砖墙上。蜻蜓和燕子匆忙地飞来飞去，鸽子在进行最后一次盘旋，那群鸽子的主人已经吹响了哨子。这真是一个平静而又平常的傍晚，尤其是楼上传来的切菜声像一针镇静剂，使葛兰绷紧的神经松弛下来。她为自己过分的思虑暗自发笑。毕竟她是明珠的主人，如果她不愿意，楼上的那只什么王子怎么能钻进她的家里上蹿下跳？王芳是在和她开玩笑也说不定，没准这会儿正拿她的紧张和尴尬当笑料讲给丈夫听呢！葛兰因一天的神经过敏脸红起来，觉得自己真的和家庭妇女一样毫无见识。

星期一的中午，门在葛兰毫无准备的情况下给敲响了，站在门口的正是王芳。王芳殷勤地笑着，怀里抱着一只纯种的波斯猫，猫的两只眼睛就像绿莹莹的玛瑙，脖子上扎着漂亮的红绸蝴蝶结。

"真不好意思，葛姐，前天下午回来身体就不舒服，昨天又躺了一天，我这辈子最后悔的就是没托生成个男人，这会儿腰还是酸酸的。"王芳自来熟地打量着葛兰的房间。

"对了，怎么没看见你家的猫？"

没见到王芳的王子之前，葛兰一直以为她的明珠是全世界最漂亮的猫，除了在电视上，她还没见过纯种的波斯猫。王芳将她的王子撒开，波斯猫抖抖身上的毛，以一副养尊处优高高在上的姿势蹲坐在主人的脚边，俨然一位绅士。

王芳笑笑说："怎么？葛姐，还不把你的公主放出来，你看，我们这位骄傲的王子都等不及了。"

果然，波斯猫这会儿已经踱到里屋的门口，埋下头嗅到了同类的气味。

葛兰自惭地说："我养的明珠只是一般的家猫，可没有你这只王子名贵。"

葛兰走进屋，在枕头后面找到了明珠。明珠好像察觉到了什么，爪子抓住枕巾不肯松开，葛兰只好将它强行抱了出来。

"这就是你的猫吗？"一愣过后，王芳忍不住笑起来，开始还矜持地抿着嘴唇，后来笑声破口而出，笑得几乎岔气。

笑完，她抱起在地上围着葛兰打转的波斯猫，"我还以为你养的也是只波斯猫，没想到它会这么丑。这样的猫，王子可看不上眼。"

葛兰勉强地笑了笑，"我倒觉得我的猫挺好看的。"

王芳反倒有些尴尬了，觉得自己说得有些过分，不该嘲笑葛兰的猫。于是又说了几句闲话，便告辞了。

王芳上楼以后，葛兰坐下给儿子打了一会儿毛衣。开始感到的是轻松，一件令她难做的事没想到就这样轻而易举地解决了。织着织着她停了下来，认真地打量起那只玩着毛线团的猫，发现确如王芳说的那样，它不过是只普通的家猫，和人们印象中的宠物差着很大的一截。后来她叹口气，认可了两只猫的差距，她就不再烦恼，觉得王芳的猫也和她本人一样的俗气。本来她没巴望着和她做朋友，受一点儿奚落也无所谓。

漫天飞舞的杨花渐渐地少了，树的颜色深了，气温变得更高起来。马路牙子的温度到了晚上十点钟才会降下来，白天热得昏头昏脑的人也在这个时候出来纳凉。严格地说，这一段时间已经没有真正意义上的夜晚了。这让人们想起了几年前那一段适应不过来的夏时制。夜变得凉爽了，葛兰的情绪却变得更加烦躁。因为一凉下来，四楼的那只波斯猫就开始呻唤。自从一个星期以前见到了四楼的王子，葛兰的猫像是一下子明了了世事，原先它只局限于在窗台上不安地走动，现在开始抓挠纱窗，变得不知廉耻，耐不住寂寞，十分没有出息。看得出，楼上的猫主人也被叫春的猫折磨得不堪忍受。丈夫用什么东西打猫，猫的哀嚎过后，是夫妇两人的争吵。最后猫叫停了，女人尖细的抽咽却没有停止。

又过了几天，葛兰在超市遇到了王芳。王芳眼睛红肿，向她抱怨说："你说那能怨王子吗？值得他那么狠心抡起扇子打。我这样侍候他他还要去外面找小姐，就不能让猫发发情？我看他还不如猫呢，猫好歹还留在家里。"

看上去王芳并不像她想象的那样养尊处优，也有许多烦恼。女人是很容易为对方的诉苦所打动的，何况对方还直言不讳地讲了自家的隐私。这就尤其显得亲近。回家的路上，葛兰知道王芳为她的王子打听了身边所有的朋友，也没给王子找到一只女猫。走到楼梯口，王芳婉转地说了自己的想法，问葛兰能不能让王子和明珠交配一次。

"你要是不嫌闹得慌，你把王子抱去吧，一对猫好养活，省得一发情就吵得人头疼。生下了小猫送我一对猫崽。要不然过不了几天，我家那口子就得把王子打死，说不定什么时候就给他偷着抱出去阉了。"王芳眼圈红红的，用期待的眼神看着葛兰。

葛兰第一次被王芳请到楼上做客。在她接触的圈子里，还没有一位朋友或熟人家里像王芳家这样气派。一色的红木家具，摆着洋酒的吧台，雕花玻璃屏风和西式吊灯，尤其是地板竟能映出君子兰的花和叶子。看得出，王芳对自己的居住环境十分满意，她领着葛兰观看了所有的房间。她打开卧室，葛兰特意留心了一下，卧室里一张新床，她松了一口气，毕竟再不会受先前的那张木床的折磨了。

在客厅坐下，王芳招呼一声，那只波斯猫懒洋洋地从阳台走出来，伸了一个懒腰，跳到沙发上，偎在王芳的腿边打了一个喷嚏。这个喷嚏让王芳笑起来，笑得前仰后合。葛兰虽看不出有什么可笑，也跟着笑了一会儿。

王芳说："你不知道我笑什么吧？我笑我丈夫怎么会吃这只猫的醋，昨天晚上趁我不注意还狠狠地瞪了王子一眼。他整天惦记着哪天把王子给阉了。"这是王芳第二次说起这件事了，葛兰知道，她马上就要进入正题了。

果然，王芳说："葛姐，你去把明珠抱上来怎么样？"

没想到，明珠竟是一只见不了场面的笨猫。葛兰将它抱上楼，往王芳家的客厅一放，它竟然被周围的器物唬得双腿瘫软。尤其是它在地板上走了几步，蓦地看见地上的倒影，一愣过后，爪子开始打滑，再不敢迈步，干脆趴下，看着葛兰可怜巴巴地叫着。

王芳却十分兴奋，一迭声地怂恿着王子，"王子，上啊，上啊，你不是天天晚上叫吗？"

王子蹲在那里看了一会儿，终于走上前去，围着明珠转了几圈，它停下来，把嘴巴伸到明珠的尾巴处嗅了几嗅。王芳和葛兰都不自觉地看了对方一眼，"葛姐，你的脸怎么红了？"王芳又笑起来，葛兰知道她在开玩笑，被她笑得脸倒真的热了。

王芳敛住笑，认真地说："葛姐，说真的，我丈夫有个同学比你可能大几岁，人很不错，要不要给你介绍介绍？咦，怎么回事？王子怎么走了？"

王子抖着身上的毛，真的懒洋洋地走开了。明珠也勉强挪了地方，分明遗下的是一泡尿水。

这回葛兰脸可真是红了，就像串门带去的孩子失手打碎了主人家心爱的花瓶般尴尬，既不好当场教训，又觉得赦然。"真不好意思，"葛兰说，"我给你擦擦吧，明珠平时在家都是在洗手间小便，不知这次……你看，真不好意思。"

"没什么，没什么。"王芳动作很快地取来抹布，葛兰不安地站着。王芳说："葛姐，你坐呀！这真的没什么。"话虽这么说，人却不肯弯腰，只用脚推着抹布来回地抹。

恰好门铃响了。葛兰如蒙大赦，"你家来人，我该回去了。"她抱起明珠往外走。

回来的是王芳的丈夫，葛兰打声招呼，不等他说话，便匆匆地下楼了，只记得王芳的丈夫脸色苍白仿佛生病的光景。

回到家，葛兰径直将明珠扔进洗手间，任那小东西怎样挠门和呻唤也不去理它。葛兰觉得真是丢人，心情尤为不快。为猫，也为自己，有些东西排解不开，难以释怀。她知道不只是猫走进那间屋子不自在，她自己不也十分拘谨和不自然吗？仿佛有一条无形的鸿沟横在她和王芳之间。说穿了她们毕竟不属于同一个生活圈。话又说回来，明珠也太给她丢脸了，不争气便也罢了，竟把尿尿在人家的客厅里。她下决心不去打开洗手间，准备狠狠地饿它一个晚上。

外面下雨了，又是一个雨中潮湿的夜晚。葛兰关窗时听见了哭声，她仔细分辨，哭声是从楼上传来的，是王芳在哭。哭声越来越大，走廊里脚步杂乱。

葛兰忽然看见楼下的甬路上停着一辆白色面包车，几个穿着雨衣的人站在车边。她意外地闻到了浓郁的香气，车灯一晃，只见雨水打在丁香花丛上。丁香花开了。

王芳打着伞哭着送他丈夫出楼。看着远去的面包车，她强忍着抽咽，肩膀在不停地抖动。凭直觉，葛兰知道王芳的丈夫出事了。葛兰不知道自己是不是应该出于礼貌去问候和安慰王芳，等她说服自己来到楼门口，已不见了王芳的踪影。

一连三天楼上都没有动静，有时能听见上面传来一连串的电话铃声，葛兰确信王芳和她丈夫都没有回家。

那天从菜市场回来，葛兰意外地看见了王芳的猫。王子饯毛饯刺，形象绝不比当初拾到的明珠强多少，显然它曾遭到恶作剧的孩子的袭击，蝴蝶结没了半边，脑门和尾巴上的毛也被剪了，像疤一样难看。

葛兰将王子带回家中，给它洗了澡，让它和明珠在一个盆子里进食。可能是这几天的艰辛给王子的印象太深了，它长时间地守在食物旁边，向同伴发出沙哑的叫声。这会儿，它身上的傲气早已荡然无存，相反对明珠表现得十分巴结。矜持了半天，明珠接纳了王子，两只猫就在房间里互相追逐着尾巴捉起了迷藏。

星期四的中午，王芳回来了，她的身后跟着几个穿制服的人。将他们送走后，她敲开了葛兰的房门。几天不见，王芳憔悴了许多，头发变灰了，脸上毫无光彩。"我丈夫住院了，动了个阑尾手术。"王芳轻描淡写地说，"算不得什么大病，他过几天就能回来。"她并不奇怪葛兰收留了王子，"我知道它不会跑得太远，而且这个楼里只有你能收留它。"

王芳将她的猫抱走了，看上去她对王子的感情已大打折扣，因为她揽着猫的腰，而不是将它抱在怀里。

　　夏天将尽的时候，王芳和丈夫又一起出现在楼前的路上。他们黄昏时相挽着走出来散步，故意装得十分甜蜜。走在楼梯上也极力掩饰着疲惫，并且明显地疏远了邻居。一对再婚三年的夫妇这样的表现，多少有些反常，正像邻居们猜测的那样，这对夫妇的关系可能出现裂痕了。葛兰虽然不参加那些饶舌的家庭妇女们的谈论，却无时无刻不在留心着楼上的动静。一天夜里，楼上尖叫一声。葛兰打开房门灯，只见王芳站在楼梯之间的拐角处。王芳穿着裸露的睡衣，抱着双肩哆嗦成一团。

　　"葛姐，他，他把王子给阉了。"王芳泪流满面。"他就用剪子那么一剪，太残忍了，太可怕了。"

　　清晨，葛兰从睡梦中惊醒，觉得卧室里多了什么。打开灯，她瞪大了眼睛，门口竟然有两只刚出生不久的猫崽。她正看着，明珠从外面窜进来，用爪子将猫崽扫到一起，一口叼上飞快地跳出门外。

　　葛兰给王芳送猫崽的那天，王芳正好雇人往楼下搬属于她的家具和家电，她离婚了。"我对养猫没有兴趣了，我现在想养一条狗。"王芳将猫崽捧在手里看了一会儿，"这是王子的种。"她肯定地说。

　　有轨电车哐哐当当地响着，车顶不时迸溅起蓝色的电火花。树木和电线杆在雨水中静穆不动。附近的路边搭着一处席棚，卖西瓜的汉子坐在西瓜堆上，大声地咒骂着秋天的雨水。葛兰将用围裙包着的三只小猫崽扔在电车站，转身跑开。跑了几步，她又站下，她听见猫崽在凄惨地叫着。怜悯心瞬间充满了她的心房。她走回去，将围裙打开，围裙包着的被她遗弃的三只小猫崽恐惧地挤在一处。趁它们还没有叫起来，葛兰又慌忙走开了。雨水从头发上滴下来，和泪水一道流到嘴角，咸咸的，涩涩的。

葛兰听见后面的猫叫越来越清晰，此刻她仿佛在重历半年前从疗养地回来的那个晚上，重复着那天晚上的孤单和心酸。好像有什么东西在她犹豫的时候悄悄地消逝了，又好像有什么东西和那几只猫一起给关在了门外。

中　暑

　　她从脖子上摘下钥匙，楼道里有股中药味，但很凉爽，嗯，像晨风吹来亮晶晶的露珠一样，令人惬意的凉爽。凉气从凉鞋的鞋后跟，从套着丝袜的脚趾缝往上走，真的很舒服，尤其是你在中午的太阳底下坐了半个小时的公共汽车，又走过小区炙人的石子。知了在柏树丛中懒洋洋地噪叫，挂在树杈上的鸟笼里却没有一点儿声音，那些可怜的鸟不是被晒昏了，就是被闷死了。她刚才还这么想来着，这会儿走进楼门洞，她才知道那些鸟不知该有多舒适呢，闭上圆眼睛睡上一觉，让不知好歹的知了去叫。

　　钥匙插进锁孔，左膝又有些灼痛了，那儿擦掉了一大块皮，胳膊也酸痛起来。她实在是太卖力了，一定是什么地方拉伤了，但那会儿她可没想那么多。当时正上体育课，练习走正步，杨梅就站在她的前面，一开始是双腿打哆嗦，然后忽然向后瘫去。她上前扶了，但没有扶住。杨梅只来得及拉住她的手，只来得及说了半句话，"我头晕，我——"有人被吓得尖声大叫，有人被吓得脸色惨白，有人一边向操场的篮球场那儿跑，一边大声招呼那个粗心的男老师。只有她是沉着的，立刻把杨梅的头垫在自己的腿上，使劲掐她的人中。等那些男孩子围上来，杨梅已经醒过来了。"你只是中暑了。休息一下就会好。"她宽慰着怀里的大眼睛胖女孩。杨梅额头汗津津的，半是恐惧半是感激地使劲点头。

那些赞许的目光没什么，也没什么可夸奖和自得的，因为，"她妈妈是医生嘛"。这就是嫉妒了。不过，这倒真是一个可以骄傲的资本呢。她有一个当医生的母亲，而且是一个漂亮白皙的外科医生，善解人意，善于言谈，每次家长会都要代表家长发言。外科医生知道怎样发挥自己的魅力，既不巴结也不骄傲，她总是那么随和，面带微笑。她喜欢她的妈妈，嗯，在她的记忆中，妈妈好像从来没有大声呵斥过她，妈妈总是事先帮她安排好一切。她最高兴的是到妈妈的单位去，看着那些男医生笑得巴巴结结的，"你们母女俩长得真像啊，白芹，你女儿长大也是一个美人啊。"这时，白芹就自豪地看她，目光亮晶晶的，"我们娘俩长得像吗？"她知道不像，她的鼻子没有妈妈的挺，而且，她会有妈妈那么修长的腿和好看的胸吗？

唉，现在最要紧的是赶紧打开门，奔进厨房，打开冰箱把水拿出来喝上一口。早晨妈妈在上班前给她调好了一杯冰糖水，就放在冰箱上层的格子里。"艾艾，回来先把冰水喝了再写作业。"妈妈就是这么说的，妈妈的话她可从来不会忘记。

可是，门却打不开。她拔出钥匙，又试了几次，还是打不开。她惊惶地抬头看看，生怕开错了房门。的确是她家的门，门上安着一个漂亮的门铃，就像一枚漂亮的扣子钉在门的左上角。出了什么岔子？又试了两回，还是没开。她正在发愣，门却自己开了。

"艾艾——"

"妈，不知道为什么我打不开门。"

"不会吧。"妈妈忽然提高了嗓门，"天哪，艾艾，你的腿是怎么搞的？你被车撞到了吗？流了很多血，快让妈看看，疼不疼？"妈妈俯下身来，给她解书包，她的头正好偎在妈妈的前胸，软乎乎、暖烘烘的，她喜欢妈妈没带文胸的这种感觉。

"不疼。"

"擦掉这么大一块皮，怎么会不疼？"

"刚才还疼来着，这会儿，不疼了。你知道，疼也怕医生啊。"她既感激又幸福地说，妈妈可是常上手术台的外科医生，见到她擦破点儿皮竟会紧张成这样。

她不得不咽下就要脱口而出的一小段关于母爱的抒情，闭上嘟起的小嘴，因为——屋子里还有一个陌生的男人，这时也出现在门口。

"白芹，这是艾艾吧？艾艾，我是你李叔。"

"你看，我光顾紧张女儿了，艾艾，快和李叔打招呼。李叔是妈妈的中学同学，在北京工作，我跟你说过的。李叔出差路过长春，特地来看望妈妈。"尴尬的母亲不忘再补上一句，"李叔和你爸爸也是好朋友。"

李叔戴着一副宽边眼镜，下巴上布满黑黑的胡子楂儿。他的皮肤有点儿黑红色，看上去可比爸爸健康多了，尤其是他的身材适中，没有一点儿中年人共有的发胖的迹象。他微笑着，可是当她认真地打量他时，他却把目光慌忙闪开了。"白芹，快给孩子上点儿药吧，天热，千万不要感染了。"李叔殷勤地接过她的书包。

李叔说："艾艾，让你妈给你找药，你先去洗手间洗洗脸，看你这一头的汗。"

看看妈妈跑得多快呀，爸爸对她说话可从来没有这么好使过。凉水一撩到脸上，她忽然间为平日讨厌的爸爸愤愤不平起来。客厅里那个男人不但健康结实，而且一点儿也不粗俗。粗俗，这个词妈妈几乎每天都要说上几回。爸爸却毫不在意，陷在沙发里拍着大肚子，欣赏地看着白芹手伸到后背解着文胸，嘴里嘟囔说："这要不是多挣点儿钱还不一定养得住你。"

白芹可不会让他得意，跟上一句，"你就是挣个金山回来也是粗俗。"

神情诡异的丈夫笑起来，"我不粗俗你会跟我吗？"

"嗨，当着孩子的面你乱说什么？"妈妈喊起来。

这个李叔就斯文得多，他没准就是妈妈喜欢的那种类型呢。可是爸爸也不差呀，当年不也是帅小伙吗？只不过现在发福了。她的心乱起来，不知道为什么下意识地要做这种比较。

"艾艾，你看上去很疲劳，你可以先睡会儿，然后再写作业。妈妈现在去菜市场，你李叔还要出去办点儿事，他要在咱家吃晚饭。"

他们出门好半天过后，她仍在为自己的发现失魂落魄，她现在的脸色和杨梅躺在她腿上时没什么两样。苍白，透着一股寒气，嘴唇像两片薄木片。她后悔向老师自告奋勇要送杨梅提前回家，那又怎么样呢？她的腿伤疼起来，伴着一阵阵恶心。

这种感觉在去年秋天有过一次。那是一个星期天，她们在文化广场拍照，广场上空一只只风筝起起落落，秋天的阳光和煦而温暖，就像春天一样。她看见一只蜻蜓风筝忽然一头栽下来，在那个和平鸽的大理石翅膀上晃荡了一下，又向下落，落在下面那具黑色的裸雕的肩膀头上。然后，她的目光移到了雕塑的两腿之间，那里雕着个逼真的男根，她忽然间就感到很屈辱。这让她想起前一天在学校操场上的一幕。她们几个女同学正在打羽毛球，一个男人骑着自行车猛冲过来，那是一个小个子大嘴巴的猥琐男子，眼看着撞到她的身上，那个男人一下子刹住车，然后，猛地拉下自己的短裤，身子对着几个目瞪口呆的连脸还来不及红的女孩前后耸了几下。在她们喊出来之前，那个露阴癖的家伙已经跳上自行车飞快地向校门口骑去。

"艾艾，你在看什么？"循循善诱的妈妈说，"你看这个雕塑的腿和胳膊上的肌肉雕得多逼真，试图在表达一种生命的力量。"

"妈妈，我有一点儿恶心。"

"恶心？因为这个雕塑？"

"不是。妈妈，我说了你也不懂。"

"我不懂？艾艾，妈妈在你这个年龄也常这样。说到底，情绪不稳定是青春期女孩的正常现象啊。艾艾，关键是要活泼，还要——"

"妈妈，我们到草地那面去吧，太阳晒得我快昏倒了。"

她现在真的很疲劳，就像刚跑了一场马拉松，或者，中了暑似的。那种恶心的滋味不好受。如果说那个露阴癖带给她的恶心只是生理上的，那这次不同，她受到了——伤害。

"你不要瞎想了，你只是太敏感了。"她一遍遍地对自己说。

可是总有一个声音立刻提出反对意见，"可你看见了，他们反锁了门。"

"这只是凑巧，凑巧你明白吗？"

"那胸罩怎么解释？你进门的时候她没戴文胸，胸前软乎乎的，她给你取药的时候却趁机戴上了，你凑巧发现了这个细节。还有，那个男人的眼神故作镇静，声音沙哑干涩的自我介绍，这还不能说明问题吗？"

"你不要瞎想了，没有这回事。你累了，你应该睡一会儿。睡一觉就会好。"

"你撞破了你妈妈的奸情，就是这么回事。"

"天哪，你胡说什么？我睡了。我要睡一会儿。本来就要睡着的，是你把我吵醒了，你闭嘴呀。"

阳光在窗台外的榕树叶上消失了，像掀去一层洒着晶亮斑点的薄纱，天色像雾一样灰蒙蒙的，灯光从卧室没关严的门缝漏进来。听见客厅里的笑声，她知道已经是晚饭时间了，她奇怪妈妈为什么不来叫她去吃饭。伴着一阵痛楚，她彻底醒了。她想起来了，客厅里大人们正在进行晚宴。她听见了酒杯碰撞的声音，她甚至听见了啤酒灌进喉咙的声音，那声音肯定是父亲的，那声音让她一阵战栗。她不知道怎样去面对那三个大人，尤其是——爸爸。他一无所知，张张罗罗地喝着他最喜欢的冰镇啤酒，兴高采烈，毫无戒心。想到这儿，她开始替父亲害起臊来了，又有些愤愤不平。她咳嗽起来，咳得脸都红了。

"艾艾，你醒了吗？你醒了就出来一起吃饭。你李叔还要问问你的功课。"妈妈推开房门，很显然，她也喝了酒，双颊红润，兴冲冲地。

"我不饿，妈妈，嗯，我想洗个澡，身上黏糊糊的。"

"你的腿怎么样了，注意别沾水感染了。"

妈妈走出去了。她又在床上坐了一小会儿，小区的便道上车灯闪烁，窗纱上蚊蟆乱撞。这是一个燠热的夜晚，没有风。小区的会馆门口霓虹灯一闪一闪，灯光下，身着制服的保安员向来往的行人一遍遍地敬礼。她自暴自弃地想——她想自己的腿伤发炎了，高烧不退。在医院里奄奄一息，她的母亲内疚地大声号啕。想到这儿，她自己竟然酸楚起来。

她走去卫生间。"艾艾——"妈妈的老同学在和她打招呼。她装作没听见，关上卫生间的门，将爸爸的责备关在门外。爸爸说："今天艾艾怎么怪怪的？"

"她没事，你们喝你们的。"妈妈回答。

脱掉衣服，站在淋浴喷头下面，水温正好，水花溅在身上，她就那样站在水里。透过水帘，镜子里的人模模糊糊的，周围的一切都显得那么不真实。她低下头，流到嘴角的泪水又咸又涩。她任由泪水流出来，强忍住不让自己的肩头抽搐。

"我不知道应该怎么做。"她的脑袋里只有这一句话，这个念头在她娇嫩的小胸脯里翻腾，折腾得她想呕吐。水溅到地上，急促地流进地漏，就像酒入喉咙的声音。她就那么站着，连两腿都懒得叉开，小便比洗澡水温度要高，顺着大腿流下去。做完这个动作，她觉得好受些了。这时，她听见有人拉卫生间的门。

"让它感染了算了。"她用水冲洗腿上的伤处，发觉那里只是几道长短不一的擦痕，原来伤得并不严重。

来敲门的是妈妈，"艾艾，怎么洗这么长时间？洗完快点儿来吃饭。你李叔想用卫生间。"

她不想出去，她不知道该怎样去面对客厅里的三个人。她尽可能地磨蹭，慢慢地理着头发，慢慢地涂淋浴液，一边体会着——伤害，那是一种说不清楚的感觉，茫然中有一丝怨恨，甚至是自怨自艾。她恨自己小腿悄悄地粗壮起来，她恨自己蓓蕾一样的小胸脯竟然鼓了起来。昨天她还悄悄地对着镜子想她长大后会不会像母亲那样丰满呢，这会儿却想，干脆长成个平胸算了。

"艾艾，你还要洗多长时间？"妈妈又一次敲门。

她想她一点儿也不喜欢杨梅，大家却以为她们是一对好朋友，他们可大错特错，她和杨梅在一起的真实原因，是因为杨梅又胖又蠢。她现在一想杨梅躲在体育馆里偷吃薯片的贪婪样就冷笑起来，可当时她没这么想啊，她说什么来着？她说的是："杨梅，你别这么吃好吗？要不你会胖死的。"

杨梅说："我就是忍不住。"

此刻的情形和杨梅说的一样，她就是忍不住从脚底心翻腾起来的恶意，她就是要待在卫生间不出去，让那个该死的客人急去吧，反正这会儿急着上厕所的又不是爸爸。

果然，"艾艾，你还没洗完吗？你李叔急着要用卫生间。"妈妈越来越恼怒了，她听得出来。

"你总得让我洗完吧，妈妈。"她心平气和地说，尽量压抑着莫名的快意。

"你洗吧，干脆待在里面别出来。"她听见妈妈一边向餐厅走一边大声嚷着，"你去看看你的宝贝女儿吧，我没见过这么不懂事的孩子。"

接下来敲门的一定是爸爸，关掉淋浴，湿乎乎地穿好衣服，她想，要是爸爸也来数落她，她就离家出走。可是，没有人再来敲门。好像客厅里的人出去了。过了好一会儿，她听见妈妈跑去卧室的声音，妈妈急急忙忙地拉抽屉的声音。然后，妈妈竟然使劲关上房门，跑下楼去了。

客厅里真的没有人了。她踅进自己的房间，从容不迫地换上自己最喜欢的绿裙子，她想在父母回来之前离开家，她想今晚可以住在杨梅家里。

她打开房门，正对着母亲怨怼的眼睛。"艾艾，你要到哪儿去？"

"白芹，你看不出艾艾只是想出去散散步吗？"爸爸说，"艾艾，爸爸陪你出去。"

夜风习习，小区里只有钟塔的射灯还闪着。保安员列队走过，他们走去湖边的甬路，脚下沙沙响。父亲的脚步十分沉重，伴着身体肥胖的气喘。这一对父女一直走到小区外的湖边。风从湖面上刮过来，高高的湖岸石堤下面散发着淤泥的腥味，湖水在十米开外的地方荡漾，远处的大桥上闪着霓虹灯，车流仍很繁忙。

"艾艾，"爸爸说，"你把今晚的聚会搞砸了，客人只好去楼外的公共厕所，不小心摔得满脸是血，李叔上了药就直接回宾馆了。弄得人家十分狼狈，爸爸和妈妈都没面子。你说你是不是把事情搞砸了？"

循循善诱的父亲故作轻松地说："艾艾，你是个懂事的孩子，你这么做一定有原因，我看你今天怪怪的，没有事情要告诉爸爸吗？"

半夜时，门开了，她听见妈妈熟悉而平稳的呼吸。母亲轻轻地给女儿盖好毛巾被，母亲发现女儿的眼睛睁得大大的。女儿抓紧妈妈的手放在自己的脸上，温热的泪水在她的手指下面痒丝丝的流着。

"妈妈，我对爸爸说我情绪不好是因为中了暑。"

"妈妈知道，艾艾，妈妈知道艾艾只是因为中暑才这样的。"

妈妈说："艾艾，一切都过去了，生活还和原来一样，好好睡一觉，明天一切都会好起来。"

母亲俯下身去吻女儿的额头，女儿则紧紧地搂住母亲的肩膀，紧紧地抱住，抱住那失而复得的母爱。

工 地

"冯河，冯河，到点了，咱们得到路上去啦！"

冯河是一个十六岁的头脑简单的小伙子，大脑袋上的头发黑直茂密，脊背上还粘着从柳条铺上掉下来的柳树叶。睁开一双红眼打了个哈欠，他忽然想起今天是休息日。工棚的门开着，工棚里空荡荡的，清凉的晨风稀释着工人们被窝里的热气和浓重的汗臭，白炽灯的灯罩晃动着巨大的阴影。

门外的小河边传来洗漱的声音，有人愉快地打着口哨。

"把冯河叫起来，再不起来就赶不上车了。"

"我去看看，冯河这会儿没准正做梦娶媳妇呢。"是苏文胜的声音。

苏文胜的脚步声近了。不用睁眼，冯河也知道苏文胜会将自己打扮成什么样子。他一定穿上了那件干净的白 T 恤衫，这可和他的脸色不怎么相配。冯河闻到了苏文胜耳朵后面的那股驱蚊草的味道。苏文胜竟拿着一根水葱来拨弄他的鼻孔。

冯河不情愿地哼一声，又背过身去。

"怎么？你不想到镇上去看巨虫展览了？"苏文胜诧异地问。

苏文胜将水葱从鼻孔移到耳朵，却听见那孩子的鼾声。门外送工人们去车站的四轮车发动了，突突的响声震动了空旷的原野。

"冯河，你睡死吧！"苏文胜说完慌忙跑出去了。

外面忙碌了一阵儿，不久便安静下来，赶车的人已经上路了。留下的空白由晨风填补进来，空气比方才潮了，雾气如探头探脑的白羊拱着工棚的布帘。冯河又一次被惊醒了，他跳起来去关门，雨在一个小时以前停了，蓝色的雾霭在河床上徜徉。他寂寞地站在那看了一会儿。推土机停在山根底下，碎石机旁边点着一盏灯，不用说，那些石头上湿漉漉的，石凹里还积了雨水。这会儿开工倒不错，粉尘会少许多呢。

冯河趿拉着鞋回到工棚里。一只麻雀在他关门以前扑棱棱掠了出去，几根腥热的软毛落到他的嘴边。他啐了几口，想敞开嗓子喊声晦气，咳了一声，已觉无趣。他刚躺下，外面又传来说话声。

"毛石天黑时才能运到，采石场的工作效率不高啊！"

"工人们可感激他们呢，听说能放一天假，恨不得昨晚就往镇上跑啦！"

"这群种马，活儿这么累，还有多余的力气。"

"听说镇上有美国人办的巨虫展览，还可以去电影院，然后正儿八经地在馆子里喝上一杯冰镇啤酒，我也巴不得和他们一起去呢！对了，工长，你怎么没去？"

"我要去总指开个会，今天工地歇工，你可要多留心点儿，当心村子里的人会到这里来。"

"你放心吧,你还怕我不负责吗?"

说话声终于停了下来,脚步声渐次远去。一滴雨水从棚顶的油毡纸缝里滴下来,在冯河脸上砸起一朵小水花。鸟噪声已经连成了一片,鸟喙将夜的帷幕啄了一个又一个洞,让天光漏下来,工棚里能看见晾着的毛巾和短裤了。后来他烦恼地将背心蒙在脑袋上。

太阳升上树梢的时候,工棚成了一个蒸笼。冯河爬起来走到外面,往左前方看去,铺上黏土后的路面像阳光之手摊开的长条的黄莹莹的煎饼。冯河决定到附近的工地找点儿吃的,他把衣服蒙在脑袋上,走了二十分钟。他看见了和公路平行的铁路线,铁轨在阳光下反射着锃亮的光芒。公路在这个地方断了,前面是一个两亩大小的水塘,四周长着碧绿的蒲草,水面上泛着细细的水波纹,草窠子里有水鸟咕咕地叫着。

冯河踩着塘边的石头掠水洗脸,那里一溜排开着十几块青石头,是附近那个村子里的女人们用来洗衣的。石头很光滑,水下的部分长满绿色的青苔。

轰隆隆的火车声传来,很快火车巨大的身影便在一片炫光中显现出来。冯河直起身,暂时忘记了塘里的水鸟。火车吐着一团团白白的蒸汽,车窗都开着,有人冲他招手。他猜不出那车上谁会认识他,他呆在那里,直到火车拐过右前方的山脚消失,他也没有想清楚这件事。他摇摇头,然后无聊地坐在洗衣石上。他想他的工友们这会儿正走在小镇的青石街上,街两边一字排开一座座大个的草绿色的恐龙模型，卖冰激凌的小贩从恐龙的肚子下面钻出来，街道上弥漫着甜滋滋的奶油味。他开始后悔睡过了头，他倦怠极了，脚不自觉地拍起水来。

水塘的边上有一小片豆地，已经长出了很好的豆荚。冯河采了一些豆荚，又在塘边笼了一堆火，草丛里的蝈蝈吱吱地叫着，他惬意地躺在草地上。他在塘边睡到中午，直到一只蛙跳上他的肚皮，他才醒来。没有一个人到塘边来，他侧耳听听，二里外的村庄里传来鸟啼声。村子的上空弥漫着薄薄的炊烟。他失望地站起来，他确信那个姑娘不会来了。

"你这么小就到工地上干活了？我看你好像刚到 15 岁。"

谢天谢地，她没骂他傻瓜，也没叫他"鱼刺"。她从旁边的一个塑料袋里拿出几个海棠果来，"给你，"胖乎乎的姑娘说，"你要喜欢吃，明天到村子里来，我家就住在村东头，有三棵海棠树的就是。"

就是因为这几个海棠果，他回到工地上就被取笑了一次。

"鱼刺，"李林喊他的外号，"你这个小半拉子，抡个镐头都抡不动，怕是下面还没长毛吧？"

"李林，你别取笑人家小孩子。"苏文胜说，"冯河，你到我这来，我问你点儿事。"

"冯河，你口袋里鼓鼓的是什么？"

他慌张起来，下意识地捂住裤腰。

"冯河，你脸红什么？我看那个姑娘对你有意思，要不她怎么不给我海棠果？"苏文胜故作认真地说。

他猜到苏文胜是在哄他，方才去塘边给四轮车加水的时候，他还对他说:"冯河,你以为人家是对你好吗?人家是可怜你傻。"

可是她真的没来这里,衣服也的确用不着每天都洗。明天路就会铺到这里,水塘将被填平。冯河痛恨起这条路来,否则那个姑娘总会有一天再到这塘边来吧。

冯河恨得肚子咕咕叫起来。他想,工地上应该开饭了。

冯河远远地看见打更老张冲他招手。"冯河,"老张说,"你来替我陪陪客人,我去村里买瓶酒。"

一个人掀开布帘从工棚里走出来,乍一看,冯河吓了一跳。他揉揉眼睛,生怕自己花了眼。

"你就是冯河吧?"女人笑吟吟地说,"我叫付梅,是苏文胜的爱人。"

付梅说:"冯河,你知道他们什么时候能回来?"

付梅说:"冯河,你怎么不说话?对了,我忘了你脑子有病,我听文胜说过,你看我这记性,我还给你带了治头疼的药呢!"

付梅说:"来,进工棚里来,嫂子给你拿包饼干。"

冯河的后背汗淋淋的,晒坏了的地方像抹了层盐面。

"你们这儿可真脏啊,"付梅说,"没个女人收拾真不行。"她已将工棚里打扫了一遍,再进来仍然要把头摇上一回。她回头,冯河并没有跟她进来。冯河的脑子里两个声音吵得正厉害。一个声音叫他进去,另一个声音提醒他,那个女人是苏文胜的媳妇。"想想看,这多令人恶心。"

女人却不容他再想下去,她走出来,腰里卡着一个装满衣服的大盆。"冯河,告诉嫂子,哪里能洗衣服?"

水塘里多了一群鹅和游泳的孩子，显得十分喧闹。这是一个宜人的夏日正午，乘 1 点 20 分火车穿过那一小片沼泽的旅客们定会羡慕那些小湖中自在地仰泳的孩子们，绿莹莹的蒲草拥抱着满月一样的水塘，水塘沐浴在金色的阳光里。

女人显然被这里的景致迷住了，一只青蛙激起一小朵水花也让她惊奇，"冯河，你看这有一只青蛙。"

"冯河，那只大蝴蝶往你那里飞了。"

冯河当然看到了，他还发现他有点儿喜欢这个女人了。

女人忽然叫了一声，从水里拨出小腿，她惊慌地跺着脚，"冯河，冯河，你快来呀！"

女人白胖的小腿上被水蛭叮出了一个血点，还印着冯河的五个手指印。

冯河看着惊魂未定的女人怯懦地说："我没想使那么大的劲儿。"

"冯河，听你说句话真不容易。你终于肯和嫂子说话了。"

冯河终于说出了憋在心里的话，"我没病，你别听他们瞎说。"

女人的眼圈红了。在她的眼睛里，细脖子大脑袋瘦骨嶙峋的冯河差不多还是个孩子呢。

冯河说："我没上过学，我妈死得早。"

"嫂子知道你没病，冯河。"女人怜爱地说，"把你的衣服脱下来，嫂子给你洗洗。"

"水里面有蚂蟥，你不怕？"

"刚才怕，现在不怕了。"女人说，"冯河，你害羞吗？我弟弟比你还大呢，你正好去水里洗个澡。"

冯河像只青蛙一样跳进水里。湖水暖暖地漫过耳郭，他触到了滑腻温软的塘泥，蛤蜊静静地趴伏在水底，泥鳅追逐着忽然窜上去的一串串小气泡。阳光像伸进水里的手指，抚摸着他的后背。他感到自己游弋在一个神秘安全的世界里。耳边传来微弱的呼声。他浮出水面。女人惊恐的表情松弛下来。

"冯河，你别潜那么长时间的水，刚才把我吓坏了。"

多久没有人这样关心他了？好像自从他母亲去世后，就没有人这样对待他。

她笑得真美。

冯河又一次扎进水里，他希望这个下午永远不会结束。

为了欢迎家属的到来，工地上举行了简单的晚宴，破例供应了白酒。月亮升上东山的山顶时，晚宴终于接近了尾声。尽管地上的酒瓶已经见了底，尽管工长已经提醒了几次，还剩下十几个精力大为旺盛的工人不愿回到工棚里去，他们甚至不肯像昨晚希望的那样做一个有关艳遇的美梦。

正像这工地上每一个有妻子来队探望的汉子表现的一样，苏文胜也尽可能表现出满不在乎的表情。他成了这晚上人们取笑的对象，也成了最和自己过不去的人。男人的虚荣心和骄傲坠着他的屁股，女人已经回到那个单独的帐篷一个小时了，工长又一次赶他回去，他终于厚颜无耻地站了起来，欲望的火苗烧红了他的前胸，也晃疼了别人的眼睛。他故意走得沉稳，免得被别人耻笑。

他差点儿摔倒，一条伸出的腿绊了他一个趔趄。"冯河，你找死呀！"他愣了一下，他注意到冯河的眼神异于往日，仇视中夹着委屈。

"咦，你怎么没回去睡？"他奇怪地问道。

"那还用说，冯河就不知道和女人睡觉是好事？冯河我说的对不对？"李林摸一下冯河的脑袋，这个习惯了让别人取笑的小伙子竟然没像往日那样驯服地歪头，他的脖子硬挺着，仍看着苏文胜。

"呸……"冯河唾了一口。

"真见鬼，我又没招惹你。"

"呸……"冯河又唾了一口。

既然美梦已不能解决问题，既然有一位伙伴此刻没准正在做着他们能够想象的事情，既然工棚里熄灯后一片漆黑，他们就有理由做一点儿缓解欲望的事情，并且他们中间一定有人这么做了。可是有一件事情转移了他们的注意力。黑暗中，平日睡得最沉的冯河坐起来了，仿佛有一百只蚂蚁爬到他的身底下，他骚动不安。

李林推推睡在身边的白远光，白远光推推睡在身边的汤成义，大家都没有睡着。

冯河离开了他的铺位，他碰响了谁放在地当中的脸盆，他站在那里愣了一会儿，和大家的愿望一样，他到底向门外走去了。

他刚迈出工棚的门，工棚里立刻热闹起来。

"去看看，冯河想干什么？"

"冯河不是要闹苏文胜的洞房吧？"

"那可有苏文胜的笑话看了，还不把付敏羞死。"有人笑道。

"你们别吵，冯河真到帐篷那里去了。"跳到门口瞭望的李林压抑不住兴奋。

"谁去把他叫回来，冯河这小子缺心眼，别吓着人家小付。"一个上了年纪的工人提醒说。

没有人想放弃这样一个看热闹的机会，早有人套好裤子跳到地上。

人们在帐篷后面找到了冯河，那孩子面色苍白地在人们的目光下打着哆嗦。可是他并不害羞。

"你想干什么？"

"冯河也不傻呀！告诉我，冯河，你听见了什么？"人们嘻嘻哈哈，很显然，没有谁真把这当成一回事。

"出了什么事？"苏文胜慌慌张张地跑出来。他一眼看到了人群当中的冯河，他的脸色一下子变得铁青，他气愤极了。

人们这才意识到问题严重了。有人安慰说："文胜，冯河没准只是想和你开玩笑。"

李林说："我们大家做证，他刚出来不到五分钟。你们大家说说，是吧？"

苏文胜像拎一只小鸡一样，将冯河一把抓过来。"冯河，告诉我，你想干什么？"

奇怪的是，那孩子毫不怯懦，同样的怒气冲天。

"我问你想干什么？你这个傻瓜，该死的鱼刺，我两个指头捏死你。"

冯河下意识地捂住裤袋，他的裤袋鼓鼓的。

"让我看看，你的口袋里装的是什么？唉呦，你敢咬我手！"苏文胜抬手打了冯河一个耳光，打完他也愣了。

"文胜，出了什么事？"付敏出现在门口。

"这个傻子刚才在咱们帐篷外面。"苏文胜气急败坏地说。

付敏的脸腾地红了，像被当众剥光了衣服一样难看。

工长已经赶来，"小付，"工长说，"你看这多不好，小付，让你笑话了。可是我敢打保票，这只是一个玩笑。冯河，冯河他有病，对，他脑子有病。"

"冯河，你向人家小付道歉，不看你有病，我今晚就打发你回家。"

"我没病，你别信他们的。"那个傻小子冯河终于说话了，他从口袋里拿出一个包装袋，"我，我只是想把你的饼干还给你。"

冯河将那包饼干扔到付敏的脚下，他轻蔑地看她一眼，然后，分开众人，走了。

"没事了，没事了，大家都回去睡觉，明天准时开工。"工长招呼说。

"嫂子，你也回去睡吧，抓紧时间的话，还可以睡一个好觉。"李林又开起玩笑来，气氛轻松了，人们又有了别的心思。

他们纷纷往回走了，"这个冯河，想献殷勤也不看看火候。"

"我看冯河有点儿奇怪呀！"

"明天一早你就给我回去。"苏文胜假做恼怒地对女人说。

"人家小付来看你，你倒拿起把了。你快回去吧！"工长推他一把。

"咦，你怎么了？"苏文胜诧异地看着妻子。

"冯河呢？不会出什么事吧？"付敏担心地说，她好像预感到了什么，有些惶恐不安。

工棚里已经有人跑出来，"工长，冯河没回工棚。"

"唉，这个冯河，大家分头找找。"

天亮时，运送毛石的卡车开到了沼泽地前面。翻斗车将第一车毛石轰隆隆倒进水塘，一群栖息在蒲草深处的水鸟飞起来，阳光下，水鸟惊叫着盘旋。

鸟叫声吸引了那些扛着锹镐到达工地的工人，这时，有人看见一具尸体忽然从水里冒出来。就这样，人们找到了冯河。

一个白天，一百多车毛石铺过了那小片沼泽，那个蓝月亮一样的水塘暂时被分成了两半。走在毛石的边缘，石头缝里会冒出一汪水来。

劫　道

　　城南是一条河，街在河北面，河南的一些地面被称作"街边子"。街边子的人进城图省事，就走河。夏天可蹚水，可游泳，有了闲心就摸蛤蜊。抓上小半袋回家，蛤蜊肉炒韭菜下酒，蛤蜊壳砸碎了喂鸡，人就活得有滋味，鸡就愿意下蛋。冬天在冰上走，背着置办的年货，吧唧，摔在锃亮的冰上，出溜出去老远；吧唧，碰了前面的脚后跟，又带倒一个，摔出一河道的笑声，起来还笑，没摔疼。摔出故事的也有，南北二屯子，常见面，却没说过话，这下有了由头，开始拉嗑了。一拉，拉出了激动、红润，有的心跳还跳到了一起，约好了几天后这河边见面，在大坝下面的树林里相会。树林子叫河套，原先的树不多，杂乱的柳毛棵子，民国时还藏过狼，现在连兔子也没了。面前的杨树是前几年植下的，电视台要拍县政府植树的录像，县长忙，附近又没山，就来这里植了。录像年年拍，树也就一年年密了。夏天，深处已藏得住尴尬。半大小子讨厌，正害青春期，结伙进去讨人嫌，三个五个进去，能看见冒热气的铺好的人窝子。还有鸡蛋皮和手纸，高级卫生巾丹碧丝也有。一个两个进去，就可能被打青了鼻子打肿了脸。可没有诉苦的地方，谁让你不是东西了。河套是一个弥漫快乐的地方。

可自从发生了劫道事件后就再也乐不起来了。事件发生在春天，主角是县城的一对情人，在河套的狭路上给劫了。那晚月亮很朦胧，两个人都瞒过了家人，一个说孩子的舅舅给儿子买了一把塑料水枪要去取一下，一个说要加班，到办公室赶份材料。两个人第一次偷情，没经验，虽然钻了河套，却忽略了天气的因素。下午一场雨，树林里潮湿泥泞，女的又是个有洁癖的人，有些事干起来就很麻烦。男的以为机会难得，说什么也要干成点儿什么，女的以为这样的条件不适合干什么，两个人只好手脸相悦，在一起弄得很燥，热烘烘的，终于没干成什么。回娘家的时间显得很短，赶材料的时间明显不够，但两个人必须往回走了，恋恋不舍，刚走了十几步，事件就发生了。

一个黑乎乎的东西拦住他们的去路。两个人一惊，女的叫一声倒在男的怀里，男的定睛一看，是一个人拦在前面。他本能地把女人推开，下意识地在口袋里掏一把，掏出挡脸的东西却是一份报告，单位改建厕所要求审批资金的报告。他立刻知道任何努力都于事无补了。

女人也看清了前面是一个人，站在那里，脸上脏黑，月光下只看得清两只闪光的眼睛。看上去，拦路的男人很魁梧，一比较，自己身边的人矮半头，且瘦弱得可怜。女的发现男的把自己推开了，她顾不上伤心，重又紧紧抓住情人的胳膊，那支胳膊在发抖。发抖的男人想，只要不泄露自己的身份，让他干什么都行。毕竟在几千人的会场上讲过话，定定神，他从容地摸出上衣口袋里的钱夹扔在劫道人的脚下。劫道人一动不动，黑暗中，他的目光仍冷冷地俯视着。迟疑一下，男的又摘下腕上的夜光表。劫道人不说话，目光转向了女的，这时，女的听见情人说："他在看你。"

女的哆嗦成一团，男的又说："把你的钱也给他。"

女的仍哆嗦，情人的手已伸进她的兜里掏出了她的钱夹，也扔在劫道人的脚下。

劫道人还是不说话，也没有动作，像一截木桩。男的沉吟一会儿，又把女人的坤表解下来扔到前面。女人绝望地看着他，眼中溢满了泪水。她的情人颤抖着问劫道人："可以走了吧？"劫道人好像点了点头，男人甩一把汗水，拉上女人就走。他想拉着女人快跑，跑出两步，女人挣脱开他的手。他意外地看见她又走回劫道人那儿去了。他目瞪口呆，他知道她把什么给了劫道人，那枚戒指是他刚刚放在她的内衣里的信物。劫道人根本就没有搜身的意思，可她把戒指给他了，亲自放在了劫道人的手心里。一时他心冷身凉，女人看也不看他一眼，走了。他喊了一声，她没有回头。走到坝上，男的向下看去，劫道人仍站在那里，一动不动。

这次事件带来的恐慌刚刚弥漫开，就给人们的另一种情绪涂抹了一层喜剧色彩。河套里出现了劫道人并没有引起太多的关注，人们想知道的关键是谁被劫了。据不知怎么知道了内情的人广为传播，遭劫的一对人的身份渐趋明朗了。有人说男的是物资局的副局长郭某，女的是县医院的妇产科大夫贾某。有人亲眼看见他们傍晚一起出城去了。很快又有相悖的消息传出，另一些人说，根本不是郭副局长和贾大夫，那晚郭副局长招待地区来的客人，贾大夫恰好值夜班。一起遭劫的是男张副县长和妇联的女王主任。传说他们的关系一直暧昧，发展到去河套幽会顺理成章。女王主任和男张副县长事发的第二天借口谈工作吵了起来，女王主任委屈得哭出了声，这不和那对男女在劫道人面前的表现吻合吗？据说已经有人将张副县长有男女作风问题的上告信寄往有关部门，很快就会有人来调查了。可就是这位主管政法的张副县长与此同时接到了一封检举信，揭发供电局局长利用职权欺压该局一女干部，并胁迫其到城外河套发生关系，结果遭劫就是明证。寄信人落款为一些革命群众。当然，一些小胡同里也有传言，说男的是豆腐坊的老吴，女的是在电影院卖瓜子的余寡妇。这种说法没有爆炸性，立刻被权威人士加以驳斥，使其不能广泛传播，只引起了街道老居民组长的注意。老太太一天三次上门去做思想工作，劝人家放下包袱，结果被余寡妇抓破了脸，骂出门去。

各种说法一时沸沸扬扬，就在这时，河套里又有人遭了劫。被劫的是一个农民，时间是晚上十点。是夜月光很好，农民的包袱里背着一台彩色电视机，从县城出来急慌慌地下了河套。一走下来，他忽然毛发倒竖。定睛看看，天啊，真有一个劫道人，头蒙面具，端坐在路中间，就像半截铁塔。农民撒腿就跑，刚跑两步，只听身后喝道："还不站住！"说也奇怪，他竟着了魔似的站住了。劫道人仍坐在原地。一动不动，被劫的人偷眼看看，又要逃走，刚一抬腿，劫道人说："把东西放下。"

劫道人冷笑着说："不要让我费事，等我起来，那可就麻烦了。"

就这一句话，被劫人面如土色，放下包袱，头也不回地跑走了。他还以为劫道人会追来，结果身后一点儿动静也没有。停下来，他回头看，月光下，劫道人仍坐在原地，死物一般。

第二天清晨，县木器厂的三个推销员早起赶路，在河套的小路上，他们拾到了一台彩色电视机。电视机用一条肮脏的旧毯子包着，躺在一小片水洼里。这样一宗物件出现在路上，三个人很惶惑。他们围着电视机看了一会儿，直到确信东西是他们拾到的，他们才开始了一番争吵。

推销员孙提议把电视卖掉，卖得的款项三一三十一，不要声张，均分完事。推销员刘认为孙走在最后，电视是他和赵在草窠里发现的，要分应该由他和赵平分，对半开，没孙的份。刘对赵说，其实分给孙几百元钱也无所谓，关键是孙人品不好，上次单位分橘子，孙把烂的都挑给了他，孙不够意思，现在有好事凑上来了，不行，刘斩钉截铁。赵正准备结婚，刚好他准备托人买一台原装的进口彩电，眼下有现成的，他吞吞吐吐说出了自己的意思：刘呢，你这样想不对，见面分一半，不分给孙，他出去说了咱俩也得不着。孙呢，你说电视能不能不卖？电视留给我，等我凑够了钱，再补上你们俩那份。孙和刘同时不干，"你这是玩儿我们俩。"孙和刘说。

赵说："不是呀，我怎么能那样。"

孙说："你就是想玩儿我们俩。"

刘说："你也太露骨了，真没想到你也是一个见利忘义的小人。"

这三个人素来不和，原来大面上还过得去，现在面对了利益，心存的芥蒂就表露出来，三个人都气呼呼的。孙赌气说："本来就是捡来的，干脆谁也别得，送公安局最省事，省得分了。"

刘说："可也是，要不谁得不着谁都难受，弄得大家失了和气，好好的怄一肚子气。"

赵说："其实我是怕你们哥俩面子上过不去，我刚才也说分，我早就想提议交公了。"

这三个人扔下了要去办的公事，由赵背着电视机去了公安局。三个人受到了热情的接待。局长亲自出面，给木器厂打来感谢的电话，并且告诉他们，这台电视机是赃物，说早晨接到城南派出所的电话，街边子的一个农民盗了城里一对去度蜜月的小夫妻的新居，结果偷得的彩电却在河套里被劫了，正是做贼的遇着了打杠子的。派出所抓了盗窃犯，正为找不到赃物伤神，他们就把电视送到局里来了。

这样，河套里出现的劫道人再次引起了人们的关注。令人不解的是，劫道人竟然没把劫到的彩电带走，这事实无论如何都难以让人相信。人们从这次事件中窥到了虚假，况且上一次遭劫的故事传来传去也没有落到实处，又没找出当事人，这一次是那个贼编的故事也说不准，以至于许多人都认定，河套里也许根本就没有劫道人。夏天的炎热紧接着到来了。这年夏天女式时装流行起新款式，妇女们的衣服越穿越少，薄而且露，人们的兴奋点也因此转移。河套里发生的劫道事件只有赶不上时髦又丧失了吸引力的老太太，乘凉轰蚊子时偶尔还提说几句。

人们渐渐淡忘了河套里有人遭劫的事，甚至有恋人开始到坝上去散步纳凉了。坝下便是河套，站在坝上可看河，看远处闪亮着灯火的村落。可就在伏天将尽的时候，县公安局接到了报案，河套里的确有人劫道。报案的是县独立高中的一名男学生。和上次事件不同的是，这次劫道人脸蒙黑布，端端地蹲在路中间，说的话仍相同。

劫道人说："还不站住，把东西放下！"

劫道人冷笑说："不要让我费事，等我起来，那可就麻烦了。"

男学生身上什么东西也没有，他家住在河南岸，他在学校住宿，正急着回家取钱交伙食费，一时心急走了河套的近路。他斗起胆子说："我是学生，没钱。"后来说了什么他自己也记不清了，他被吓坏了，他只记得劫道人再没有说话，并低下了头。男学生撒腿就跑，劫道人没有追他，任他跑走了。他停下来，发现自己跑回了来路，站在河坝上。模糊中，蹲在原处一动没动的劫道人仍黑黑的一团。月光下，远处的河水银灰一线。

河套附近重又冷清了，连县城南门附近的一些住户也紧张起来，早早地关门闭户，告诫孩子不要外出，外面有一点儿动静，就慌忙调低电视机的音量，凝神谛听，并和邻居约定好了敲暖气管的暗号。那些天登门乞讨的乞丐和问询道路的外乡人很多人吃了闭门羹。

河套这样的地方发生了抢劫事件，劫犯又如此嚣张，竟敢坐着和蹲着劫道，一连几天没有公安局采取行动的消息，许多人就坐不住了，每天都有正义感极强的群众到局里去呼吁。面对群众的呼声，局里放下了另一起谋杀案，抽调业务能力最强的刑侦科长组成破案小组，限期捉拿劫犯。刑侦科长年轻有为，身手也好，他亲自带着两个人蹲坑，一连几个晚上在河套里走来走去。他终于没有做成功劳，身上被肆虐的蚊子咬了许多红点，连劫犯的影子也没看见，甚至十几天也没见一条野狗。还好，他到底看见了一个人，一个乞丐在河堤上晕倒了，乞丐身体瘦小，缩成一团，身体抽搐，是一个患羊角风的病人。刑侦科长一直等到他醒来，又发现他是个哑巴，不会说话。乞丐用手比画着，意思是让刑侦科长送他去医院。科长看看自己干净的夏装，看看吐涎满身、脏臭无比的乞丐很是为难。他终于想起自己正在执行任务，可这样走了又觉得于心不忍，想一想，他掏出十元钱扔给乞丐，然后心安理得地走了。

刑侦科长到底失去了耐心，再没去过那里，抢劫事件在一段时间内也再没有发生过。这期间刑侦科长上了一次当地的报纸。和他一起执勤的一个侦察员是地区报纸的通讯员，通讯员把科长送乞丐钱的事写成小故事发表了。

夏天不知不觉地过去了。有一天街里人忽然发现树叶黄了，街边子的乡下人开始打磨收割的刀镰，大雁缕缕行行结阵南去。秋天到了。

这年秋天凉得快，倏忽之间雁影无痕，树叶也落了，城里人忙着准备冬储菜，街里排起疲沓沓的长队。今年白菜的长势不好，叶子上还密布虫眼和斑点，街里人对菜农表示了极大的不满，不时传出挑挑拣拣引发的吵骂声，聚一堆一堆的人围观。街边子的农民更上火，收成不好，他们蒙受了很大的损失，街里人又这样出乎意料地说三道四和挑肥拣瘦，他们说不卖了，干脆把菜拉回去喂猪。街里秩序大乱，公安局不得不抽调警力维持秩序。

深秋，河水浅了，湿湿的晨雾中，清冽的河石让人看了心寒，但街边子的人见识短，只图个快，早忘了河套有过劫道人的说法。"净扯淡。"他们说，"有劫道的我怎么没遇着？"照样拉着一车车的秋菜进城，赶着空车回去。真就没有人遭劫，劫道人的存在彻底被人们遗忘了。

树叶落尽，河套里青灰的树干间有了缝隙，透了光亮，三十步以内能看清人脸了。这一天，街里却忽然传出一个消息：一天傍晚，河套里又发生了劫道事件。正在人们议论纷纷的时候，有可靠消息传出，公安局接到报案后立即出动，当晚就将劫犯抓获归案了。

消息在街里街外很快引起了轰动。许多人找到公安局的关系想一睹劫道人的尊容。

他们怎么也没想到，劫道人竟是一个下肢残废的瘦弱乞丐，且是哑巴。这和人们的想象反差太大了，太难以置信了。因为他是一个哑人，给审问带来了困难，能证明他是劫犯的只有一个人证。这样，对劫犯的审讯就变成了对证人的详细调查。在女证人的叙述中，人们知道了这次事件的始末。

证人是一位途经此地的女客人，三十岁上下的年纪，很会打扮的样子，是省城的一个服装个体户。女客人为催一批订下的货连夜赶往乡下，时间就是金钱，她选择了穿越河套这条近路。月色很好，林间小路清霜铺地，女客人只想着生意，况且她是外地人，她怎么能知道在河套里会遭劫呢？走着走着，她忽然间心神大乱。她说："我心里想，可千万别遇上抢劫的呀！但万没有想到，我真被劫了。"

劫道人坐在路中间，脸蒙一块黑布，见她过来，劫道人大声喝道："还不站住。"

劫道人说："把东西留下。"

劫道人冷笑说："不要让我费事，等我起来，可就麻烦了。"

"我当时头轰的一声，"女证人说，"还好，我见过世面，要不真叫他吓住了。我心里想，他壮得像头驴，我根本斗不过他，得先稳住他，再想办法脱身。"

女证人笑笑说："大哥，我身上真的没钱啊，你就放我过去吧！"

劫道人一动不动，只是看着她。

女证人笑笑说："大哥，求求你。山不转水转啦，全当你卖个人情给我，以后我一定报答你啦！"

脸上蒙着黑布，看不见劫道人的表情，但他的目光冷得怕人，一动不动，更让人感到恐慌。

"我害怕极了，"女证人说，"只要能保住命我什么都不顾了。我只好骗他说，要不我陪大哥乐一次，也算没白让你劫一回。"

劫道人冲她摆手，让她近前去，这时她突然发现他是一个残疾人，竟是一个用手走路的瘸子，她用一只手就把这个好色的劫犯推倒了。"就他那样也想占老娘的便宜，"女证人说，"我想，一笔生意赚了钱只我一个人受惠，帮助公安同志抓获罪犯，是为社会做贡献。我想，我得来报案。其余的你们就知道了，你们赶到时他还没来得及逃跑。"劫道人就这样戏剧性地落网了。

然而几天之后，人们却在街里的马路上看见了那个被指认为劫犯的用手走路的乞丐，因为证据不足，他被释放了。前些日报案的高中生也辨认过了，他的印象中劫犯要比这个瘦弱的乞丐魁梧得多。经过法医鉴定，他又确是个哑人，刑侦科长力主把他放掉了。

此后，劫道人每日在街里行走乞讨，开始人们还对他指指点点，很恐惧他。也有恶作剧的小青年拦住他问劫道的细节，说："你真的摸着那个女流氓的奶子了？"他似知道人们的心理，这时就长长地咳起来，咳得浑身颤抖，仿佛抽搐的光景。人们说："可也是，他连活都活不起，怎么还会是劫犯呢？"渐渐地，他在人们的心目中和其他的乞丐一样了。每遇施舍，他也恭敬地给人家行礼，吃完后，他的目光就变得呆滞，口里流出涎水。遇到毫无善心的吝人，他也并不表现出不平，逢有人污辱他，轰狗扑他，目光中才流露出一点儿凶残，但很快就变成绝望了。

这个冬天下了几场雪，天气日益寒冷。又一个雪天的早晨，已被提升为公安局副局长的原刑侦科长走进办公室，一个同事告诉他，刚刚接到县医院的电话，说在医院门口一个乞丐死掉了。同事汇报说他已去看过了，乞丐正是释放掉的河套劫道事件的犯罪嫌疑人。

窗外的大雪纷纷扬扬，局长泡了一杯热茶，然后收拾办公桌，他忽然找出一捆报纸包着的东西，打开见是一双夏天时的臭袜子。再看那张报纸，他一眼就发现了自己的名字，那个新闻小故事记叙着他在执行任务过程中还不忘向残疾人奉献爱心的感人事迹。他颓然坐下，脸红起来，情绪十分沮丧。

很快封了河，临近春节，河套里终日穿梭着街边子赶往街里置办年货的人。有一天，一个小孩子为捕一只受伤的麻雀跑进树林的雪里，他被绊倒了，跌了个跟头。恼怒的孩子扒开雪，他意外地看见冻泥里埋着一个和家里一样的戏匣子。匣子露出半截在雪里，他碰了一下，一阵沙啦沙啦声音过后，孩子忽然听见一个微弱的人声："等我起来，可就麻烦了。"他又碰了一下，一点儿声音也没有了。他向四周看看，确信那声音是从匣子里发出的，孩子气愤地说："我让你说话。"那个匣子被孩子一脚踢碎了。孩子在碎片中拣出了一块闪光的生了锈的铁片，拾起露缝的铁片冲阳光看一看，一点儿意思也没有，一扬手，生锈的铁片划出了一道弧线，被抛到小路上去了。这时，河道的冰面上，一个人摔倒了，碰了前面的脚后跟，又带倒第二个，河套里回响起夸张的笑声。

河套的确是个快乐的地方。

白 煤

　　这学校的校工姓赵，是一个豁牙子的老头，驼背。

　　这学校的校长姓白，四十岁了，脸上还有大个的青春痘，很年富力强。食堂的女管理员姓黄，总爱挽着裤脚和袖口，白胖和蔼，很肥实活泼。

　　这学校是一所中学，中学的右边山上，是县城的火葬场，烟囱高大红润，总是吐出灰白轻柔的烟。校舍是依山的一溜平房，共四十多间，东边是教室，中间是办公室，西边是住宿学生的宿舍和食堂。校园很宽敞，甚至还有些空旷。学生宿舍却很拥挤，四十多个学生住在男寝和女寝的两铺土炕上，且需自己烧炕。炕不好烧，烟囱总堵，夏天像有的学生背课文一样流利，冬天像有的学生背课文一样涩滞，总"咳"出一口一口的辣烟，呛人。

　　秋天，姓白的校长和姓黄的女管理员在学校食堂的仓库里开展工作。这是一个宁静的夜晚，校园里洋溢着浸了露水的扫帚梅的潮润香气，天空蓝莹莹的，没有更多内容，只简单地挂着一轮白月。月光下，片片杨树叶缓缓飘落。星期六的校园愈发宽敞冷清，许多住宿学生离校回家了，剩下的十几名学生的各种鼾声飘逸在校园密布露水的操场上。秋虫进行着无益的挣扎和徒劳的繁殖，这样夜晚的凉爽诗意和乍起的秋风鼓舞着校长和女管理员的热情，他们更加热火朝天。

这时，姓赵的校工来了。校工老赵谨慎地把脸贴在食堂仓库的窗口，拧亮手电检查库房的安全。他看见一只老鼠从面袋上倏地跑过，眼光下移，他找到了更加可靠的安全因素。

发现很安全老赵就快步走了，校长追出来时只看见一个驼着的背影。

这学校的钟是段上了红锈的铁轨，经过了一些年月，给砸弯了。可能就是这个原因，校工敲钟总使不上劲。每当上课的钟声不响，教师们就很有看法；每当下课的钟声不响，学生们也很有意见。原来的校工也是一个老头，姓张，瘦高个。老张敲钟就响，当当的，下班的时候尤其响亮，连铁路南头县教育局办的小印刷厂的工人都听得见。这时，工人就停了机器，从从容容地下班，在那条黄土路上轻松行走。那条土路连着镇上的柏油马路和这所中学，再于学校门口甩一个弯爬上山，伸向县里的火葬场。那条路秋天暴土扬场，浮尘满天。现在学校的钟声总不响亮，工人们就要不断地看表，虽不误下班，许多人走起路来却慌张，黄土路也疲沓起来，长了一截，且更浮躁。

工人们总说："操，这学校的钟！"

又叹："这学校的钟！"

原来的校工老张是为了让女儿接班才提前退休，他女儿进了学校的食堂烧火洗碗，他谋了一个看火葬场的差事。学校补进老赵当校工是前年冬天的事。

老赵敲钟使不上劲，人又驼背，钟就欺负人似的偏不响亮，许多人都找校长老白反映。

这一天，校长把老赵叫到校长室，他想把老赵辞了。

校长说："老赵，怎么搞的嘛，总像吃不饱似的，蚊子叮人也比你有劲儿。"

老白的话不中听，但老白是校长，老赵习惯地直直驼背。老赵总是直他的驼背，但这次刚直直，他就弯下了。

从那天晚上开始，他再见到校长心里总是别扭，见到黄管理员也不再是先前的感觉。以前他听黄管理员说话十分悦耳，他在食堂买菜，碗里也总比学生有内容，但最近他怎么看怎么别扭。黄管理员家住在操场西头，她丈夫在县里煤矿上班，难得回家。老赵每次看见校长天黑透后走去西操场，他就烦躁。

校长继续发脾气，说："有人建议我把你辞了，你说这事怎么办？"老白边说边用手抓挠脸上的粉刺。他一边挠脸一边观察老赵的反应。

没想到，老赵笑了。老赵说："校长，你脸上出血了。"

"嗯？"校长打了个愣怔，用手按一下，果然血旺。他随手掏东西去擦，掏出来的竟是一条红花手帕，他慌忙揣进口袋，又找出一小块手纸来贴在创处。忽然他碰到了老赵的目光，那目光中隐约的敌意让他打了个冷战。

校长老白心虚地想："辞掉你就辞掉了，我在你手里又没短处。"

老赵仍笑眯眯地看着他，老白忽然间更心虚起来，不由自主地说："别人愿意怎么说就怎么说，学校还是我说的算吧？老赵，你放心，我不会亏待你。听说你总和原来的校工老张在一起，你要向他学习，老张人不错，嘴严，不多说话，钟也打得好。"

老赵会意地说："人老了，眼花，世事也模糊了，还能说什么呢？"

老白点点头，心里说："这老赵挺狡猾。"等老赵走了，校长老白懊恼起来，心烦了好半天。

直到寒露，这年秋天的太阳还是暖暖的。老赵坐在办公室的墙根下晒日头。最近一段时间，他总是昏昏欲睡，到敲钟的时间，总会有人来提醒他，有时还是校长老白亲自来叫他。

老赵看出校长的目光总在躲避自己，他就很不安。他一直为那次在校长室的表现后悔，真不该让老白知道自己撞见了他的尴尬，这样使他很难做人。他觉得老白迟早会因此辞了他，他现在已经成了老白心头压着的一块石头，成了老白的一块心病。人家毕竟是校长啊！老赵因此对老白更加谦恭，老白反而越紧张心虚。后来他索性不去想这事，人就疲沓了，这一疲沓，精神便萎靡，人也抑郁了。

老赵真希望校长找个机会批评批评他，那样他或许能心安一点儿。

到了下午下班的时间，老赵仍昏沉着。校长老白恰好从教育局开会回来，他就皱了眉头，心想："老赵到底托起大了，这个老赵。"

钟声把老赵惊醒了。见是校长老白替他敲钟，他惶恐地站起。老白笑笑，笑得极不自然。

老师们拎着早已收拾好的东西从办公室里走出来。有人说："老赵，你好自在，校长都替你敲钟。"

老赵更加惶恐了，慌乱地说："这是校长的关怀呢！"

这时校长老白已经走进了办公室。

老赵追进屋里，又对校长解释说："我最近总是头晕气闷，我好像病了。"

老白脸色很难看，狐疑地看着他，说："老赵，我知道你家生活困难，老伴治病缺钱，可你也知道咱们学校的情况，要求补助的人很多……"

老赵知道校长误会了，他慌张起来，"我不是那个意思。"他怕自己的表情更让老白生疑。

果然，老白冷冷地问他："最近听到学校里对我有什么闲话吗？"

老赵忙不迭地说："没有，没有。"

老白长出一口气，说："没有最好。"又故作轻松地说："这钟真该换一换了，明天让后勤去打听一下，看看换个电铃需要多少钱。"

两个正说着话，语文老师老丁来找老白。他的身后跟着一男一女两个学生。一见到校长，语文老丁就喊起来："这书我没个教了，教了这么多年的书，还没碰上过这样的学生。"

男学生也气愤地说："我上了这么多年学，还没碰上过这样的老师呢！你凭什么当众说我俩搞恋爱？"

女学生在后面嘤嘤地哭起来，哭得极痛，双手捂住脸。

校长老白皱了皱眉，他解开灰色中山装的风纪扣，拉开抽屉，取出一个记录本放在办公桌上，和蔼地说："都坐，都坐，慢慢说。"

语文老丁说："我姓丁的当了半辈子教师，还没学生敢当众顶撞我。"

校长老白说："不管怎样，顶撞老师不对。"

老赵知趣地说："校长，没什么事我走了。"

校长老白见老赵还在办公室里，他蓦地觉得自己十分猥琐，脸腾地红了，他知道自己在老赵面前再也庄重不起来了。

他不分青红皂白就给了那个男同学一个记过处分。两天后，校长老白接到县教育局小刘局长的电话，那个男学生竟是小刘局长的堂弟。学生的处分当然是免去了，校长老白却在小刘局长的印象中留下了污点。反馈回来的信息说，一次小刘局长参加县中心小学校办商店开业，酒桌上，小刘局长说校长老白工作作风粗暴、方法简单。知道这个消息，校长老白沮丧了好多天，连去黄管理员那里都没了心情。他认真回想，最后认定，那天的不冷静和校工老赵在场有关。

立冬那天，校长老白接到一份县教育局下发的文件。文件清楚地写着，县中心小学近日接连发生了几起女学生被拦截的案件，被截的都是小学高年级的女生，发案时间均在黄昏左右，发案地点几乎都是在中学附近的几处僻静地方。据受害学生描述，作案的是一个驼背的蒙面人，见她们单人行走，便忽然从路边的水泥管或树后窜出，把她们抱住。左手持刀逼住她们，嘴里发出呜呜的声音，右手伸进她们的衣服里，虽然没有更严重的后果，但足以令女孩的家长们感到恐慌。现在该校已经出现了家长和孩子同时进出校门的情景，其他几所小学也出现了混乱局面，严重影响了正常的教学秩序。县教育局指示，各校应做好学生和家长的思想工作，加强保护措施。

看完文件，校长老白心情沉重地踱步，一踱踱到窗前。窗外飘着这年冬天的第一场雪，雪花纷纷扬扬，一群麻雀在雪中欢噪着。校工老赵正把几堆没有烧掉的杨树叶往一起扫，他挥着扫帚，腰弓着，像背着一口锅。校长老白看见老赵驼背的形象十分难看，他立刻想起了桌子上的文件，自语道："一个驼背的蒙面人。"这句话叨念完，校长老白蓦地发现，他的呼吸顺畅了，腰直起来了。

校长老白走到门口，大声喊道："老赵，你干什么吃的？到下课的时间怎么还不敲钟？"

老赵停住，惶恐地回过头，他看见校长老白恼怒地站在那里。校长老白感到秋天以来的压抑奇怪地消失了，感到了很久以来没有的畅快。校长老白觉得这场新雪下得真好。

县城发生了拦截女学生的案件，镇上的人们对所有的驼背人都开始明显地表现出敌意。中学的师生们看见校工老赵每天低垂着头，双眼布满血丝。他依旧那样敲钟，钟声却比先前响亮起来，铁棒和铁轨相撞，响声过后，是刺耳的撕裂空气的尾音。敲完钟，老赵就坐在门前的椅子上，看雪，样子痴痴的。

这学校的大多数师生对待校工老赵已不像先前那样友好，不再主动和他打招呼。他们还发现老赵看人时的目光总是闪闪烁烁，像是要开口说话了，却又咽回去。见老赵如此猥琐，人们流露出的鄙夷和怀疑更加强烈。

雪终于停了，冬天的第一场雪厚厚地覆盖了这座不大不小的县城。中学的采暖存煤还能烧一个星期，学校自己没有卡车，校长老白一直不肯花钱雇车，坚持要借一辆车，直到两天前才求到县锅炉修配厂的一辆大解放，急急地直奔煤矿。老白算来算去，没把天气因素考虑在内。遇上这场大雪，拉煤的车两天没见回程。往县煤矿挂了三次电话都没有接通，校长老白坐立不安了。

夜晚，县城蒙着一片新雪，火车轰隆隆地轧过锃亮的铁轨，很有气势地穿越县城。汽笛声在初冬的夜晚异常清脆寒冷。

隔了一天，派出的拉煤车空车返回了，没有拉回煤，却捎回了县煤矿的两个干部。和他们同时到来的还有一个令人震惊的消息。两天前，距县城五十里外的煤矿发生了大面积塌方，学校食堂黄管理员的丈夫被埋在井下遇难，成了唯一的殉难者。

语文老丁到食堂去找黄管理员，黄管理员正在清洗一个热气腾腾的大盆里的土豆。

黄管理员问："是校长找我吗？"

语文老丁说"是"。黄管理员笑了，说："告诉他，我正忙着呢！"说完这句，她觉得不妥，这样可能会让语文老丁看出自己太张狂，她慌忙改口说："我擦擦手，随后就到。"

黄管理员抬头，见语文老丁仍候在前面，表情异常，她心里就有些慌，急急地问："我刚才看见拉煤的车回来了，是不是我丈夫出了什么事？"

老丁说："你快去就是了。"

黄管理员走进校长室，差不多学校所有的教工都来了，门里门外站满了人。黄管理员立刻被请进了里屋，县煤矿的人先是告诉她说她丈夫负了轻伤，然后又说已送进了医院，后来又一再劝她千万千万想开些，她丈夫的伤很重，可能有生命危险。

黄管理员被这一连串的打击吓坏了，眼前一阵金星乱冒。来人的吞吞吐吐和满屋子的同情，还有校长老白不自然的表情，都已告诉了她他们想说又不敢说的话。她一把抓住校长老白的手，"老白，他们不告诉我．你告诉我，你说，我丈夫是不是死了？"

老白终于轻轻地点了一下头，黄管理员短促地大叫一声，向后仰去。

屋里屋外一片混乱，捶胸、揉背、掐人中，好一番折腾，黄管理员方才缓醒过来。她号啕大哭，一时间，内心的愧疚超过了痛苦，她几乎要发疯了，双眼充血。这时，她看见校长老白的黄脸和那些鲜明的青春痘。她忽地跃起，大叫一声冲上去，把手抓在校长老白的脸上。

校长老白躲闪不及，脸上的血立刻流了下来。事情发生得太突然，大家都猝不及防，等七手八脚地把黄管理员拉到外屋，她重又放声大哭，人们确信她没有发疯，都长出了一口气。

校长老白狼狈地站着，过了好一会儿，才想起掏手帕擦脸，掏出来却又掉在了地上。没等老白弯腰去捡，一只手已先把那条红花手帕拾了起来。

　　校工老赵把手帕递到老白的手里，他看见老白一时间面若土色。校长老白大声呵斥他："站在这里干什么，还不去敲钟？你没看到了下课的时间吗？"

　　由于县上煤矿的突然坍塌，这一年县城里发生了煤荒，一时人心惶惶。县里紧急调运外煤，但毕竟杯水车薪，就连县委机关的采暖煤也很难及时供应了。县里一面号召大家努力克服眼前的困难，一面想方设法尽快恢复煤矿生产。县长亲自挂帅，但煤炭公司门前的紧张局面仍然没有缓解。每日大小车辆，购煤的队伍几乎排到了镇中心，人喊马嘶，机动车突突地冒着黑烟，交通阻塞，煤炭公司的铁栅栏给挤倒了。

　　又下雪了，白日雪泥飞溅，夜晚冻成凹凸，大小医院里冻伤的患者明显增多了。

　　就在这个时候，县城里又发生了一桩令人震惊的事件，又给镇上居民们的恐慌心理增加了负担，进而更加恐慌。

　　事件发生在火葬场。在县城的许多角落，都能看到竖在北山上的火葬场的烟囱，还有烈士陵园里涂了红、绿、蓝三种颜色的纪念碑。火葬场往右爬上一个高坡，是县里的啤酒厂，左边山下当然是那所中学。

　　就在一天夜里，火葬场的更夫老张坐在值班室里喝酒，日光灯突然灭了。老张弄洒了一杯酒，浓浓的劣质白酒的气息弥散了整个屋子。他正惋惜着，窗外一阵细细的尖厉的声音破空而来，接着是两声怪叫，老张毛骨悚然。侧耳细听，那声音来自存骨室的方向，并且渐渐地真切起来，"挤，挤，挤啊！"喊声过后，是令人毛发倒竖的号叫，有女人幽幽咽咽的哭泣，有老人出气如牛的喘息。老张冷汗淋漓，几次想冲出去瞧瞧，无奈双腿软软的。他就大口大口喝酒，待他胆量大增，猛地拉开门，分明一轮皓月当空，夜风吹动着存骨室房脊瓦上已经干枯的杂草。老张醉眼蒙眬，他看表，指针恰好指在午夜十二点。

天明，老张走进存骨室，里面并无异常。他想昨晚应该是产生了幻觉，虽这样想着他也还是把挨得很近的骨灰盒移开了些。但这晚他又听到了那种骇人的声音。

第二天天光大亮，来烈士陵园上班的工人看见老张满嘴酒气，拎着一条皮鞭走进存骨室，并挥动皮鞭狠抽那些木头和塑料的盒子，嘴里不停地念叨着："让你们再喊挤，让你们再喊挤！"

回到收发室，他又喝得烂醉如泥，随后又把酒瓶砸在领导的办公桌上，可怜巴巴地要求辞职。

消息很快在县城传开。夜晚，居民们都提心吊胆地待在冰冷的屋子里，黑夜变得漫长而恐惧。电影院和戏院的上座率明显下降，不到九点，整个县城一片静寂。街道上只偶尔会有两三对为爱情而神魂颠倒的年轻人，和游荡的夜风一起匆匆而过。这种情形一直延续到七天以后。

校工老赵意识到来人是一个便衣警察，警察带着一个表情凄苦的女孩，假装向他问路，和他谈了好一会儿。校工老赵手颤抖着点不着烟，警察给他点着之后，带着女孩走了。

操场上的雪已被清除了，有几处洼地可以看见晶亮的薄冰。天空是灰色的，树冠是褐色的，地上发黑的那么一两条残雪是班与班扫雪分担区的界限。又到下午放学的时间了，老赵瑟瑟地坐在门前的椅子上，双眼空空荡荡。他已经不用敲钟了，学校在前一天安装了电铃。

校长老白来到他的身边，红得凛冽的夕阳把他瘦瘦的身影斜斜地抛在冰冻的大地上。

"刚才那两个是什么人？"老白问。

"问路的。"老赵淡淡地答。

"不冷吗，老赵？"

"冷。"老赵答得肯定。

校工老赵看见几只鸽子匆匆地从东向西飞走，飞入一片晚霞之中。几里外的火车站传来两声汽笛。校长老白用手指弹了一下钟，他咳一咳，想说什么，又没有张口。

那几只鸽子又出现了，由西向南，渐成几个黑点在灰色的天空中淡去。

校长老白到底想起了他一番话的开头，于是说："语文老丁得癌了。"

老赵惨惨地笑了，"这么好的人也完了，像我这样没用的人才该死。"

校长老白又没话了，他本想把话题引到学校的经费紧张上去，然后再转到老赵身上。校长老白没想到老赵会这么说。

两个人又沉默了一会儿，校工老赵站起来，说："校长，我想辞了这活儿。"

校工老赵说："我老伴快不行了，我得回去多陪陪她。"

想了多少天的话却由老赵自己说了，老白感到很意外。"这样也好。"老白说。老白知道自己再也无法忍受老赵在身边出现了。

到学校食堂开饭的时间了，校工老赵摇摇晃晃地向食堂走去。校长老白头一次觉得老赵很瘦弱，老赵除了一个罗锅，好像什么也没有了。一时间老白觉得自己很残忍，觉得老赵真可怜。

校长老白冲动地追上去，说："要不，要不，看看家里没事就再回来吧！"

说完这句话，老白就后悔了，他真怕老赵答应。

校长老白的担心是多余的。老赵感激地笑笑，摇摇头说："谢谢你了，老白。"老赵第一次这样叫校长老白。

校工老赵说："我就是想回也回不来了。"

校工老赵到底没有离开这所学校，老赵死了。就在火葬场闹鬼的第四天早晨，他倒在中学和火葬场之间的路口。

这个早晨白莹莹的，清雪羞涩地遮遮掩掩地飘落下来。天空蓝得深沉，仍孤零零地悬着清冷的残月。县城里几家工厂的灯光在雪幕中让人看一会儿就打寒战，粉笔屑一样的清雪漫无声息地覆盖着老赵的身体。

天光大亮，人们发现了老赵，校工老赵的身边还躺着一把他用秃了的扫帚。在他躺倒的地方直到学校，薄薄的雪下一条黑色印迹时隐时现。公安局的刑警很快联想到几天来火葬场发生的事。他们随即进驻学校，破案线索是现成的，这几天学生宿舍的火炕烧得极其温暖，堆在灶边的煤块显然是来自火葬场的煤堆。经过一番调查，他们把偷煤的主谋——两个住宿学生带走了。

校工老赵死于心肌梗死。他的家人收拾遗物时翻出了他的病志本。上面写得很清楚，从秋天开始他就患了心悸的毛病。他的老伴坐在一架木板车上，由一个傻愣愣的汉子推着。老师们都知道老赵的老伴身体不好，不知道他唯一的儿子还是痴人。

木板车一边坐着老赵的老伴，一边放着校工老赵简单的衣物。老赵的老伴把校长放在车子上的一个暖瓶拿了下去。老人说暖瓶虽是老赵生前用的东西，但这是公物。老人对校长老白千恩万谢，然后走了。

不久，县城里另一个案子也破了。城外的一个菜农绑来了一个十四五岁的少年。少年的个很矮，眼珠极不灵活，他的手里拿着一块木头，这是孩子用来伪装驼背的工具。少年的父亲交出一把木制匕首，是这孩子用来作案的凶器。案子破了的这个晚上，中学的许多师生失眠了，几个住宿学生整夜坐在校工老赵的住处，那晚飘落的雪浸湿了校园里几堆黑色的纸灰。

又过了不久，县上的煤矿投入了正常生产，月采煤量超过了历史记录，煤便源源不断地运进城里，历时一个月的煤荒也解决了。

这学校来了一个新校工，很壮实的一个小伙子。小伙子一身的力气却没有钟敲，学校已换了电铃。闲不住，他找出那段旧铁轨，当成哑铃练劲儿。玩了几次，学校新进了几样体育器械，他便把那段铁轨卖给了收废品的乡下妇女，换来的钱买了一包烟。

上课，下课。上班，下班。学校的日子总是很平淡，每天都差不多。

第二年春天的一个晚上，中学操场右侧的一小堆煤忽然自燃了。天明，人们看见的只是一堆白色煤灰，煤的形状宛然可辨。

太阳喷薄而出，阳光映在那堆白煤上，红彤彤的，像是仍在燃烧。

就在这天，校长老白辞职了，据说是因为这次很小的火灾，其他的原因不详。

撕　打

　　政治老师去商店买酱油，在路上遇到了体育老师。体育老师说："教政治的，你站住。"政治老师就笑了，说："不行，今天中午不行，我家里来了客人。"又摇摇手里的酱油瓶子，说："说你不行你就是不行，咱们比试了又不是一次。"

　　体育老师脸色难看，没笑。"我没说喝酒，"体育老师说，"真没想到你是这样的人，我真是错看了你。"政治老师这才意识到问题很严重，他的笑僵在脸上，意识到问题很严重他就很生气。

　　政治老师说："教体育的，话不能这么说，我谁也没告诉，我知道你不是故意的，我也喝醉过……"

　　体育老师气愤地说："告诉你了，我没说喝酒。"又冷笑道："我一直以为你这人很讲义气，我真是错看了你。"

　　政治老师急了，大声说："我敢发誓，就是全国人民都知道，那也不是我说的。"

　　体育老师脸腾地红了，他前后看看，一名学生把书包挂在一条黄狗的脖子上正听他们说话。脸上有些挂不住，他不想再和政治老师说了，就立刻像是不屑，转身走开，顿了顿，去卫生院给爱人买药。

夏天，街两边树墨绿，路面上却积了厚厚一层尘土。一辆拖拉机突突驶过，扬起满天灰尘，体育老师的背影消失了。

绿树掩映，尘土飞扬，政治老师噼里啪啦流汗。他径直走回家去，到了家发现自己拎的还是个空瓶，更加生气。他把那个不值钱的空瓶摔在地上，没碎，又抬起一脚踢进灶坑里，碎了，很响。

政治老师长出了一口气，说："什么东西！"

上个星期天，语文老师的儿媳过生日，政治老师和体育老师被请去喝酒。回来路过学校，体育老师等不及到厕所，恶作剧地把一泡尿浇在教师办公室门前的一个柳桃花盆里。那盆花开放着粉色的繁茂花朵，学校每逢会议和庆典都把它摆在显眼位置。

政治老师知道体育老师喝醉了，政治老师只在晚上当笑话向爱人讲了一回。他不能同别人讲这事，讲了对体育老师影响不好。但现在政治老师越想越生气，心里说："别说你尿到学校花盆里，就是尿到校长饭锅里关我什么事？"这样一想自己更激动了。一定要找体育老师让他讲清楚，他有什么资格指责自己，他又不是校长。有一会儿他忽然意识到，是不是自己媳妇出去讲了？这样，他就更要理直气壮地去找体育老师，一定要让他讲清楚，不讲清楚不行。

政治老师去找体育老师。体育老师下午有课，政治老师看见体育老师给全体男同学一个篮球让他们大家去抢，自己一个人在沙坑里热情洋溢地指导女学生跳远，拉起一个又一个。政治老师决定不给他留面子，等他一下课就过去质问他。终于等到下课，体育老师肩搭运动服走过来，政治老师迎上去，两个人面对面站好。政治老师忽然一阵心慌，就在这关键时刻，他改变了措辞，说道："我，我想请你喝酒。"

体育老师很意外，也很感动。体育老师说："我中午不该对你那样，可要不是咱们关系好，我也不会说那些话。昨晚你应该出面。"

体育老师说："你可能对校长有看法，但不能表现在这上面。那种场合你知道了看笑话是不对的。你和校长住邻居，有人和他撕打，那么大声音你听不见？有人说了，你们家灯亮了一下又关了。"

最后，体育老师说："不管你听没听见，你都应该找校长解释解释。你即使和别人住邻居，发生这类事我也看不起你，我不怕别人说我溜须校长，遇到这样的事，我就非说不可。"

昨晚政治老师情绪很好，早早上床睡觉了。他的确开了一下灯，他给爱人倒了杯水。关灯时的确听见外面有撕打吵闹声，他也的确想出去看看，但爱人胖胖的胳膊缠住了他的脖子。体育老师这么一说吓了政治老师一跳，他的确没想到昨晚会是校长和别人撕打。

政治老师说："我真的不知道，我是得找校长解释解释。"政治老师一着急连谁和校长撕打都没问就转身走了。政治老师想，他一定要向校长讲清楚，不讲清楚不行。

政治老师没找到校长，校长早晨一上班就到教育局开会去了。政治老师好不容易挨到下班，草草吃了两口饭就去了校长家。校长家在政治老师家东院，原来两家中间隔着一道篱笆墙，爬满着好看的牵牛花。那时校长教数学却爱好文学，下雨天最愿意出来赏花。烟雨之中，浓郁的花香缭绕不散，校长如醉如痴。那时数学老师常对邻居政治老师说："这种雅兴给个校长也不换。"后来他就当了校长。校长夫人就是校长年轻时赏花赏来的，校长能在花丛中爱上她，她当年也应该很漂亮，现在分明肥胖臃肿了些，双颊还有两块大个的蝴蝶斑，让人一看还以为校长的婚姻是父母包办的。有一次数学老师很文学地称她"贱内"，老师们知道后一致赞成，就像学校两角钱买土豆，一角钱卖给职工时一样全体同意。篱笆墙的时候校长的"贱内"总和政治老师开玩笑，还说："跳过来，嫂子给你炒俩菜，你和你大哥喝两杯，交流交流思想。"数学老师当了校长，两家之间的篱笆墙变成了砖墙，校长夫人再很少和政治老师主动打招呼，且天不黑就闩门，谁叫也不开。

这晚政治老师去得早，见校长家还没闩门，就庄重地敲了门。校长夫人正边吃饭边教训两个儿子，两个小家伙因为争夺一个变形金刚闹得她很心烦。她正心烦，政治老师来了。校长没在，第二天还有会，当晚住在局里。政治老师想，校长不在，和校长夫人说也行。

政治老师还没说完校长夫人就火了，校长夫人本来就心烦。校长夫人说："你听谁说校长和别人吵架了？他会打个架吗？说这话的人也不知安的什么心？"

政治老师心里乱了，人家说没吵，那就是在指责自己，没明说。政治老师说:"嫂子不要这么说,这么说就是在生我的气。我真的不知道是校长在和别人讲道理。别说有人找校长的麻烦,咱们又住邻居,就是在大街上遇到这事,我也会管管,你知道我这人爱打个抱不平。我这次真的不知道是校长,我……"

校长夫人越发焦躁,脸色就变了,说:"我干什么要生你的气,我最气的是我们家那个死鬼。当了两天半校长,让人家恨得咬牙,有人恨不得把他打死。"

校长夫人这么说,政治老师心更乱了,暗暗憋气,心说:就是我知道,出来帮忙那也是情分,不是义务,难怪校长叫他"贱内"。这样想着,就说:"要不是体育老师说起,我还不知道有人要打校长,我既然知道了,就应该解释解释。"他还要往下说,校长夫人厉声呵斥两个孩子:"还不去睡觉,要闹到亮天哪!"

政治老师只好告辞了。政治老师说:"等嫂子消了火我再来吧!"

政治老师走了,校长夫人越想越生气,想来想去又有些后悔,觉得方才不该对政治老师那样。教政治这人还是很老实的,和老婆吵嘴给抓破了脸都说是自己撞门框撞的。以前两家关系处得也不错,共用过一个厕所。可你体育老师是个什么东西呢?那次煎饼到学校去散步,还没做别的,也就是拽了一个小女生的小辫,头发谁没长?偏她的娇毛金贵?你就鼓动学生把煎饼打个鼻口蹿血。你明明知道煎饼是我的娘家侄子。现在好好的又造谣说我们家和谁吵架了,你安的什么心?校长夫人越想越生气,欺负到校长头上了,不行。一定得让他说个明白,不说明白不行。

校长夫人就去找体育老师。刚黑天，街上弥漫着艾蒿的烟味，许多人家门口点燃一堆堆湿艾蒿驱着蚊子，许多人袒着怀坐在烟里摇着蒲扇闲聊。许多人都和校长夫人打招呼，校长夫人身体笨重，双臂摆动幅度很大，回答的声音也大，也沉闷。许多人就都知道校长夫人正在生气。体育老师的家就在小镇东头，她就要走到了，一脚踩脱了一个石子，险些跌倒。一惊之下，校长夫人猛醒，体育老师的爱人有精神病，自己怎么说也是个有身份的人，这样去找体育老师不好，前几天他还要求学校给报销医药费。可话憋在心里睡不着觉，犹豫片刻，校长夫人决定去找语文老师反映情况，语文老师是中学的教导主任。

语文老师住在镇子西头，他家养了一公一母两条狼狗。语文老师教过一个最不省心的学生，几年前参了军，在军队饲养军犬。军队果然是个熔炉，军犬饲养员表现不俗，入党提干，这时他想起了他的成绩应该归功于中学时的语文老师。他当年偷过班主任语文老师家一条小狗，班主任知道后只是拍拍他的脑袋，叹口气，没开除他，也没往回要狗。就是那条小狗培养了他玩狗的爱好，并在参军后决心献身于军队的养犬事业。军犬饲养员回乡探亲特地带回两条退役的军犬，送给他的恩师。他讲起了那件影响他一生的往事，讲到动情处落了两行热泪。他感谢老师心胸宽广，没有把他开除学籍，那样他就没有今天了。他一定要向老师学习，做一个宽容的人，一个为他人着想的人，一个优秀的人。语文老师先是懵懂，继而想起，他当时把狗送了这个学生是因为他实在顽皮，要回来他会再想办法偷走。没开除他的原因是自己当时正高兴，报纸发表了他的一首小诗，他的作品第一次印成铅字。语文老师还是很感动，当着军犬饲养员的面把他写进自己得意门生的名单，军犬饲养员激动地给他敬了一个标准的军礼。这两条狗却给语文老师带来了严重后果，他逢人便说他家的狗比许多学生都聪明，这引起了一些家长的不满，结果语文老师干着教导主任的工作，可一直没有被正式任命。

语文老师认真地听了校长夫人的讲述，并在本子上记了七页半笔记，其中有几句他还在下面加了着重号。这几句话校长夫人是这样说的：谁养孩子谁都往炕上抱，谁也没抱谁家的孩子下井。要不生了孩子没舌头，要不生了孩子没屁眼，要不衣服不破也得让人指破，要不出门遇上打家雀儿的也能被打中脑壳。语文老师越听越兴奋，记得也越起劲。语文老师常给地区小报写些小稿，很高兴发掘了这么多有特色的俚语。校长夫人讲完了，他还在本子上写，引得校长夫人狐疑地看他。

记完，语文老师笑了，说："事情没那么严重，要说体育老师性子是直些，他平时和校长关系处得不错。"

语文老师斟酌着言辞，校长夫人一句也没听进去。察觉到对方不耐烦，语文老师很惶惑，以为自己说了错话，检点一番，觉得自己应该表个态。语文老师说："要真是这样，这个人的品质就值得怀疑，我们会考虑是不是应该重新讨论他加入组织的问题。这件事校长亲自出面不好，我明天上午就找他谈。"

语文老师一直把校长夫人送到十字路口，回去后意犹未尽。天上繁星点点，人间犬声阵阵，他花了半宿时间给报纸写了一篇小议语言的小品文。

当天晚上，体育老师知道了校长夫人找自己的事，就很生气。你校长夫人有什么了不起？校长又有什么了不起？我还真不拿你们当回事。我热脸贴了冷屁股，拍马吃了马屁，我怎么说也是为了你们好吧？体育老师想了半夜。早起给爱人熬药药壶还碎了，草药味弥漫得满屋都是。体育老师由此受到启发，当校长的连我们有病吃药都不准了，打我们的药壶。舍得一身剐，敢把校长拉下马。不行，一定要找校长夫人说清楚，不说清楚不行。

体育老师下午就去找了校长夫人，他花一个上午的时间借到了一只药壶。校长夫人在镇上的兽医站工作，体育老师到时，校长夫人正和男兽医们放肆地开玩笑。体育老师一进屋，校长夫人立刻不笑了，脸沉得如一汪冻水，表情就像她平时骟马。体育老师顿时失了锐气，说道："嫂子，有件事我想和你解释解释。"

体育老师的解释取得了明显的效果。后来，校长夫人理解地说："我不知道你也是听别人说的。我还说呢，教体育的这人不错呀，校长回家还常说你工作勤恳，那次我们家砌院墙、你一次搬10块砖，你怎么会这么咒我们家呢？"体育老师听了很受感动，暗下决心以后还要坚持帮校长家干活，不给报药费也干。

校长夫人记起语文老师昨晚说上午要找体育老师，就问体育老师教语文的找过他没有，体育老师说没有。校长夫人心里就一翻个，眼前出现了语文老师记录时的兴奋状。暗想，好你个教语文的，要不是校长保你，昨晚能轮得上向你反映问题？心里这样发恨，脸上还是很和煦。校长夫人说："事就怕说开说透，你这么一说，我不就什么都知道了？你也知道我昨晚找过教语文的吧？他还说要重新讨论你加入组织的问题，你放心，我再找他好好解释一下。"

体育老师走在回校的路上，越想越不是滋味。偏这时阴了天，黑沉沉的雨脚赶过来，没有雷声，没有闪电，路边的树叶都没翻动，雨就大了。体育老师想起有一次政治学习，学习的是县教育局有关改善各校厕所条件的文件。不知怎么语文老师就激动了，谈学习体会时讲了很长时间。第一，个别女同志的裙子太短；第二，个别男同志在身上喷洒香水。语文老师给大家看了自己带着泥巴的裤脚，然后讲泥土、爱国和人生观之间的联系，提议六月份全校再学一次雷锋。趁他喝水润喉，一位聪明的女老师及时讲了几句刚从街上听来的顺口溜。女老师说："谁说不变，又来文件。刚刚学会，又说不对。"语文老师忙掏出小本记录，才结束了他的发言。当时大家只是笑笑，谁也没往心里去。现在体育老师想：你裤腿有泥不洗，胡子粘饭粒不擦就是朴素吗？说女同志裙子短露大腿不雅观，你不看怎么知道不雅？保证自己不会在男女作风上出问题，你怎么那么愿意观察女同志？前天还告诉我让我放心，说"你得要求进步啊；无论从公从私我都应该帮助你，我在组织里还是个小组长吧！"就从私这一条你就不讲原则。任命没下，你就不是什么教导主任，讨好校长不能出卖同志的利益，否则群众一千个不答应一万个不答应。

回到学校，身已透湿，顺裤腿往下淌水。体育老师一拳砸在办公桌上，一定要让教语文的知道，别以为他教体育的只有四肢发达。有事情要摆在桌面，不说明白不行。

中午，语文老师找到了体育老师。语文老师想，校长夫人找过他，他应该对校长有个交代。他找了体育老师一个上午，午饭后才在路上遇到了。刚下过雨，路上十分泥泞，路两旁的树枝招摇得很好。语文老师把体育老师叫住了。

语文老师说："教体育的，你站住，我有几句话要和你说。"

体育老师很不屑地说："能换个时间吗？我现在要去卫生院买药。"

语文老师愣了，体育老师见他一直很客气。语文老师说："你怎么能那样呢？那样不好，校长夫人找过我了。"

体育老师说："是吗？她向你告我的状了？"

语文老师又一愣，他很快意识到体育老师找过校长夫人了。这时体育老师也意识到自己的表情是不对的，他应该笑笑，就笑了一笑。语文老师没笑，他不想笑，一转念，还是笑了。语文老师说："好，那就改天再说吧，改天我请你喝酒。"

一提喝酒，体育老师想起了那天语文老师的热情。儿媳过生日人家都请了自己，于是说："哪天我请你。"

语文老师说："不行，还是我请。"

体育老师说："还是我请。"

语文老师笑了，说："你这人就是，就是太老实了。人家说什么你就信什么，人家说你什么，你知道吗？"

体育老师愣了，自己想得真是简单了，以为人家已经有个好看法了。那次事后才知道叫煎饼的是校长夫人的侄子，又有这次的事，她真能不记着自己？再说我凭什么活得这么窝囊？你是校长，我是教师，你今天是校长明天可能不是，我今天是教师明天还是教师。想着想着，自己激动起来，但一看对面语文老师的脸，激动平息了。不能让他看笑话，怎么能让他看笑话呢？体育老师笑了笑，强压怒火说："我会解释清楚的。"

语文老师下午有课。课堂上两个学生不注意听讲，搞小动作。语文老师把两个学生叫起来，批评了一顿，哪知越批评越生气，心想：你校长有什么了不起？这不是挑拨同志之间的关系吗？整个一个读书无用论的产物，"文化大革命"期间钻进学校，没什么水平嘛！羊圈里跳出个驴来，自觉着是个大牲口了，鹤立鸡群了。谁有能力压制谁，现在连老婆也敢制造矛盾了。他想起去年中秋节他给校长送礼，恰好校长也要给局长送礼，就借用了他的皮包，后来就忘了还。想到这儿语文老师更生气了，给你送礼，你不但把酒留下，连装酒的皮包你也留下。谁带饭盒有好菜你都多吃几口，没花钱就摄入营养了，还说这是联系群众。从来都目光闪烁，不敢直视别人，明明心里有鬼。如果你校长不说坏话，就一句狗比学生聪明，教导主任的任命就下不来？想到这个关键问题，语文老师脸色慢慢平和，摇摇头，还是忍着吧！但这次光忍恐怕不行，应该向校长汇报一下，不说明白肯定不行。

政治老师终于知道校长家那天晚上真的没有和谁撕打过，

打架争吵的是隔着校长家的东面张家。他忽然发现自己干了件蠢事,这不是在向校长献媚吗? 这是他多么不愿意干的事情啊! 况且向人家解释还吃了闭门羹。他想了两天,最后想,还是应该找校长本人解释解释,把事情的前前后后讲清楚。

两天后校长回到学校,许多人都想找他谈话,校长拒不接见,学校里因此人心惶惶。晚上,校长家的大门比往日关得更早,许多人徘徊着想要敲门,终于没人敢敲。第三天,教育局来了一位局长,和局长同来的是一位戴眼镜圆脸庞的中年人。局长召开全校教工会议,宣布眼镜为该校校长,原校长因某种原因调往镇郊小学做教员。

原校长被免职的这天晚上,政治老师在路上遇到了体育老师,他们去酒店小酌。酒店里,他俩又遇到了自斟自饮的语文老师,三个人就坐到了一桌。

校工胡某路过酒店门口,看见三位老师在里面喝酒就走进去,告诉他们原校长家传出撕打叫骂声,听声音是和物理老师。

听到这个消息,体育老师端起酒杯一饮而尽,政治老师喝了半杯,语文老师沾了沾唇。

体育老师说:"你们得干了!"

政治老师和语文老师说:"干吗? 干吧!"

"干!"

"干!"

"干!"

三个人醉得一塌糊涂。

佛　缘

　　西风不再送爽，一夜之间寒气已觉逼人，街头的树木日渐枯黄，树干愈发显黑了。路边染了白霜的败叶被风一吹，哗哗啦啦响过，掀动着的露出本色，未掀动的仍白着。S 县皮革厂的毛皮采购员刘长青站在 C 市一家旅馆的院子里，看见眼前光秃秃的老榆树树杈上栖着两只黑色的乌鸦。北风吹白云，秋声不可闻。在这个早晨，他忽然动了思乡的念头。

　　刘长青走在 C 市的街道上，街道萧瑟冷清，三辆宣传车在他的身边寂寞地碾过覆盖着地面的落叶，于晨风中默默地向前开去。车上十几个挂着纸牌子的牛鬼蛇神抄袖缩脖，瑟瑟地打着哆嗦。这些被游斗的阶级敌人脖子上的马粪纸牌子上写着红字，一例打着黑叉。车后几张写满字的报纸随风向前翻卷飘动，街上的行人全都步履匆匆。一所学校的门口，两个戴红卫兵袖标的学生往墙上贴着什么。红卫兵明显没有激情，不时地停下来，看看墙上的白纸黑字，再看看街上的行人。刘长青想，自己想什么办法也要在今天午后离开 C 市。

C市市区有两家牲畜屠宰厂，一家叫新生屠宰厂，一家叫红卫屠宰厂。C市以牧业发达闻名省外。新生屠宰厂坐落在市区的南头，刘长青来到C市的当天就已经去过。睡眼惺忪的看门人接待了他，老头领着他看了挂满蛛网的厂房，一堆剥好的黑牛皮难看地堆在墙角，干硬地散发着腥臭，十几架肮脏铁器伸出的刀片蒙了黑红的铁锈。厂长被送去劳改农场放牛，新生屠宰厂名存实亡。

刘长青来到C市已经十天，他一直在试图和红卫屠宰厂接洽。红卫屠宰厂恰好在他到达的前一天挖出一个隐藏在人民内部的历史反革命，正在开展批倒批臭的运动。群众的眼睛是雪亮的，早已发现那个小眼睛蒜头鼻子还秃顶的家伙极有可能往火车道上放石头，发洪水时炸大坝，因此格外群情激愤。刘长青第一次联系业务就被拉进批斗会场参加斗争，斗争完吃了一顿忆苦饭。第二次去时却受到厂革委会的审查，原因是他的长相和正斗争着的一个历史反革命惊人的相似。据说厂里的外调人员在昨天已赶到S县调查他的情况，待外调之后，再研究怎样对待他。是好人，就向他伸出友爱之手，在自己抓革命的同时也促进一下S县皮革厂的生产。如果有问题，那就对不起了，抓反革命不能分地域。

刘长青在C市的街头逛了一个上午，给儿子买了一本《红灯记》的连环画、半斤硬得硌牙的叫作缸炉的油炸面点。就在他返回旅馆的路上，一个意外的收获让他改变了下午的行动路线。

他经过C市公安局的门口时，两个卖冰棍的老太太站在一起交流业务，其中一个梳短发豁唇的提到她的儿子在城外的屠宰厂工作。刘长青忙站下来打听，原来在距 C 市五十里外的百山脚下，还有一家前进屠宰厂，他立刻决定下午前往百山。

前进屠宰厂在百山的一个山坳里。刘长青乘坐的公共汽车一路上总是熄火，在一个村子的村口，还轧死了一条四眼小狗，司机赔了一个打火机，挨了狗主人一个耳光。谁能想到，五十里的路竟走了足足三个小时。车到百山脚下，天又下起了雨。下车后，刘长青打听了三个人都没有探问到去屠宰厂的路线，他只好拣上一条山路便往山里走，以求再遇到行人问路。

秋雨冰凉地落着，山中的树叶差不多都已落尽，湿冷的雨雾笼罩着山峦，树木的枝干被打湿后显得更加灰黑。刘长青没带雨衣，衣服被雨浇湿，一阵风吹来，周身寒彻，心下倍觉凄凉。这条山路竟无一可避雨之处，他只好挺身冒雨疾行，走着走着，路忽然窄了，后来竟淹没在蓬乱衰败的秋草中了。看看天光渐暗，又向前走了一段，枯草愈深，待往回走，连来途也不见了，他知道自己迷路了。空山冻雨，刘长青心中不觉大慌，胡乱撞将起来，甚至忘了湿冷，一时只求快些出山，搭乘晚车返回 C 市去。

灰蒙蒙的天空变得阴沉沉的时候，晚秋苦雨中的百山一团混沌。半个小时之后，刘长青拖着走软的双腿爬上一个山岗，大约一里开外的一片树林中闪出一点微弱的灯光。那灯光无力地闪动着，挣扎着，仿佛随时都可能被风雨浇灭，但这如豆的昏黄灯火太温馨了，太温暖了，太令人振奋了。刘长青的双眼都湿润了，他真担心自己奔过去的一瞬，那灯火突然灭掉，这一夜就有可能是他一生中最难熬的夜晚了。

时隐时现的灯火把刘长青引到一个去处，一间破败的房室迎上来时，他先是狂喜，但马上就紧张起来，头发倒竖，后背也丝丝地冒着凉气了。这里咋会有灯光？这是一座破烂的寺庙，山门只剩下半扇，模糊中禅堂倾颓，分明是狐鼬栖居之所，黑影里断壁残垣，俨然是荒坟拥塞之地。通往正殿的路径杂草丛生，看不出一丝有人居留的痕迹。这时寻路下山已无可能，一惊之下，身上寒气愈浓，冷不可挡。刘长青看看天色，秋雨仍在洋洋洒洒，雨点钢珠般坠落。四周一片昏暗，他只好硬着头皮走进去。果然有物猝然窜出，嗖的一声，倏然消失。刘长青大骇，魂魄几乎不收，心中大骂卖冰棍的老太太，骂那辆破烂的公共汽车，又骂那个穿只有一个衣袖烂布衫烂眼边的狗主人。想一想，又骂红卫屠宰厂革委会，刚骂一个来回，猛醒，怎么竟骂了革委会？出一身冷汗，忙向四周看看，想起自己只骂出口一声娘，关于这娘并无明确指向，方才定下心神，却不敢再骂了。刘长青正在惊恐无着之时，那点灯火又忽地出现，照了他满眼。

这是偏殿旁边的一个耳房，房门开着，里面传出咳嗽声。然后，一个枯涩的声音说：“进来吧。”在这座破烂的寺庙中，此时出现人声对于一个荒郊野外的迷路者来说，并不比狼嚎更为悦耳，即使被无神论武装了头脑的人也不禁会打哆嗦，心头一紧，问一句：是人是鬼？当然是人，刘长青一眼就看见灯影里坐着一个人，胸前挂着块写着黑字的牌子。他长舒一口气，倚着门框无力地滑坐在地上。

灯影里坐着一个和尚，穿着烟色的短褂、肥大的黑裤。和尚没有回头，只用手指一下身边蒲团上的一堆干爽衣物，算是打过了招呼。

五分钟后，刘长青已经安坐在和尚的对面了。他仔细地打量眼前的这个出家人。和尚像一截枯瘦弯曲的木桩，两颊塌陷，下巴突出尖长。他瘦得真是皮包骨头，脖子被牌子坠着，头向前伸，腰也虾一样向前弓着，唯有坐姿极稳，看得出坐禅的功夫。和尚六十岁左右年纪。刘长青感激地问道："敢问师父法号？"

老僧没有回答，把脖子上的牌子端端正，刘长青看见上面写着"反动和尚忍能"几个字。

又问了几句，忍能均不作答。刘长青自觉无趣，便环视屋内，四壁皆空，地中间一铺一被，一块木板上面摆着几个空瓶，再无他物。这时，他听见忍能说了一句："还是早些歇息吧。"忍能说罢吹灭将要熄掉的油灯。

短暂的黑暗过后，刘长青意外地发现外面雨已经停了，一轮清冽的白月洇过屋子潮湿的窗纸。忍能仍坐在那里一动不动。躺在发潮和充满霉味的铺上，刘长青听见屋角蟋蟀凄切，长长短短。他裹紧薄衾，实在太乏了，头一挨枕便沉沉睡去。

第二天清晨，刘长青醒得很早，忍能起得更早，抑或他根本就没有躺倒睡觉。刘长青从门缝向外看，外面泛着青虚虚的天光，一地白霜。院子里唰啦唰啦响，是忍能在打扫门前的一小块空地。衣服仍略略发潮，刘长青麻利地穿上。他走出门，忍能停下手中的破竹帚，冲他点点头。忍能仍挂着那块牌子，寺院里霜清气冷，悲哉秋之为气也，草木摇落，整个百山寒气浓郁。

"早啊，忍能师父。"刘长青说，"昨晚多亏了师父，要不我真的不知要遭什么罪了。"

忍能顿顿，说："施主不必言谢，唉，现在不准这么称呼了，可，还是叫施主吧。施主要去哪里？老僧可以指给你路途。"

早饭是稀稀的一碗玉米糊糊，一小碟干萝卜丝咸菜，一嚼咯吱咯吱响，像草根，且辣。"施主将就用用，寺里实在没有什么东西可以款待施主了。"忍能抱歉地说。

吃完饭，刘长青告辞上路，忍能送出山门，行的却是凡俗的礼节，用力握握刘长青的手，又摇摇。好长时间没有感受到这样浓厚的温情了，刘长青双眼一热。

刘长青说："多谢师父了，不知我能为师父做点儿什么？"忍能欲言又止。

出了山门，刘长青回望寺院，他怎么也想不出昨晚偏殿耳房里的灯光是怎样被他看见的。寺院周遭的墙虽然一段段塌去，但也还算完整，那么一点儿灯火，竟照出一里开外，简直是奇迹。刘长青说了自己的想法，忍能笑笑，说："法缘如此，佛缘如此，这是施主的缘分。"

又走一段，忍能仍未留步，几次欲言又止，刘长青猜到他一定有事相求，忙说："师父有事不妨直说。"

忍能橘黄的脸腾起一丝羞赧，枯涩地说："不瞒施主，老僧已有一年没闻到豆油味了。"

S 县盛产大豆，自然也盛产豆油，当下，刘长青应承下来，再来百山一定带几斤豆油来作为布施，忍能方才留步。走出好远，刘长青回头，忍能仍站在那里，身体单薄得就像一张草纸，在风中不停地抖着。

刘长青回到 S 县的第一件事就是设法搞几斤豆油。还好，恰值县城植物油厂为保证省里的用油处于砸烂后的重建阶段，刚刚恢复生产，只是产量很小。刘长青使出浑身解数，也只搞到三斤。回到家里，又被老婆揸去一斤半。在他于 C 市奔波期间，C 市的外调人员果然来过，惊了老婆几身的冷汗，老婆要求刘长青用油作为对她被惊吓的补偿。晚上，刘长青躺在老婆身边讲起百山之事，说到迷路无着一节，老婆大恸，竟至呜咽，当时跳下地把揸去的油又倒回半斤。看见两斤油装进两个高粱白酒的酒瓶子里，刘长青觉得魁梧苗壮的老婆犹如盈握的鸡雏般娇小可爱。

半个月过后，刘长青重返百山，他以最快的速度办完和前进屠宰厂的业务，才出屠宰厂，又登百山寺。这时秋声已尽，黄云衰草，薄雪飘覆林苔。他踏着一山的乱银碎玉来到百山寺。寺门的另半扇也不见了，清雪之中，灰天之下，百山寺更加萧瑟逼人，零落的荒草在雪中抖着，让人一看心头发紧。雪天冻裂脊瓦，时有寒鸦哀号，和半月前相比，又是一番光景。

刘长青寻到偏殿的耳房，忍能门前的新雪没有被扫过，房门紧闭，刘长青吃了一惊。他快步上前叩门，好半天，屋里传出一丝动静，复归于沉寂。他预感到不好，用力撞门，门哗啦开了。

刘长青怎么也没有想到他看见的会是这样一番情景，这里起码有三天未动过烟火，屋角蒙了一层白雪，忍能在铺上蜷曲着，他的头旁边放着那块牌子，牌子上面放了一只水碗，碗里结了冰碴儿。忍能眼窝塌陷进去，手脸蒙垢，看见有人进来，先是打了个冷战，仔细看看，眼泪扑簌簌落下来。他已经无力说话，想动也没能动得。

刘长青快步上前，蹲下握住忍能的手说："大师，你受苦了。"刘长青有些哽咽。忍能嘴角动动，还是发不出声。刘长青把耳朵贴在他的嘴边才终于听清一个微弱的单音，"油——"刘长青慌忙打开挎包，把两瓶豆油拿出来，递到忍能手里。奇迹发生了，忍能双眼一下子闪动起光芒，示意刘长青把油瓶打开，送到他的嘴边。忍能颤抖着手抓住瓶颈送入生疮干裂的口中，一闭眼，他的喉结上下滚动，竟连喝三大口。喝罢，长长地吸了一口气，更紧地闭眼，两行浊泪又流出来，好半天，双眼才徐徐睁开。刘长青看见他瘦塌塌的双颊竟有了一丝红润。

刘长青向忍能告别时，忍能又一次流了泪，抓住他的手久久不放。

忍能说："华藏世界，重重无尽，贫僧心不造业，早已不念生死。"

说话间，忍能从铺下取出一桩物事，用黄油纸包着。他虔诚地打开，现身的是一尊核桃大小的坐佛。

"贫僧以为自己过不了这个中午了，没想到施主恰来相救，这也是施主佛缘所系。施主有恩于我百山寺院，这尊真佛乃我寺镇寺之宝，也许百山寺再无重兴之日了，就送与施主留个念想吧！万望施主日后多结善缘，多有善果。"忍能顿一顿，长叹一声，"贫僧对我佛终于有了一个交代，也不必苦苦维持这个病瘦的皮囊了。"

刘长青看去，这尊坐佛极其粗糙，像一块老铜，没有一点儿光润，还没有老婆扔进阴沟的那尊观音受看，如果带回此物还不叫老婆耻笑？再说这年月还有谁敢收藏这种东西？况且忍能言语中流露的意思也令他心生恻隐，非常难过。刘长青怯懦地说："大师厚爱，可我不能接受。这是寺院的镇寺之宝，还是，还是大师自己……"

忍能立刻看穿了他的心思，脸色一变，打断刘长青话头，又颤声问道："你当真不收？"

刘长青惶惑地点点头，忍能却慢慢地摇摇头，眼中流露出几丝悲哀，苦笑笑，把坐佛重新包好，塞到铺下。他的脸色阴沉似水，似有无限的遗憾。

刘长青走出山门，时间恰好是正午。一轮苍凉的太阳端端正正地迎着山门晃着，一只乌鸦呱呱呱大叫三声，从他的头顶掠过，飞往前面白白的岗子去了。下山后，刘长青好多天惆怅嗟叹不已。

十年间物是人非，十年间日新月异。当年的毛皮采购员刘长青再踏上 C 市的土地，他已经是 S 县皮革厂的副厂长了。副厂长刘长青在 C 市受到了前红卫屠宰厂，现利民屠宰厂很好的接待，抚今追昔，忆苦思甜。刘长青在一次酒宴上就提起了十年前在百山寺的一番经历，哪知引起大家一阵哄笑。

利民屠宰厂毛皮分厂的女厂长说："刘厂长，你可真会开玩笑啊，真会开玩笑，你们看刘厂长多会开玩笑啊！大家说怎么办？"

"罚酒，罚酒，连罚三杯。"

胡乱地喝进三杯酒，刘副厂长才弄清楚大家笑的竟是他说自己和 C 市的佛教协会主席是好友，并且曾拒绝接受百山寺流传千年的镇寺之宝——唐朝一位皇帝御赐的护寺金佛。

白胖的女厂长说："要是哪个和尚送我这样的宝贝，我嫁他都行。哈哈，刘厂长，还得罚你酒，这回罚你有眼不识金镶玉。"

又有几杯酒下肚，刘长青双眼有些混沌。这时，屠宰厂养殖分厂的王配种员又来敬酒。王配种员说："刘厂长不想旧地重游，去会会老朋友？也让我们开开眼界，见识一下百山寺的护寺金佛。一个月前美国的一个什么代表团来百山寺都没看见那宝贝呢！"

"你们不信吗？"刘副厂长酒意发作，敞开怀，一把抓住女厂长的玉腕，说："你要不信就陪我上山去看看。"

"信，信，没人不信。"女厂长急于挣脱，抖抖手腕。

大家都说："你们谁不信，就得罚酒。"

大家都说："信，信，我们都信，没人说不信。"

刘副厂长却不肯罢休，也不肯松手，说："不行，你们还是不信，一看就知道你们不信。现在就给我找辆车，现在我就到百山寺去，让忍能出山门迎接我。再，再把什么佛，对，那个什么护寺金佛送给我，拿来给你，你们玩，玩玩。"

女厂长满脸绯红，人工配种员、会计员、出纳员、计划生育宣传员等人纷纷端起酒杯劝刘副厂长喝酒，刘副厂长可能感觉很好，就是不肯松开握着女厂长的手。毛皮积压，女厂长为了屠宰厂能够宰杀更多的牛羊，无奈地瞪着配种员说："你他妈现在就送刘副厂长去百山寺吧！"

车行林荫道，醉眼看百山春色，端的是曲径通幽。莺啼百山五月半，杨柳含烟金线乱。刘长青好一番感慨。等他远远看见百山寺时，他几乎不敢相信自己曾到过这地界了。寺院整修一新，红瓦飞檐，钩心斗角，一圈的红墙围定一座辉煌的山寺。香烟缭绕，隐约可闻里面木鱼声声，不时有香客进出寺院，寺院香火旺盛。车子在山门外停下，恰好一个小和尚提着只木桶从寺里走出来，刘长青就在车里唤住他。陪同他的配种员说："小师父，这里有一个人要见忍能大师，麻烦你进去通报一声。"配种员又小声说："他说要让大师来接他呢！"

小和尚听了一愣，仔细打量一下坐在车里的醉汉，不敢怠慢，忙跑回寺里去了。

小和尚进去很长时间，却不见出来，刘长青等得烦躁，忽然寺里钟磬齐鸣，诵经声大起。刘长青心里猛地一惊。

小和尚脚步匆匆地引出来一位僧人，却不是忍能。僧人五十岁上下年纪，他快步走上前来，打个揖手。

僧人问："施主可是姓刘吗？"

刘长青点点头，自得地看看站在车旁的配种员，"我正是 S 县的刘长青，想见忍能大师。"

僧人面露悲戚，"阿弥陀佛，"僧人说，"大师刚刚在偏殿旁边的耳房里圆寂了。"

刘长青吃了一惊，酒意消去一半。他从车上跳下来，一把抓住僧人的袈裟下摆，"你说的可是真话？"

"出家人不打诳语，贫僧怎么敢欺骗施主。大师的确刚刚圆寂，寺里正在为大师超度。"

刘长青无力地撒开手，好半天说不出话。僧人却说："施主节哀，大师临终时还留话给你。"

刘长青打个激灵，忙问："大师他说什么？"

僧人面露难色，但还是说："大师已知施主来意，他说施主不必再看那尊坐佛了。因缘因缘，由因缘而生，也由因缘而灭，华藏世界，重重无尽，如是而已。"

刘长青周身寒彻，"大师就说了这些吗？"

僧人一指，刘长青扭头看见小和尚手里一个钵盂里托着两个空瓶，正是他当年送给忍能装油的瓶子。僧人说："大师有言，从何处得，还何处去；从何时得，还何时去。"

刘长青酒意顿消，仰天长叹，从僧人手里接过瓶子。

刘长青把两个瓶子摔在山石上，瓶子炸裂，炸出千万道亮光，但刘长青眼前出现的只有十年前那个苦雨秋夜远远看见的一点昏黄灯火，可转瞬之间，那一点灯火也泯灭在他的泪水中了。

一只乌鸦呱呱大叫两声，从他的头顶掠过，飞往前面绿绿的岗子去了。他抬头，一轮烈日端端正正地迎着山门晃着，时间恰是正午。

恶 作 剧

一个男孩的街头偶遇

见到那两个怪人之前，男孩的目的极为明确，他想方设法地准备乘人不备砸碎女老师宿舍的玻璃。

在没有找到机会之前，他干了这样几件事。在学校附近一所幼儿园的滑梯下面怪叫，用一块好看的糖纸包上石子哄来一个穿紧身衣的女孩，然后将她推倒。等老师赶来，他已经钻进了公园的栅栏。在公园里，他偷听两名职业中学的学生谈情说爱，听着听着，觉得索然无味，就冲假山后面扬了两把沙土。之后，他来到搪瓷厂的后院，在废品堆里捡到一根玻璃棒，他认真辨别玻璃的反光，结果给阳光刺痛了眼，一气之下，他将它塞进了一家电器行的空调机。这次他险些给商店的人抓住。他一头扎进了新华书店，才像鲤鱼一样溜掉了。他在新华书店看了半个小时的卡通书，觉得有点儿饿了，就重新回到大街上。

一开始，他只觉得前面的两个人有些异样，他们走路的姿势并没有什么特别，可这两个人吸引着所有人的目光。这勾起了男孩的好奇心，他加快脚步，很快就跑到了他们的前面。

男孩回头，却发现那两个人拐上了过街天桥，他看见的仍是两个受人瞩目的背影。

阳光照在过街天桥的巨大的广告牌上，三个蛋糕女郎笑得十分灿烂。

男孩终于在天桥下面赶上了那两个人，跑到正面，他大吃了一惊，他看见的是两个蒙面的人。

两个人蒙面上街

在天桥上面，他们看到了一个乞讨的烧伤病人。乞讨者夸张地展示着残肢，他一定还想从面部透露更多的信息，传递更多能引人怜悯的痛苦。可是他的脸仍像一块甘蔗皮，光滑的疤痕闪着咖啡色的光泽，面部神经差不多已经死掉。

他们不约而同地停下来。只有他能够感受到黑纱的后面她的脸颊抽搐了一下。她打开白色漆皮的小包，从里面拿出一张纸币投到乞讨者的盒子里。

在天桥上，他们还遇到了蒙面上街后的第一个熟人。为了不让对方认出他来，他故意将手臂摇动，将脸扬起，并向那位同事撞去。他看见那位平素开朗的男同事脸色一下子白了，掠过疑惑而惊恐的表情，然后将身体紧紧地贴在后面的护栏上。

这种感觉是全新的，他的鼻尖沁出细密的汗珠。想想看，你藏起了自己，因为你面目不清，你整个人营造出巨大的神秘感，而别人则极力掩饰着好奇心，还怀着那么一点儿恐惧的心理，故意装作视而不见，但，他们怎么也忍不住匆忙地向你瞥上一瞥。

他们一起逛了一家服装专卖店。一个年纪很小的售货小姐一愣过后，慌乱地躲到衣架后面。身穿制服的保安员一直小心地跟在他们的身后，一边和售货小姐大声说话，一边镇静地帮忙摆摆衣服，弄出很大的响声。他可能连高中没读过就来这里应聘上班了，他唇上的胡子还是有点儿发黄的绒毛。他可能很为自己声音的干涩和动作的僵硬害羞，终于下定决心和他们打一次交道。而他们看也不看他就一起走出了店门。

他们只遇到了一次麻烦。两名巡警在百货商场的门口想要拦住他们，恰好有一个人从商场大门仓皇而出，两名警察拔脚就追，一个人挥动的手臂险些碰落她的手包。

没有一辆出租车肯在他们的身边停下来，出租车总是把速度慢下来，在将停的瞬间骤然加速。

后来，他们发现了那个男孩，他一直跟在距他们十米远的地方。这会儿，他走上前来。

男孩的脸上洋溢着难以抑制的兴奋。男孩说："要我替你们叫车吗？"

男孩的生活片段

妈妈一定带他来过很多次了，但他这次才有了说不清楚的躁动，也因此有了记忆。

浴室里的情形在他的印象中已很模糊。记忆中，他的妈妈，身体比其他女人白得多。她把梳子别在头发散开的头顶，右手把红塑料盆卡在腰间，左手拉着他。他莫名其妙地将手前后摆，手擦过年轻母亲的臀部，光滑而富有弹性。母亲则对孩子奇怪的举动毫无察觉。她就那样自然，那样毫无羞耻地向前走着，走进弥漫着水汽、晃动着裸体、迸溅着水花的浴室。

男孩出现在女浴室，浴室里出现了短暂的骚动。眼前的世界令他震惊极了，他还不知道该怎样管住自己的眼睛。他开始只是东张西望，年轻的母亲表现得还是那么粗心，她只是责怪儿子的胳膊抬得不高，没办法往他的腋窝里打肥皂。后来她和旁边的人谈起来，谈得兴致勃勃，叮嘱他不要乱跑，便自顾洗起头发。母亲的头发很长，长得有时令她骄傲，有时又令她感到烦恼。男孩悄悄地离开了母亲，在浴室里走来走去，他的头有点儿晕。

骚动的起因是因为浴室来了一个和他一般高的女孩，跟在一个胖大的女人身后走进了浴室。女孩显然对他的存在感到吃惊，小脸涨得通红。

"咦，你怎么不走了？"胖大的女人不解地看看女儿，然后顺着女儿的目光看见了站在三米开外的小男孩。

女人笑着对一位上了年纪的妇女说："她还知道害羞了，不怕，他没准还是个小弟弟呢！快点儿，一会儿就没有热水了！"

女孩犹豫了一下，低声说："可他是男生。"

女人拉了女孩两次，女孩就是执拗地不肯往前走。惹得她怨气上来，先是甩开女儿，然后大声冲里面喊道："四五岁的男孩还往这女浴池里领，也太不讲究了！谁领来的？"

"我领来的，怎么了？"母亲立刻出现在儿子的身后。

胖女人不满地说："我要是你，我就让他爸爸领他去男浴室。你看，我女儿看见他害羞得不进去。"

"这么点儿的小孩子懂得什么？他可能连什么是男什么是女还不知道呢！"母亲一把扯过儿子，"你过来，妈给你洗洗头。"

事情本来可以这样过去，当母亲的怎么也没想到儿子会去报复那个责备他的胖女人。可他确实是这么干了，干得充满天分，干得充满才智。为了找到机会，他表现得十分乖顺。母亲又遇见了一个女伴勾起谈兴，已经洗完又多待了一会儿。恰好那个胖女人一边打香皂一边从他的身边走过。趁对方不备，他飞快地把谁剩下的一薄片香皂扔到胖女人前面。扔完，他一眼看见那个女孩张着嘴吃惊地看着他。他慌忙闭上眼睛，胖女人正好踏在那一小块香皂上，一座肉山一样地倒下去。小男孩闭眼的一瞬，觉得仿佛有一只麻雀从四仰八叉的女人的腿间飞起。他睁开眼睛，发现他看见的不过是人人都有的茂密的毛发。

除了那个女孩，还有一个人看见了男孩的动作。无意中瞥见儿子扔下那块香皂，她还没来得及呵责他，已经有人倒了大霉。当母亲的扬起巴掌，蓦地看见男孩的腿间软枣样的东西此时竟昂扬着变成了一条小棍。她的脸腾地红了，儿子贪婪地看着地上的女人，她强行扳过他的脑袋，拉上他逃也似的快步离开了浴室。

浴室里胖女人大声咒骂乱扔香皂的缺德鬼。换衣间的这一对母子来不及将身体擦干，便胡乱套上衣裤，仓皇地离开了。

回家的路上，母亲一言不发，男孩忐忑不安，虚虚地拉着母亲的手。

母亲的怒气在踏进家门的一刻正式爆发了。她先是奔进卧室关掉电视机，然后将蓄了一路的羞耻和怨恨一股脑儿地投向丈夫，"都是你，你懒得带孩子，让我出去丢人现眼。"

丈夫明白了是怎么回事，忽然大笑起来，一把将儿子抱起，举过头顶。父亲将他放下来，他看见父亲奇怪地看他，"今晚你到爸爸那屋去睡。"

男孩期待的目光转向母亲，他失望了，母亲的表情比父亲还要坚决，还要冷漠。

男孩放声大哭。

出租车穿街而过

出租车穿街而过。街上飞着漫天的杨花。车开得很慢，司机不时地通过头顶的镜子看一眼车上那两个神秘的乘客。他们的脸上仍然蒙着面纱。那个男孩坐在副驾驶的位置上，兴奋地扭来扭去，仿佛坐在热锅上一样。出租车穿街而过。

一个胖大的女人骑着自行车横在车前，在司机的眼睛里，她只剩下一个硕大的臀部，和车座接触的地方被汗湿透了，裙子皱皱巴巴。才把胖大的女人甩在车后，又有一个骑倒骑驴的人拉着沙发堵在前面，沙发的腿朝天，骑车人艰难地努力着。红灯亮了，交警面无表情地训斥着行人。

　　车体颠簸，这一段街道凸凹不平。司机最盼望的是现在能下一场大雨，可这种希望注定会落空，因为艳阳高照，城市蒸腾着闷热的沥青的气味。司机想他是上了那个孩子的当儿，否则他就不会停车。不管怎样，这样的大热天里蒙面上街都注定是不正常的，开始他几次想把车停下，他宁可让他们告他拒载，可话到嘴边又都咽了回去。后来他看见那个女人将头歪在男人的肩头，看上去十分倦怠，他才长出了一口气。他想，他只要沉着冷静，完全来得及将车停在任何一个人多的地方，或者有报警车的路口。

　　出租车穿街而过。她并没有疲倦，只是感到了那么一点点无聊，这种感觉有点儿像高潮过后松弛的那一瞬间，慵懒而空虚。她的胸部平坦了一些，但是她并不在意，她相信一个女人的魅力完全可以脱离身体在另一个地方光芒四射。女人真正的魅力绝不是温柔和美丽，那是女人扮演一个母亲的角色时才更应该表现的。真正的女人应该让男人捉摸不透，有时还要表现一点儿，怎么说呢，对了，那么一点儿邪恶，耍一点儿伎俩让他们难以把握，于是爱情就在这捉迷藏的过程中花香一样地弥漫了。

　　出租车穿街而过。可他们现在却遇到了一点儿小麻烦。一种隔膜忽然间便出现了。那是一种谁也说不清楚的陌生感，你专注地看着对方，对方却让你感到不确定和不真实。你无法确信，就是这么回事。在咖啡馆喝着咖啡，说着话，音乐声暮地回荡起来，无形的声音就像有形的丝线一样在他们中间织起了一张蛛网。

他们停下来，认真地打量对方，然后，把手握在一起，渴望而热烈，可还是消不去那种莫名其妙的感觉。他有点儿恼火，看得出，她也一样。他们离开了那家嘈杂的乌七八糟的咖啡馆，在广场的丁香树丛下面，她直截了当地表示想要给他画一张人体。

他转过头，四目相对，她的目光温和亲切。"你会答应，是吧？"她的声音热切起来，她觉得这是一个能够把握他的好念头。

出租车穿街而过。他想，她在寻找借口方面确实是个天才。想想看，她竟提议给他画一张人体，他兴致勃勃，一个男人怎么会拒绝恋人的这样的提议呢？想象力再差也应该想象得出接下来会发生什么。

出租车穿街而过。他没想到的是到了她的住处，她当真一本正经地准备起画具。他端着一杯葡萄酒，欣赏地看着她煞有介事地忙来忙去。房间不大，很温馨，凌乱的书架上放着一小盆龟背竹和其他的小玩意儿。卫生间的栏杆上晾着几件内衣裤和袜子。她以最快的速度做好了准备工作。她已经好久没有拿过画笔了，在画架旁边站好，她甚至有些欣喜。

"我想我们应该到床上去画。"他暧昧地笑着，嘴角泛着那么一点儿令她着迷的轻松的戏谑。

"少废话，脱吧，我们说好了的，只是画画。"她看见情人皱起了眉头，偏着头审视着她，耍着小聪明，希望立刻看穿她的想法。他从她的眼神里看出了职业的味道，专注而挑剔。她的嘴角有时歪一下，表情跃跃欲试。

她放下笔，笑着鼓励他，"怎么，你还害羞吗？"她就那么微抬下巴，从眼镜上方看他。这个习惯性的动作鼓舞了他，嘴里嘟囔着："脱就脱。"他没想到脱掉衣服这样的动作会让他陷入巨大的尴尬。将 T 恤扔到沙发上的瞬间，他听见了有许多零乱的东西发出混乱的金属般的声音，叮叮当当落了一地。他感到身体一下子空了。这时候他才发现，衣服最大的作用是为了隐藏，隐藏起溃疡的伤口，隐藏起零落可笑的柔软的胸毛，隐藏起腿上隆起的青筋和波浪一样散开的纹理密布的皮肉。这还只是表面现象，衣服简直就是充气的橡胶气垫，虚张声势，夸张地放大着你的身份和自尊心。

现在，他完全地暴露在她的眼前，而他的情人冷静地拿着画笔。必须承认，她有那么一点儿吃惊，这是他们第一次找到单独在一起的机会，她认识的他一直穿着衣服，虽然她也想象过他的裸体，可一旦真正面对，也难免有些紧张。

他感到恼火，刚才还在衣服里顶得他难受的那个部位这会儿已经委顿了，像一个淘气的孩子淘够了，想起了可能降临的惩罚，心惊肉跳地挂着一滴亮晶晶的鼻涕，无精打采地低下头。

她目睹了他身体的变化，看着他沮丧地在沙发上扭来扭去，身上起了一层鸡皮疙瘩，头上渗出了汗珠。他在她的眼中从来没有这么狼狈。他一直是那样机敏，幽默而富有才华。他的软弱唤起了她的同情心，她上前吻他。

他骄傲而无理地把她推开，他觉得是受了嘲弄，直到她想出了一个勾起他兴趣的提议才算平息了怨气。

她说："既然如此切近的两个人都会时常感到陌生，那别人会怎么看我们呢？"她进而提议说："我们用布把脸蒙上，去看看街上的人怎么看我们。"

出租车穿街而过。出租车就像一只蜘蛛在城市的交通网上穿行着。车上坐着三个乘客，两个蒙面人和一个孩子。

男孩有了秘密

他们在出租车上坐了近两个小时，穿越了大半个城市，后来觉得厌倦了，或者迫切地需要撩开面纱透透气，还自己和这座城市以本来面目，他们决定下车。他们让司机将车停在公共图书馆的门口。

他掏钱付了出租车费，将找的零头扔给司机旁边的男孩。

男孩也下了车，他意犹未尽，跟在那两个人的身后走了几步，见他们没有再理会自己的意思，他叫道："你们站一下。"

男人转回头，他已经除去了脸上的面纱，他的长相并无特别，腮边绽着胡子楂儿的青色。

男孩贪婪地审视，他极力想要记住对方。他把手里的零钱递过去，"我不要这个，"男孩说，"你们给我点儿别的吧。"

男孩的做法吸引了女人，她感兴趣地转回头。然后她打开手包，在里面翻捡起来。男孩凑上去，那包里不过是钱夹、钥匙链和几样化妆品。最后，她给了男孩一管口红。她原想用完之后再换一个牌子，现在她决定过一会儿就去买管新的。

男孩接过口红，仍不肯走开。女人诧异地问他："你怎么还不走？"

男孩的脸一下子红了,"我,我想看看你长什么样,"男孩迟疑地说,"你,会同意吧?"

她拉着男孩的手笑起来,揭下面纱。她的脸笑得通红,戴着一副眼镜,肤色白皙,下巴上有一粒小坑,那是小时候出水痘留下的疤痕。

男孩跑开了,心里充满了感激。他的手紧紧地攥着那管口红,攥得手心出汗。他的心里充满了欢乐,因为他现在拥有一个巨大的秘密,他看见了那两个蒙面人的相貌,而且拿到了一管口红作为凭证。男孩在街上风一样跑着,心中无比欢乐。

男孩的生活片段

男孩的班主任是一个四十岁的独身女人,她最骄傲的是自己依然乌黑的头发。她对白发的恐惧甚于对男人的恐惧。她喜欢在自己的宿舍里和几个男同事一起开玩笑,她总是羞涩地脸红,心里却在判断他们的说笑中真假的成分。她宿舍的墙上挂着一辆拆开的自行车,那是她父亲留给她的唯一的遗产,八成新的样子。

女老师最开心的就是能经常收到学生们拾金不昧上缴来的一些小东西,她将那些铅笔刀、积木拼图和塑料轻骑兵等诸如此类的小玩意儿都收在一个纸箱子里。

有一天,正在找机会做好事的男孩在校门口捡到一把韭菜,他满头大汗地跑回学校,把韭菜交到老师手里。六月天的韭菜在市场上已很便宜,即使在冬天,一把韭菜也算不得什么。女老师将韭菜择一择，炒了一盘木须韭菜，剩下的包了鸡蛋韭菜馅的饺子。女老师吃素，自从她决定独身就开始吃素了。没想到这捆韭菜吃进去却有了反应，她患了轻微腹泻，也可能是晚上睡觉时着凉了。

第二天，男孩早早来到学校，听课时异常认真，他期待的目光一直追随着女老师。女老师忽视了男孩一反常态的做法，平时他像患了多动症，没一会儿老实。隐隐的腹痛败坏了女老师的情绪，她现在盼望的是放学的铃快点儿响起。中午放学的时间终于到了，女老师快步离开教室。再也按捺不住的男孩在走廊里追上她，男孩满脸通红地搓着脚。"有事吗？"她着急去厕所，别的无暇顾及。

"你忘了吗？"男孩由困惑变成了委屈。

"我忘了什么？有事下午上学再说。"女老师急于脱身。

"我做好事把捡来的韭菜交给你了。"男孩本想说老师忘记在班级表扬他了。恰好又有几个老师走过来，他便把下面的话咽了。

女老师脸红了，继而羞怒起来。"你这是什么意思？我会把它吃了吗？这学生越来越不像话了。"她对那几个劝她的老师抱怨说。

女老师走了，男孩站在原地，他有些不知所措。他的身后哗啦响了一声，一块玻璃给一块楼下飞来的石子击得粉碎。他吓了一跳，看见老师转回身，他撒腿就跑。

男孩的生活片段

男孩主动回到了学校，令女老师大感意外。男孩逃学的本领在学校是出了名的。曾经有一段时间，为了怕他路上溜走，他的父母每天轮流送他上学，可是不到中午，他肯定已经悄悄地离开了。家长和老师因此进行过多次磋商，他也规矩过几天，但很快又故态复萌。

男孩坐在课堂上，正像他想象的那样，他获得了更多的乐趣。他在同学们中间，却没有人知道他的秘密，他体会着这种隐秘的快意。这样坚持了一堂课，他觉得寂寞了，于是他开始做小动作，一遍一遍地偷偷打开算草纸叠成的纸包，然后再神秘地放起来。男孩的奇怪举动首先勾起了同桌的好奇心。她是一个扎着小辫的女孩，肩负着老师交代给她帮助后进同桌的职责。女孩压抑着向老师告发的冲动，还有一个原因，这是一堂自修课，老师不在课堂上。

后来，男孩笑出了声。然后，故意装作猛醒般地收住笑，一本正经地看书。看了两眼，他偷偷地环顾四周，全班的目光都看着他。下课时，许多孩子围上来，他们想知道他到底有什么新奇玩意儿。他们拿出心爱的电动火车、万花筒，以及放大镜和他交换，他们的要求只有一个，看一眼就行。见吊足了大家的胃口，男孩只选了一个平素不爱吭声的矮个男生，将他领到墙角，得到不告诉大家的允诺后，拿着纸包在他手上划了一道。那个小男生的手上多了一道清晰的红线。

下午放学时，那条红线转移到了鼻子下面，变成了流出的鼻血。小男生因为保守秘密挨了拳头。而告诉他秘密的伙伴并没有帮他，男孩被叫去了教师办公室。

"今天我不想批评你。但我问你的话你要老实回答。"女老师的眼神循循善诱。

"下午自修课你做了不少小动作，扰乱了课堂秩序，有没有这回事？"

男孩不吭声，他看见女老师的袜子上落了一只花大姐。那小东西慢慢地爬着，女老师抖抖腿，虫子也抖抖翅膀，才没有掉下去。

"我问你呢？你没听见吗？"女老师渐渐地失去了耐心，"我想知道你到底捣了什么鬼。"

虫子向上爬着，男孩有点儿幸灾乐祸，他强忍着不去笑。

"把东西拿出来吧，让我看看，到底是什么稀罕玩意儿。"女老师拍拍男孩的脑袋。

女老师说："我想知道你的秘密是什么。"

女老师说："如果你不告诉我，我现在就请你的家长来。"

虫子张开翅膀飞走了，一头撞在窗玻璃上，男孩皱起了眉头。女老师得意地笑一下，她伸手摘下男孩的书包。

女老师随手将书包里的东西一下子倒在办公桌上，那个纸包掉出来的瞬间，男孩敏捷地将它抢在手里。

女老师恼怒地看着他，不说话，直到男孩心虚起来，她一把将纸包夺过去。

女老师将口红立在桌子上，"这个东西不是你的，告诉我，这管口红哪儿来的？"

"我明白了，是在路上捡的，对吧？捡的得交给老师，一个好孩子应该拾金不昧，你知道吗？"

男孩恐怕老师把东西收去，慌忙说："不是捡的。"

"不是捡的？"女老师疑惑地问，"那是你妈妈的？"

"不是我妈妈的。"

女老师的脸色凝重起来，她想起了自己教师的职责，"告诉我，这东西到底哪儿来的？"

"把它还给我。"男孩倔强地看着老师。

"你不告诉我，我不能给你。"

男孩下决心不回答，他别转着头。有一会儿，他已经撑不住了。可他告诫自己，那秘密是属于他自己的。

男孩坚持说："把它还给我。"

办公室的气氛紧张起来，男孩的小脸涨得通红。

"好吧，"女老师说，"看来只好等你的家长到这儿让他们来问你了。"

女老师摊开教案，拿起一支笔，在本子上写起来。

办公室里的其他老师都离开了，女老师好像把旁边的男孩忘记了，她拉亮电灯，又从办公桌里取出一包瓜子来嗑。这时办公室的门给敲响了，走进来的男人一头汗水，满脸歉意。

"我就知道是这小子闯祸了，真对不起，又给老师您添麻烦了。"男孩的父亲充满歉意地说。

"没什么，都是我这个当老师的无能。不过我觉得学校和家长紧密配合对孩子更有好处。"

"那是，那是。你转过来，告诉我，今天又犯什么错误惹老师生气了？"

每当看到家长们诚惶诚恐的样子，女老师总会很快活。她喜欢玩味这种满足感，并且更愿意借这个机会谈一谈自己的教学心得。

"咱们先不要问他，我想他一会儿自己会说的。"女老师说，"你怎样看待儿童心理学？"

男孩的父亲愣一下，不解地看看女老师。女老师自得地微笑着。

"把它还给我。"男孩再次坚定地说。男孩感到了屈辱，父亲看见儿子痛苦的表情则深感诧异，儿子眼睛眯着，透露着轻蔑。

"这回你看到了，总是这样。"女老师叹口气。

"看来，我不教训你是不行了。"父亲急于挽回颜面，可是在他站起之前，那个男孩突然撞过去，从女老师的手里夺过属于他的东西。父亲把男孩抓住，这时的男孩已经变成了一只狂躁无礼的小兽，他一口咬在父亲的手背上，然后一次次向墙上撞去。

父亲迟疑一下，狠狠地打了儿子一个耳光。儿子静了下来，他悲愤地看着父亲。父亲犹豫着，他有点儿后悔，他想他的手也许太重了。

男孩咬着牙说："我死也不会告诉你们。"

"那，那你就去死吧！"父亲的声音发抖，他感到他的权威像被铁块撞碎的冰片一样粉碎了。

男孩灵巧地挣开父亲，像鲤鱼一样溜掉了。没抓住他的胳膊，父亲吃了一惊，更让他吃惊的是，他的儿子像一个精灵一样灵巧地向楼外冲去。父亲再不迟疑，他以最快的速度追去。在操场中间，他听见了马路上传来的刺耳的刹车声，他双腿发软，但是他坚持着不让自己摔倒。等他停下，发现自己跑到了马路对面。他的身边站着一对夫妇，他们面色苍白。妻子无力地依偎在丈夫的怀里。他回头，看见人们从四面八方涌向马路中间。

一个女人的回忆

雨后，石板路被洗净了尘土，石凹里积着一小汪一小汪的雨水，石缝里的青草则抖着精神，绿得不能再绿。她沿着石板路来到园子里，园子里种着大片草莓，香气和着雨水的味道，弥漫在叶子上方几米的地方。那叶子碧绿透明，掩映着灯笼一样饱满的果实。你走，那香气也随着你走，空气中仿佛有了灵魂。那香气将种在周遭的夜来香逼得喘不过气来，只好在夜深人静的时候，对着星星伸展一下自己，开出无望的黄色小花。

"你今天做了什么？"

她不愿去想。她只记得一张白色的摇椅摆在天井里。前后都是山，山下有一处白房子。一条公路通过山间，侧着耳朵可以听见公路上汽车快速行驶的声音。她靠在椅子上，前面便是一亩大的草莓地。有一年的连雨天，田里的雨水过于饱满，来不及摘下的草莓腐烂了，园子里淌出甜丝丝的淡红色的水流。

"你收拾一下吧，晚上还有一个应酬，大家说好了带妻子一起去。"

　　她从回忆中转来，坐在梳妆镜前，她找不到她的口红了，一时有些茫然。她记起了上午和另一个男人的蒙面之旅，她将那管口红给了那个跟随他们的男孩——男孩兴奋地咬着嘴唇，面色发红，头发像秋天的衰草一样乱蓬蓬的……可她忘了去买管新的——他们在图书馆里转了好半天，图书馆里检索目录都装在暗红色的匣子里，和旧时中药店里的草药匣子极为类似。他们没有借到一本书。他说："我们好像是一对刚学着谈恋爱的中学生。"她说："可我觉得更像刚才逃学的那个孩子。"他笑了，觉得这个比喻十分恰当。

　　"在老师发现我们之前我们会停下来吗？"他问道。

　　她说："老师也许永远也不会发现。"她想，他这会儿干什么呢？她的眼前又出现了上午的裸体。

一个男人的想象

　　他和他的妻子在一起，他已经好久没有陪妻子上街了，他们一家一家商店逛下去，妻子似乎永远不知疲倦，走得兴致勃勃。他们穿过一条商业小街，两边店铺林立，他们不得不一次次横穿马路。

　　下午四点钟左右，天空阴了，天边隐隐地响着雷声，他提议是不是找个地方避避雨，街头的风开始潮湿了，妻子恋恋不舍地看着前面碑林一样的店铺招牌，眼神就像一个贪吃的孩子面对精美的甜点。他忽然想，如果她真的变成一个孩子该有多

好，他相信他可以给她全部的父爱，没有人可以伤害她。而他
呢，也完全可以不像现在这样处境尴尬。雨没有下来，潮润的
空气很快闷热起来。

小街的尽头有一所小学校，他们在对着校门的广告牌前停
下来。他去买了两杯可乐，妻子这个时候才露出倦容。"我晚
上不准备做饭了，我累了。"她说，"你想什么呢？我在跟你说
话呢。"

他正在想昨天晚上电视里的一个镜头。在一壁悬崖上，一
只小老鼠忽然以优美的姿势滑翔起来，就像一个精灵那样飞掠
峡谷。

一个男孩从对面的校门里飞快地跑出来，怒气冲冲，毫不
迟疑地向一辆飞驰而来的出租车撞去。

刺耳的刹车声响起，男孩被弹了出去，他伸展开四肢，斜
着飞离地面。从男孩的手里还飞出一样东西，像子弹一样射向
他们。他从地上把那样东西捡起来，那是一管口红。他不用过
去看了，他已经记起了男孩的脸。

妻子惊叫一声，扑到丈夫的怀里，抖了一会儿，就那样把
头埋着哭泣起来。

接下来，他看见一个男人从学校门口飞奔而出，很显然，
那个男人被可怕的预感吓得昏了头，竟然越过了马路。

那个男人惊恐地跑过他们身边的时候，他终于记起来了，
男孩撞向汽车的一瞬，他正在想，人还不如一只会飞的老鼠。

启　事

　　陈俊生退休几个月后，有位熟人在邮局碰见他，他正注视着启事栏中十名在逃犯的照片。

　　"那上面有你认识的人吗？"那人开玩笑地问了一句。

　　"不认识。"陈俊生说，"我只是想，能被人寻找倒是件好事。"

　　这想法一旦产生，他立刻感觉到全身轻松了，在此之前，他一直怀疑自己会死于脑出血或者心肌梗死。他一度拒绝上街，除了怕被飞驰而来的汽车撞死，还恐怕一不留神便会猝死街头。他整日躲在自己的房间里，一边擦拭摆在床头的一盏弓写台灯，一边自怜地想象死亡降临的一刻。他总是大受挫折，心灵豪受创伤。想到自己也曾对生活充满希望，可是取得的成就却这样小，直到退休他仍是一家不足百人的木器厂的会计师，这种心理创伤一天比一天强烈，他觉得这世上人人都比他幸福，只有他一个人遭到了命运的捉弄。当然，这不仅仅因为他想起了自己的事业，还因为他经历的诸多不遂意的生活细节。他将这一切都归结为自己老了，就像一个输光了的赌徒，他觉得自己丧失了翻本的机会。假设再让他生活一次，可这怎么可能呢！

这种老之将至的感觉是突然降临的。57 岁时，陈俊生第一次坐到了牙医的诊椅上，在镜子里他看见了自己，看见了赘肉、眼袋和皱纹，一瞬间他突然发觉自己已到晚年，岁月无情地逝去。晚上再难入睡，躺在床上暗暗发愁，为金钱发愁，害怕办公室的钥匙丢失，担心女儿和男朋友会干出什么事来。这种感觉在第一个孙子出世的时候达到了顶峰。他的妻子侯淑英，一个糖酒公司退休的保管员，觉得生活更加幸福，婴儿出生后的好几个晚上，她都在床上依偎着他。他缩了回去，一想到自己是在和一个祖母交欢，立刻兴趣全无。他不愿当祖父，对生活感到恐慌，孩子的出生就像往他的棺材板上钉钉子。

这种感觉违背常理，妻子和儿女们一致认为他到了更年期。他们想出种种办法帮助他渡过难关，每个人都向他推荐了不下两种以上的业余爱好，比如集邮或收集钱币，要不就去人工湖钓鱼。他用了两天的时间认真地思考这些建议，结果识破了他们的诡计。他们让他做的这一切，不过是想让他接受他已经老朽没用这样一个事实。

他可不会轻易上当。为了给他们造成他已经平静无为的错觉，他故意不动声色，每天按时拎着饭盒上班下班，晚饭后便拿起伟人的文选和看不懂的哲学书籍来消磨时光，其实他每时每刻都在观察着家中的变化。

果然，家人们上当了，很快便露出了狐狸尾巴。他们不但找各种借口尽量减少和他相处的时间，而且开始剥夺他染指家事的决定权。首先，他们没有经过他的同意便拔掉了楼前花池里的樱桃树，偷偷地栽种罂粟，这件事是大儿子干的。

二女儿做主改变了客厅里的摆设，扔掉了他十年前购买的一对皮沙发，在地当中安装了一道屏风，和男朋友亲热之余大讲他的坏话。

每当姐姐和男友躲进屏风后面，小儿子就像患了多动症，在屋子里不安地走动，故意将东西弄出响声。这种状况直到小儿子将一个瘦得像病猫一样的女孩领进家门才算改变。小儿子不再偷窥和讨嫌，他将厨房一分为二，间隔出一小间卧室，这样他就有了单独的空间。大功告成，小儿子和他的女孩兴致勃勃地走了进去。很快便有一种奇怪的味道从厨房里飘出来，窗台上一盆早已枯萎的灯笼花竟然重现绿色，墙角的文竹和贝加尔湖紫藤分别长出三尺扭结在一起。这把陈俊生吓坏了；他慌忙跑去厨房打开了抽油烟机，这样屋子里才算恢复了平静。那些声音被吸进了烟道，变成了丝丝缕缕的薄烟，花也变回了原样。

毫无疑问，这一切都得到了侯淑英的默许。她只在小儿子开始改造厨房的时候表示过不满，两天拒绝做饭以示抗议，躲到邻居家去打麻将，谁想很快她便迷上了这项活动。一天夜里，她梦见一种和牌的方法，她打开灯，却发现墙角和床下面堆满了丈夫的呼噜，那些呼噜小的像乒乓球，大的有篮球那么大，堆在下面的已经发霉，且锈迹斑斑。她爬起来抖落被子，滚落的呼噜叮当作响，那是陈俊生当晚的杰作。想到她迟早会被这些呼噜埋掉，侯淑英感到了窒息，几乎昏过去。第二天一早，她将陈俊生的被褥搬到客厅里。在共同生活了三十年以后，他们分居了。

这还不算什么，令陈俊生忍无可忍的是，取代他在这个家里说了算的竟是他不到三岁的孙子。那个小东西轻而易举便取代了他。过三岁生日的那天，他吃掉了整个蛋糕，然后开始大哭，他的哭声简直就是一把锋利的刀锯，没用一分钟便锯断了一条桌腿。小东西哭声的威力现在已能割断阳台上的钢筋了。稍不如意，他便大喊大叫。还好，他并不轻易用他的切割本领，可这已经足够这个家受的了。几次破坏性的试验之后，包括陈俊生的小儿子在内，都纷纷表示了屈服。在小东西的提议下，侯淑英改变了家里三十年的菜谱，早餐改为巧克力和柠檬汁，午餐吃汉堡和炸土豆条，晚餐则是每人一只油炸鹌鹑。只有小东西的妈妈除外，大儿媳每晚可以吃到两只鸡蛋。

在小东西的倡议下，爷爷、奶奶、叔叔、姑姑每天都要给他买两样以上的玩具，玩腻了他就把这些玩具扔给妈妈，大儿媳在街口偷偷地开了一家专卖二手货的玩具店。不用说，小东西不过是个傀儡，实际上这个家说了算的是大儿媳。她可以让小东西在适当的时候跑到叔叔、姑姑的屋间里去哭几声，以报复他们不满的言行。面对房间里破碎的镜子和烟灰缸，他们敢怒不敢言，否则就会有更大的麻烦。有一次，小儿子准备找个机会将小东西掐死，这念头一起，菜刀便无缘无故地从菜板上掉下来砍伤了他的脚趾。有一次，二女儿哄小东西去买变形金刚，想要伺机将他推进护城河里淹死，刚一出门，她便给三轮车撞倒了，跌断了鼻梁。

一开始，陈俊生还有些幸灾乐祸，但很快他就发觉自己不但遭到了冷落，而且快被大家遗忘了。那天早晨，大儿媳起来如厕，她睡眼惺忪地穿过小厅，却忘了绕开陈俊生躺着的行军床。她居然就径直走了过去，没有遇到障碍，仅仅觉得小腿被什么绊了一下，手挨到厕所的门时，她忽然警醒过来。回头，陈俊生坐在小钢丝床上，满脸的困惑和惊恐。陈俊生困惑的是大儿媳竟然横穿了他和那张床，仿佛他并不存在。这还不够恐怖吗？

此后的几天，陈俊生在床头安了一只紫色的霓虹灯，这只小灯标识了他的存在，类似的事情再没有发生。灯光渐渐帮他驱逐了心中恐惧的暗影。全家人却开始失眠了，于是，他们便经常性地发现彼此的秘密。比如二女儿喜欢半夜穿着很少的衣物坐在梳妆镜前涂抹口红和眼影。小儿子迷上了午夜点歌，有时还为主持人圆润柔和的唇音感动得抽泣。大儿子和大儿媳因为小东西瞪着一双大眼睛找不到做爱的机会，苦恼不堪，愈是这样愈觉欲火如炽。两个人终于因为衬裤上的一枚扣子争吵起来，之后每晚从电视节目主持人道晚安开始，到吵完摔一个杯子结束。没用几天，他们便砸碎了屋子里所有的茶碗。

这家里数侯淑英收获最大，她迷上了学外语，她为选择何种外语伤透了脑筋。她捧起了英语书，这时她看见陈俊生的呼噜从门缝里挤进来，像乒乓球一样一个一个砸在她的床头。只有陈俊生一个人睡得安稳，这家人终于忍无可忍，吃早饭时集体抗议。直到大儿子将老头的霓虹灯泡拧下来扔进垃圾桶，一家人这一段集体性的失眠才算告一段落。

看着那只被儿子扔进垃圾桶的灯泡，陈俊生知道他在这个家彻底失去了位置，除了每月将工资交给大儿媳，他再没有一点儿用处。他感到了被忽视和漠视的痛苦，只有坐在单位办公室的旧办公桌前才觉心情舒畅。他每天早来晚走，工作更加严谨，没事时也要刻板地戴着那副洗得发白的蓝套袖，两手紧紧地抓着算盘。那算盘却哗啦一下散了，蒙了一层黑垢的算盘珠滚得满地都是。

就在这天，厂长正式通知陈俊生，明天他就可以不上班了。厂长说："老陈，感谢你三十年来的工作，从明天开始，你就可以不来上班了。"陈俊生怔在那里，脑袋嗡嗡作响。这个时刻终于降临了——他退休了！他怎么能甘心呢？陈俊生结结巴巴地诉说了自己要求返聘的愿望，厂长同情地告诉他，自己根本无法满足他的要求，因为，从明天开始，全厂工人都要放假，经营不景气，木器厂快倒闭了。

陈俊生在办公室里坐到很晚，在厂区转了一圈。木器厂散发着锯末腐烂的味道。厂房的墙角长着狗尿苔和羊角叶，铁锯锈迹斑斑，仓库里积压的学生书桌和木椅蒙着一层灰尘，上面印着老鼠的爪印。

城里的小学校已经出现了生源不足的现象，小学校正在纷纷合并，那些积压的桌椅板凳注定不会有什么销路了。退休的这一天，陈俊生走在自己工作了半辈子的工厂里，第一次感觉到这里是那样的陌生。他怀疑自己怎么能够在这里待这么久，好在退休了，他就要回家了。

城市里那条著名的大街两旁长着日本占领时期栽种的杨树，

被雨水粘在一起的杨花像一条条黄白的虫子，街心广场的路灯灯影将淅沥的暮雨映衬得颇为壮观。雨幕像被风掀来掀去的薄纱叠在一起，透明但又无法洞穿厚度。城市在雨雾的暧昧和讨嫌的烦躁中进入夜晚，这和陈俊生的心境不谋而合。

一路上，这个看上去规矩谨慎的老职员蹙着眉，暗暗地为回家发着愁。他怕自己一进家门，就会变成一团有形的气体，床上标识他存在的灯泡又被扔掉了。想到家人在厅里活动时甚至可以无视他的存在，他的心里不断地翻涌起想恶作剧的念头。

"不能让他们这么干！"他对自己说。

这种念头曾经出现过一次。那是在一个同伴的婚礼上，他喝多了酒，在簇拥新娘入洞房的时候，那对新人沉醉在难以尽诉的幸福和期待中，他乘机捏了一把新娘的屁股。那是一个丰腴高大的新娘，有着紫黑健康的肤色。之后他挤出人群，一直跑到郊外，对着一片灌木丛泪流满面。当然，这是年轻时候的事了，事后他愧疚了很长时间。现在那片灌木丛早已消失，那片地方建起了一家中日联谊医院。

陈俊生二十五岁的时候结了婚，三十岁当上了木器厂的会计。他常常能发现工人们对他的尊重和一点点殷勤，为了应酬，他有时也向妻子撒一点儿无害的小谎。生活虽然略显困窘，周围的人家也是一样，贫穷也便能够忍受下去，孩子们也一天天长大了。可以说，陈俊生像大多数人一样，过得平淡无奇。每当回味起童年，他还可以涌起一些满足。他是一个患有肺病的染房伙计的儿子，童年的苦难可想而知。他前些天还有的当家做主的感觉，现在已经消失了，仿佛失去了生存的根基，他变得和路边花坛的水洼里浮游的绿藻一样了，这让他受不了。他得想法报复一下忘恩负义的儿女们，还有将他赶出卧室的那个经常会散发出咸鱼味的妻子侯淑英。

他得想办法提示家人，虽然退休了，但他仍然是这个家的核心，谁也无法忽视他，他要为他的权利和地位搏上一搏。

如果说前一段时间他还可以装出一副平和的样子，那么现在他的烦躁不安便再难掩饰了。他焦灼的目光和坐立不安的举止透露着一反常态的信息。吃饭的时候，他故意将手抖得更加厉害；浇花时，他故意将花盆撞落，将水洒得满地都是。这样干的时候，他敏锐地观察着家人的表情，希望能捕捉到一点儿关心和关注。

他失望了——他感到的只是深深的失望和无可奈何。现在，他们不但忽视他，而且开始讨厌他了，比以前更甚，简直厌烦透顶。

城市潮湿的雨天里，人们的欲望就像街心花园疯长的紫藤，从桑拿浴池流出的洗澡水里漂着死掉的精虫。靠养君子兰发财的人家痛苦不堪，这种花曾一度成为长春人摇钱的大树。可现在人们谈论的是股票和邮票，君子兰早已无人问津。在般若寺门前乞讨算命的老妇也开始倒腾外币，对和她交易的年轻人大加奉承，上了当就在百货公司的门口低声哭泣。

陈俊生在春天的阴雨中得了风寒。将耳朵贴近膝盖，他仿佛听见了关节中有虫子正在爬动的声音。他还闻到了腐烂的味道。

他每天昏昏沉沉地躺在床上。这一天，死去多年的父亲忽然来到他的床头。四马路染房的老伙计因患有肺结核而两腮红润，看上去比他儿子还要年轻。

父亲说："儿子，你现在和我一样老了。"父亲说："我闻到你肚子里有什么腐烂了。"父亲说："我早想来看看你，你一搬家我就找不到你了。我打听你的下落，一打听就是这么多年。"

父亲说："儿子，你现在得起来了，要不等不到烂死，你就给烧死了，你没闻到屋子里有烟味吗？"

陈俊生闻到了烟味，他睁开眼，看见客厅里的屏风烧着了，厨房门口的一小块地毯也烧着了。墙角的一盆文竹也摇曳着烛火一样的火苗。见他醒来，小东西飞快地闪出房门，跑到街上去了。

一家人很快从城市的各个方向奔回家。陈俊生将小东西玩火划过的火柴梗摆在饭桌上，"明摆着的，是他放的火。"陈俊生指着小东西对儿子说："要不是你爷爷招呼我，我就可能被烧死了。"

"你是说我爷爷，已死了二十年的我爷爷来过这儿？"儿子和侯淑英面面相觑。

陈俊生心跳得厉害，走进房间坐在床上，感到自己从来没有和死神这样接近过，近到看见了父亲腮红下面血丝一样的毛细血管。侯淑英和儿女们在低声交谈，他们一致认为他不但衰老，神经也出了毛病。他们商量了对小东西的保护措施。为了防止他的谋害，侯淑英在小儿子的陪同下进房间取走被褥，搬到厅里，将房间让给了陈俊生。

此后的时间，陈俊生便待在自己的房间里，一边擦拭那盏书写台灯，一边谛听死神蝙蝠翅膀一样的衣袂扇动的风声。除了不得不去医院做心电检查，他再也不肯走出家门。

从医院回家的路上，陈俊生在邮局的启事栏里看见了逃犯的照片，他专心致志地辨认着逃犯的相貌，一位熟人看见了他。

"上面有你认识的人吗？"

"不认识。"陈俊生说，"我只是想，被人寻找倒是件有意思的事。"

这想法一旦产生，他立刻感到全身轻松了。

这天晚上，他感到无比充实，他用了大半个晚上查看地图，"关键是要决定走多远，走多长时间。"他对自己说。然后他开始收拾简单的行装。

他走去公共汽车站，恰好赶上早晨的第一班无轨电车。车上没有几个人，夜里车窗没有关严，座位上满是露水，散发着湿漉漉的寒意。看着晨曦中挥动扫帚的清洁工人的瘦弱背影，陈俊生的眼睛里溢满了感动的泪水。

三天以后，他住进了一家有糖槭树和樱桃树的小镇旅馆。这家旅馆房客不多，可并不清静，一条正在修筑的高速公路在前方一百米的地方向前延伸。

清晨，载重卡车轰隆隆地碾过。哪怕睡一个午觉便能恢复精力的筑路工进进出出，总是找各种借口和机会同旅馆的女服务员搭讪，旅馆的老板娘便将餐厅对外营业，出售凉拌狗肉、特色油豆腐和生啤酒。这种环境对陈俊生再适合不过了，这样可以使他免除独处的寂寞。他看见这里还订有一张城里的晚报，虽然报纸到达的日期晚一两天，可这无关紧要。

陈俊生在报上寻找的是有关他的寻人启事。

开始几天，他极有耐心，浏览一下报纸，便坐在门前的窄椅上看那些乡下的孩子爬树。在糖槭树上，他们极香甜地吮舔树汁。一幅乡村生活的图画慢慢展开——草垛上有啼鸣和下蛋的鸡，田野里有打情骂俏的农民，有为了丢失一只猫而痛不欲生的老妇，还有那同时写着"接生"和"专修下水道"字样的引人发笑的红字招牌，这一切都有助于平息他在城市里的郁闷。

有一天，他偶然发现旅馆老板娘的表情不自然。她总偷偷地打量他，并和邻居交头接耳，他赶忙去找来了报纸，那上面没有他想看到的信息。也许他们只是觉得这样一个人住在这里十分怪异。

有一会儿，他忽然想到，莫不是侯淑英他们忘记了他离家时的衣着特征？他吃惊不小，在五月的阳光下，沁出了汗水。

他仔细回忆那天早晨的细节，记起了侯淑英诧异的眼神，才长出了一口气——该人离家时拎着一只黑皮包，身穿一套灰色中山装，圆口黑布鞋，左下额有一个瘊子，身高1米65，略胖，左脚微跛——难道连这样简单的话他们也不会写吗？

两个筑路工人走到旅馆讨水喝，大声地唤着老板娘。就在不远的沙堆边，几个玩腻了的孩子捉起了迷藏，一个孩子钻进陈俊生身后的一只空油桶里，"你千万别告诉他们。"得到他的许诺以后，小孩子便伏在那里不再吭声。那两个孩子寻了一气，找不见，便转到旅馆的后院去了。藏着的孩子渐渐地失去了耐心，一遍遍地小心询问："老头，他们来了没有？"

筑路工人拖拖沓沓地走回工地，拿了碗筷挤向院子里的两口大锅，他们开午饭了。

藏在油桶里的小孩子玩兴已无，"他们肯定回去吃饭了，不玩了也不告诉一声。"

小孩子嘟囔着爬出来，无趣地看看替他打掩护的老头，只见坐在窄椅上的老人面色苍白，嘴唇不停地抖动，他大吃一惊，飞快地跑走了。

仿佛是命运借小孩子的一场游戏给了他启示，"他们把我给忘了，我不就像这孩子吗？"陈俊生自言自语，"没准他们根本就没找过我。"他沮丧极了。

站起身，头有些晕，他惊呆了，冷汗簌簌地流下来，天哪，地上竟然没有他的影子。他就站在太阳底下，可是地上却没有他的影子。

失去了影子，陈俊生顿感身体轻飘飘的，他不想再失踪下去，他决定现身了。

陈俊生回到了城市。路过文化广场，他看见风筝和鸽子在绿地上一起飞翔。一只断了线的风筝径直飞向地质宫的房顶，消失在炫目的琉璃瓦的亮色中，他忽然大咳，感到眩晕。

失去了影子，没了大地的羁绊，同时也失去了引力。他行走的姿势如一只气球，像是在飘游，又像是在弹跳。他尽量压住脚步，可还是招来了惊异的目光。他就这样走进了单位的家属院。

家属楼前自行车棚的看车人走上前来，他是个矮小饶舌好占小便宜的老人，"你走的时间可不短啊，"他说，"我们大家还以为你失踪了。"

陈俊生答道："我怎么会失踪呢？我就是回了趟老家。"

看车人说："你快回家看看吧，否则就来不及了。"

这一次，看车人没和陈俊生饶舌，而是怜悯地目送他进了楼门，陈俊生摆着手笑笑。走了半个月，陈俊生恨不得一步迈上四层楼梯，一步跨进家门。

陈俊生更想知道的是，他的家人是如何对待他失踪这件事的。

他很快得到了答案。房门开着，陈俊生一眼看见了客厅当中饭桌上摆着的大幅照片，照片镶在黑框里，他的表情呆板，目光阴郁。照片前面放着一双布鞋，左脚大拇脚趾处补着一块五分硬币大小的补丁。怎么会有和他出走时穿在脚上的一模一样的鞋呢？他下意识地低头，他的鞋分明穿在脚上！

坐在桌边的几个人正在说话，侯淑英给围在当中，旁边的是她单位的同事。

侯淑英哭着说："这是我的针线。"她指着鞋上的一小块补丁，"我不相信会有一双鞋和老陈穿走时穿的那双一模一样，鞋是在市医院的太平间找到的，你们想想，他人会怎么样？"

陈俊生心中一热，他激动得咳起来，奇怪的是屋里的人没有谁朝他看上一眼。

侯淑英的同事说："老侯，我不是拣好听的给你说，没准老陈出去旅游了，说不定哪天就回来了。"

侯淑英说："你不用安慰我，我跟了他这么多年，他没那个生活情趣。"她向门口看了几眼，又转回头对着鞋流泪。

门口的陈俊生大汗淋漓，他不知道发生了什么事。难道自己真的变成一个幽灵了吗？就在刚才，他不还在和车棚的看车人讲话吗？

"这是怎么回事？"他恐惧地喊了一声，声音同样没有引起反响，却仿佛耗尽了屋子里的氧气。瞬间窒息起来，他慌忙退出房门。

陈俊生磕磕绊绊地下了楼梯，对着楼前的花坛大口呕吐。

在街上走了一会儿，不再流泪，嗓子里灼痛也消失了，陈俊生疲倦地坐到路边的马路牙子上。屁股下面的凉意提醒他身体还有感觉。这么说，他的形体并没有消失，只是别人看不见了。

难道说自己变成了隐形人？他要想法证实一下。

恰好一个戴眼镜的中年人向这边走来。中年人边走边翻看一张报纸。等走到跟前，陈俊生突然站起来，一把将那个人手中的报纸抢了下来，然后大步走开。

没有人追赶他，陈俊生面色苍白地站在马路边上。他想，他真的成一个隐形人了。瞬间，孤独淹没了他，绝望扼住了他的喉咙，他摇摇晃晃地向马路中间走去。

那个中年人是被这件事搞蒙了。他认定那是一个精神病人，反正报纸是从单位拿出来的，又已看完。他是一所中学里有身份的教员，当然不会和一个精神病人计较。他摇摇头，啐了一口。他瞪大眼睛，嘴害怕地张开了。

一辆飞驰而来的轿车发出刺耳的刹车声，车停下来，车头和陈俊生只隔半米。

"你不要命啦？"司机探出头愤怒地大叫。

陈俊生懵懂地看着司机被愤怒和恐惧涨红的脸。

"看什么看？活腻了你去上吊，你不能这么坑人哪你！"司机更加恼怒。

"还不让开，你有毛病啊！"司机砸着车窗。

一愣过后，陈俊生欣喜若狂，"谢谢你，小伙子，太谢谢你了。"他拉拉司机的手，转身跑下马路。

"谢我？"小伙子自语道，"他妈的，哪家医院没看住，让个精神病跑到街上来了。"

邮局的斜对面是个公园，在与邮局并排的宾馆七楼，可以一览公园的全貌。人工湖湖水很浅，飘着绿藻和浮萍，人工湖呈圆形，湖心岛的面积不大，掩映在灌木丛中。湖心岛上有一个废弃的动物园，由生了锈的铁丝网拦着，中间的设施均已毁弃。三十年前，这里曾养着两只老虎，当时的市政部门一道命令下来，将老虎枪决了。理由是老虎的伙食水准超标。更直接的原因是执政者们看中了这块地方，要建一座领袖纪念馆。选择动物园建纪念馆招致了大多数人的反对，这计划便流产了。此后这里再无人过问。

两年前，一个有远见的企业家选中这里，准备将其开发，模仿四川著名的丰都修建一座鬼城。资金尚未到位，企业家便因非法集资锒铛入狱。这样，公园总算没有变成冥界。早晨人们仍然来这里跳舞和练气功，中午附近实验中学的淘小子们也来这里盘桓，打扑克和偷窥树林里的恋人们接吻。他们一直在这里混到晚上，和夜风吹拂中冷却了情欲的恋人们一起离开公园。巡夜的联防队员常能在这里抓到偷情的人，命令他们写下单位和姓名，然后勒索高额罚金。有两次他们在湖边发现了装有碎尸的编织袋，消息一经传出，这里立刻冷清了。找不到可以罚款的偷情者，收入锐减，联防队员们沮丧不已。

陈俊生一口气跑到邮局，脚步不由自主地慢下来，最后停在启事栏的前面。

眼中的一切都和二十天前一样，在邮局门口，商量着怎样往山区老家寄钱的乞讨女人神色慌张地打量着过往的行人，贩卖假古董的邮票商和一名大学生在为一枚民国娼妓压箱底的"风花雪月"币讨价还价，看自行车的老人追喊着一个赖账的农民，修鞋的浙江人面色红黑，专心致志。

陈俊生的眼睛湿润，心中无比温暖，他发现自己竟然如此喜欢这周围的一切。邮局离木器厂不远，一年前，他经常到这里来消磨午休的时间。熟谙的情景，重新找回自我的欣悦，过往行人的脸上都堆着亲切的笑容。

他坐在树荫下，阳光映照着公园门口一块巨大的广告牌。手持酒瓶的广告小姐身上镀着一层淡黄的光润。一条红丝带甩出一行金字：给你家的感觉。

如果不是这句广告定位语，陈俊生还会欣喜下去。那六个字就像六颗子弹洞穿了他的胸膛，他的呼吸急促，面色涨红，继而苍白失血。他摇摇晃晃地站起来，两手撑住广告栏勉强立住。

就在这时，映入他眼帘的是一张寻人启事，他的心提到了嗓子眼儿——那上面写着他的名字。

那张纸显然贴了有一段时间了，上面的墨迹被风吹雨打得淡了，涂了糨糊的四角则长出了霉点。启事如下：

陈俊生，男，61 岁，身高 1 米 60，出走时身穿一身黑色制服，精神不很正常。有知情者请拨打电话 86385641，必有重谢。

还有比这更令人气愤的吗？他们竟然当他是个精神病人。而且启事上要寻找的人除了名字和年龄，再没有一处能和他对上号。他强压怒火，又仔细看了两遍。没错，这是大儿子的笔体。既然留下了电话号码，他便决定打一个。

那市统计局的小职员接到电话的时候，他正在家里收拾父亲的遗物。陈俊生的突然失踪对他打击不小，因为他害怕背上不孝的罪名。他将全家人召集在一起商量对策，最后，这家人达成了一致意见，将父亲失踪的原因归结为精神失常。

他们寻找了火车站、客运站、收容所和各大医院的太平间，当被问到他们要找的人有何特征时，这些子女们忽然发现，他们忘记了父亲的长相。还好，侯淑英及时找到一张老伴十年前的照片，将其翻拍加洗，人手一张，父亲的形象才又模模糊糊地回到他们的记忆中。

正当他们不堪忍受父亲失踪带来的压力时，侯淑英在市医院的太平间门口找到了那双打了补丁的布鞋。

对方没有声音，这小职员怎么会想到是父亲打来的电话呢？他喂了两声，便挂断了电话。

陈俊生哆哆嗦嗦地放下电话，现在，他明白了一个事实，他不仅不能回家，而且和家人讲话也会失语。他能和家人沟通的渠道正在一条条地关闭。

事情变得越来越严重了。躺在公园深处一座废弃的席棚下面，陈俊生心乱如麻。他觉得有一个透明的，或者干脆就是一个密封的玻璃罩，将他和外面的世界隔开了。这样一想，他便真的看见了那透明的间壁，反射着天空划过的闪电。他不想被这隔膜闷死，他狠狠地抡起拳头砸在那上面，血从手上滴下来，那透明的间壁给他砸了一个洞。

潮湿的空气立刻涌进来，树叶在风中抖动，下雨了。

雨水很快大到淋透席棚，浇在他的身上。他蜷成一团，如一只栖伏于向日葵叶子下面的叫蛙。

雨声盖过夜莺啼叫，却没掩住附近一个人细弱的呼吸和低泣。在这个城市的雨夜，陈俊生意外地发现席棚里不知什么时候多了一个人，躲在另一个角落里打哆嗦。

雨水倒灌，他不得不站起来，闪电再次划过夜空，他看见那是一个不大的女孩，双眼明亮而恐惧。看着看着，他的双眼涩滞起来，手上的血仍在滴着。他失神地坐下去，在雨水中簌簌发抖。

美好的清晨来临了，雨后的公园分外清新，一切都如少女般鲜亮，陈俊生看见两行小脚印踏过草坪，走上了石子甬路。

陈俊生伸开右手，伤口宛在，被雨水泡得发白。他来到太阳底下，阳光在脸颊上爬来爬去，感觉痒丝丝的，似乎所有的感觉都在恢复。现在，周围和他隔着的是一层薄膜，昨天夜里，隔着他的是一层玻璃。

上午，陈俊生试图重返家门，他失败了。那种窒息感更加强烈，并且导致他失语时间延长。

下午三点，陈俊生从气闷中缓醒过来，他在公园门口坐了好长时间，然后又来到邮局的阅报栏前。

两个摆棋谱骗人的小伙子一边大呼小叫，一边避让着过往的行人。卖古币和旧邮票的还在，于树荫下打着盹儿。前一天看见的寻人启事仍贴在原处，细看，却不是那张了，这一张上面印着一个小女孩的照片。他正看着，从身旁伸过来一只小手，麻利地将启事撕下半边。

站在他身后的小女孩闪烁着审视的目光，指着启事栏眨眨眼睛。陈俊生回头，他露出了这些天来已经忘记的笑容，女孩吁了一口气。

"我知道下面的这张要找的是你。"女孩肯定地说，"爷爷，你怎么不回家呢？"

坐在公园的席棚里面，芳芳问陈俊生，"我是被赶出来的，你也是被赶出来的吗？"陈俊生摇摇头，芳芳诧异地说："这就怪了，有人要，你怎么还往外跑？"

"我也正要问你呢，"陈俊生说，"你家里不是贴了寻人启事在找你吗？"

"别信那个女人的，她是怕别人说她是我后妈坏心眼。对了，爷爷，咱们晚上吃什么？"

"你想吃什么？"陈俊生温厚的声音真的配得上一个祖父。

"烧烤。"芳芳说，"我想吃一大把羊肉串。"

在烧烤摊周围弥漫着的炭烟和毛蛋的怪香味中，芳芳玩着跳格子的游戏。小孩子已经吃得不能再吃，两只手仍举着肉串和香肠。回席棚的路上，她走走嗅嗅，"真好吃。"芳芳的嘴角挂着灿烂的笑容。

"你家里还有谁？能不能告诉爷爷？"陈俊生试探着问。

"就我自己。"芳芳的笑容消失了，撇下他自顾自走去。

"爷爷问问怕什么？你告诉我，明天我还带你吃烧烤。"陈俊生仍不死心。

芳芳站下了。路灯下面，芳芳的眼里充满了鄙视，"你骗我。"

芳芳说："你就是骗我，套我的话，我现在就把你的肉串吐出来。"芳芳呸了两声，便在路边使劲地呕吐。

她实在舍不得吐，也不肯撒手扔掉手里的肉串，一边做呕吐状，一边偷偷地观察陈俊生的表情。得到再不询问的许诺，两个人很容易便和好了。

晚上，芳芳像一只猫一样蜷在陈俊生的怀里。夜露打湿了石子甬路，公园深处，几声醉鬼恶作剧的怪叫之后，人工湖里的蛙声也歇了。火车的汽笛声偶尔在城市空旷的上空回响，波及公园的铁架和铁丝网，落下一层锈水。

虽是六月的天气，后半夜仍然很凉。陈俊生给冻醒了，听见全身的筋骨都在响着。月光从席棚的缝隙筛下，这月光把沉浸在被遗弃痛苦之中的陈俊生给照亮了。他重新看见地上出现了他的影子。

陈俊生来到甬路上，将自己全身置于月光之下。的的确确，地上真的出现了他的影子，虽然很淡，可是他终于又见到了自己的影子。

心中掠过一丝惊喜，陈俊生想，也许他很快就可以回家了。

他欣喜地走回席棚，重新将女孩抱在怀里，"在回去之前，我得先把你送回去。"他自言自语，然后压低声音咳起来。

美好的清晨来临了，一个鲜翠欲滴的夏日清晨。一只从主人的笼子里跑飞的虎皮鹦鹉在铁丝上啁啾。陈俊生醒来，周身酸痛，身底下的蚂蚁啃噬着他。他睁开眼睛，一架飞机在天空盘旋，后面拖着长长的白线。芳芳没在身边，他喊了两声，没有听见回答。

直到中午，芳芳还是没有出现，小女孩好像是失踪了。陈俊生来到邮局的启事栏前，在他和芳芳相遇的地方等到傍晚，芳芳仍然毫无踪影。他忽然想到，也许芳芳正在公园的席棚处等他，便慌慌张张地赶回那里。

隔着很远，他就看见湖心岛的深处闪着灯光。他加快脚步，踏上拱桥时，他听见了上百人的呼吸声。

就在几十年前公园豢养老虎的铁丝笼子里，差不多有一百人挤在一处。周围的铁丝上挂着十多盏节能灯，每个人的头上都缠着红布条。

他一踏上石拱桥，仿佛所有人的后脑勺都长着眼睛。因为笼子里的人们都转过身来，并且闪开一条通道。

现在，陈俊生正对着人群中央的一个女子，她头上的红布条比其他人都宽，一直缠到眼睛上面。在他发呆的当口，那女子突然喊了一声："让我们欢迎他！"

如果不是两个人及时地将他扭住，陈俊生肯定掉头就跑，还有一种可能，当场晕倒。"欢迎你加入我们。"他没看清最近的人的面目，便被众口一词的呼喊淹没了。

他被推到人群中央，站在那个女子的对面。他们的距离太近了，他几乎挨到了女子胸前的钢丝乳罩。

女子按住陈俊生的肩膀，"你们看见了吗？"她对听众们喊道："他和你们一样，也是一个胜利者。因为，他的爸妈怀他的时候，他在千万个精子中第一个冲过了那条隧道。"

"我们能够成功。"下面的人又一次齐声高喊。

"现在，我把他交给你们，让我们给他激励和信心。"女子喊完将陈俊生猛地推开，两边的人围拥上来。

"你不是人！"第一个人将痰吐在陈俊生的脸上，痰液带着浓浓的蒜味。

"你是一个老混蛋、奸尸犯。"第二口痰砸向他的脑门。

痰液唾沫口水雨点儿一样落下来，辱骂声充斥耳鼓。陈俊生惊慌失措，无法睁开眼睛，话也说不出来。混乱中，有人在他的脑门上系了一个红布条。

喊声再次响起，有人上前拥抱他，"你现在是我们中的一个了。"一个遥远的声音对他喊道。

他睁开眼睛，发现自己被挤在一个角落里。震耳欲聋的摇滚乐中，人群中央两个穿着短裤的姑娘一边扭腰跺脚，一边叫喊："来自全国各地想要成功的精子们，大家好！"下面的人哄然答应："非常好！"

"你们还想第一个撞到卵子吗？"

"非常想。"人群中有人鼓掌，有人痛哭。

这时，灯熄了。人们闭上嘴巴，拥到一起。陈俊生觉得自己像气球一样地弹起，他恐惧地抓住铁丝网才没有继续上升。月光下，他看见那一个个身影，被另一个人紧紧地抱着。灯火再次点燃，他看见自己像面口袋扁了下去一样，倒在地上。

他终于弄懂了，这些人在传销一种摇摆器。他几次试图回到自己的肉体中去，都被人群呼出的热气吹开，在发生隐形的现象之后，他第一次出现了灵肉分离。

人群散去，一只惊飞的麻雀扑棱棱飞过头顶，陈俊生靠一摊鸟屎的重量回到地面。合二为一，耗尽了他所有的力量，全身的酸痛导致腿部痉挛和面部抽搐。他爬进昨晚住过的席棚，蜷在一角，如一只车轮碾伤的蟾蜍。

事情越来越离谱了。一连两天，他都蜷在席棚下面做着艰苦的斗争。他双手抱头，拼命地克制自己不要飞走。他的双腿不停地抽搐，和睡眠做着不屈不挠的斗争。他恐怕在梦里会放松警惕。

星期四的早晨，那种想要飞升的冲动消失了。他试着延长双手离开头部的时间,确信努力取得了成功,他便来到席棚外面。

就在这时,消失几天的女孩又出现了。芳芳隔着甬路站在他的对面,他向她招手,芳芳执拗地摇头。

对峙了十几分钟,芳芳到底移动脚步向他走过来。女孩的衣服和脸蛋上粘了新的污垢,看上去,这几天她过得并不好。

自认为对这女孩负有责任,陈俊生觉得生存重新有了希望和温情。他领女孩找到一处烧烤店,花掉了身上仅有的几块钱。至此,他真正成了一个有家难回的流浪老人,且身无分文。

在他们两人的邻座,几个年轻人正在吃油炸麻雀下酒。陈俊生无意中看了一眼,忽然间感到右臂酸楚,然后是后背、前胸和双腿,他咬紧牙关,冷汗淋漓。他想将芳芳拉走,小孩子却死死盯着那桌上的油炸麻雀不肯走开。

"爷爷,我想吃麻雀。"芳芳摇摇他的胳膊,可怜巴巴地看着他。

芳芳说:"我想吃麻雀,你要是没钱买,我可就抢他们的了。"

芳芳说:"我真去抢了?"说话间,芳芳的小手突然伸出,伸向邻座摆在桌子中间那个油炸麻雀的盘子。

女孩的动作之快让人猝不及防,她已经把手里的食物送到嘴里,并打翻了两杯酒和那只盛肉串的盘子。

"哪来的小流氓?"一个人恼怒地喊,"你还敢抢了?"

另一个人已抓住芳芳的手腕,陈俊生看见芳芳的小胳膊遍布伤痕。手掌打在脸上身上,女孩没有停止咀嚼,转眼间她已将两只麻雀吞进肚里。

呼吸艰难,周身疼痛,陈俊生跌倒在地,只把手来摇摆,想阻止那几个行凶的人。

他被发现了，"对了，他们是一伙的。"穿 T 恤的小伙子将他扯起。

另一个说："这小丫头没准就是他拐来的，揍他。"

这两个遍身青瘀伤痕的人相携着回到了他们的住处，那废弃虎笼搭成的席棚。

月光出奇地好，在林间筛下树影。夜露如雾水般，蚊蝇都蛰伏在草叶和树叶下面，只有蛙声和风声倏然而过。

又过了许久，他听见女孩叹了一声，"真可惜，"女孩说，"挨了打，好东西就变味了。"

是变味了，生活彻底翻了个个，甚至是，生活已经背叛了他，他给这个世界抛弃了，既无力保护自己，更无力保护别人。

就在两个小时以前，那些拳头和皮鞋落在身上，陈俊生没有感到疼痛，只是胃里不停地泛酸水。后来他吐了，吐得一塌糊涂，吐得那几个施暴的人面面相觑，仓皇离去。

蛙声歇下的时候，他想起了家人，仿佛相隔了好几个世纪，他们变得遥远而且模糊，甚至侯淑英的形象也不清晰了。生活成了一个似乎做过的梦。现在他唯一感到真实的只有怀里抱着的熟睡中的女孩，和刚刚建立起来的共同命运带来的友谊。他不去想明天会怎样，也想不出明天会发生什么事，总之不会比今天更好。也许他根本就没有过家，这样一想他就惶恐起来，慌张四顾。夜行车驶过公园外的马路，传来微颤的马达声。

他被惊醒了，月亮已经消失在公园西边那座银行大楼的后面。曙色虽没有来临，晨风却由凉寒变得温和。芳芳的呼吸粗细不一，手脚不停地抖动，他正是被这女孩的抽搐惊醒了。

"芳芳，芳芳。"陈俊生摇晃着女孩，"醒醒，芳芳。"

女孩醒了，艰难地撑开沉重的眼皮。"爷爷，我好像长了翅膀。"

女孩的肋下滚烫，什么也没有。

"什么也没长，只是热，孩子，别怕。"他安慰芳芳。

"不行，我要飞了。"女孩惊恐地大叫，"我不想飞，你快掐住我的脖子。"

他看见女孩的脖子正在膨胀，膨胀，她的全身停止了抽搐，瘫软下去。

陈俊生掐住了芳芳的脖颈，和那股膨胀的力量对抗着，对抗着。

陈俊生向席棚里面看了最后一眼，死去的女孩安静地躺在那里。她再也不会有烦恼了，不怕被遗弃，不怕饥饿，不怕好东西的诱惑。

陈俊生想起了一个月以前的那天下午，他从医院走出来，路过邮局的门口，邮局的广告栏里贴着十名逃犯的照片，那些通缉犯的照片把他吸引了。

"上面有你认识的人吗？"一个熟人问他。

"不认识，"他说，"我只是想，被人寻找倒是件好事。"

到了这会儿，陈俊生对被人寻找已变得毫无耐心，他真正要做的是——被人发现。

现在，他有了最充分的理由，他杀死了一个女孩，不过，他没有心情做一个逃犯，他要去投案自首。

晨露洒在林间小径，洒在花叶草尖。忙碌的车铃声，显示繁忙的一天又开始了。火车站的方向传来汽笛声，刹车时腾起的白气云团一样升上天空。

他从来没有现在这样轻松，轻松到忘记了几天前恐惧的飞翔。

"我杀死了芳芳。真的，她是一个小女孩，我杀死了她。"陈俊生着急地说，"不信的话，我可以带你们去看，她的尸体还在老虎笼子里。"

"她怕自己飞走，就让我掐住她的脖子。她没飞掉，而是死掉了。"他这样解释杀人的动机。

不用说，他会被看成一个神经错乱的人，他费了好大的劲儿才说服警察给他戴上了手铐。他领着两个年轻警察走向公园。

公园里比往日热闹，甬路上出现了好几条大幅广告。一个来自河北吴桥镇的马戏班将在这里举行为期一周的表演。众所周知，吴桥是著名的杂技之乡。

他们踏上了石拱桥，老虎笼子的四周已经拉起了两米高的帷幕。肮脏的白色帷幕上画着红红绿绿的广告画，男人的胸前点着鲜红的乳头，一条绿蛇从女人猩红的嘴里钻出，盘在脖子上。

警察说："如果他们发现尸体早就去分局报案了。我们没有猜错，你肯定是在胡说。"

"我没骗你们。不信你们去席棚看看。"

一名警察走过去，陈俊生对仍站在身边的警察说："一定有人把现场破坏了，不过不要紧，我是自首的，我讲的都是实情。"他愧疚地说："没让你们发通缉令，没给你们破案的机会，否则你们会有奖金吧？"

那个警察在两个外地人的陪同下走回来。"什么也没有，这个人确实是脑子里长虫子了。要不就是脑门给挤了，叫门弓子抽了。"

"你们能证实吗？确定什么也没看见？"没去的警察负责任地问那两个外地人。

"这还能说假话吗？我们一早晨就来了，把道具放在席棚里，那里面什么也没有。"外地人肯定地说。

"不可能，我没说假话。我真的杀死了一个小女孩。"陈俊生着急地辩解。

"不可能？我看你是想找个吃饭的地方，那你得去精神病院。"警察边打开手铐边说。

"跟他废什么话，你看不出他有毛病吗？"另一个不满地将陈俊生推开，"这一早晨，真晦气，叫他给要了一次。走吧，走吧！你不走，我们走。"

警察走了，陈俊生愣在原地，他给弄糊涂了，这怎么可能呢？难道芳芳真的飞了不成？

他抬头向天空看去，几只麻雀恰好掠过头顶，他一眼认出了飞在后面的正是那个女孩。

他不顾一切地跑起来，他想，他一定要追上那只麻雀，追上芳芳，让她来证明他的清白，证明他的诚实。

　　这天早晨，在公园里晨练的人们都目睹了奇怪的一幕。他们看见，那个老人先是跌跌撞撞地奔跑，渐渐地，老人离开了地面。

　　老人掠过树梢，掠过公园的上空，消失了。

　　他飞起来了，他追上了那群麻雀，他欣喜地发现．他正同麻雀一起掠过城市的天空。

记一件有意义的事

坐在汽车厂三校的墙头上，可以看见阿尔巴尼亚小楼前面的草坪。那是一幢三层的小白楼，建于 50 年代，外面围着一圈的绿色栏杆。一条电车道在汽研招待所的石子路中间穿过，一直伸向郊区的百货公司仓库，那里是有轨电车的终点。终点的前方是一片农田，长着茂盛的向日葵，阳光下一片金黄。向日葵秆上长着细细的茸毛，花盘上白嫩的葵花籽刚刚定浆，可以用来挡雨的蒲扇一样的叶子在有风的天气像碧浪般起伏。

沿着那条电车道，可以一直走到纺织厂。可我从来没有去过那么远的地方，我想我总有一天要去探一探险。

坐在汽车厂三校的墙头上，我们夅拉着脚开始我们一天的功课。

"今天，我给你们出一个谜语。"刘冬生用手挖着鼻孔，将鼻屎捻成小球弹向墙下面的杂草丛里。潮湿的墙根底下长满青苔，上面趴伏着白肚皮绿脊梁的叫蛙。金色翅膀的蜻蜓在蒿秆上起起落落。

"打开花被窝，伸手往里摸。掰开两条腿，就往眼上搁。"刘冬生出完谜语得意地看着我们。

我们都觉得这不是一句好话。可是谜底完全出乎我们的意料，"你们别净往坏地方想，我告诉你们，是眼镜。"

我们恍然大悟："噢，是眼镜。"

我们的智力低劣，刘冬生不屑再与我们为伍，他跳下墙头，走了。

高春江又高又瘦，他谁也打不过。现在他被绑在手压井旁边的那棵大树上，老好子他们逼迫他学洪长青。高春江的脸被涂上了红墨水。他一开始还觉得这十分有趣，学着电影《红色娘子军》中党代表的形象，昂首目视远方。看见树梢上落着几只麻雀，他就踮起了脚，后悔没将弹弓带出来。

高春江是我们中间最受欺负的一个。记得刚演完《牛虻》那阵，大家推举一个挨揍的人，我们异口同声地说："高春江最像牛虻。"

老好子大喊一声："挺起胸膛，挺起你意大利人的胸膛。"高春江挺起了他瘦嶙嶙的胸脯，可是老好子一拳下去，他就弯下腰，哭了。

现在老好子点起了一支火把，不知道他从哪儿弄来了一小卷油毡纸。李颂国他们跟在老好子身后，他们开始围着大树转圈，一边转一边唱起了《国际歌》。倒霉的高春江一次次把脸躲开凑上来的火把，他的眼泪和红墨水混在一起滴到衣服上，"打倒反动派，中国共产党万岁！"

　　高春江被人们作践我一点儿也不同情他。他的父亲当时正在监狱里服刑。两年前老高是一个油漆工，单位要开表彰大会，准备请十座主席像送给劳模。当时，老高正在积极表现，他两次找到车间主任汇报思想，总算将这项光荣的任务揽到手里。

　　"眼镜，把你的自行车借我，我要到新华书店去一趟。"我还记得老高跑到我们家的那副兴奋的样子。他特地换了一件干净的工作服，站在我父亲面前的时候脑门和红鼻子头渗出了汗珠。

　　老高笨拙地骑上自行车走了。可他没有回来，一位和善的公安人员把自行车送到了我父亲的学校。

　　老高在书店请了十尊白瓷主席坐像，可是他不知道怎样将这些瓷像带回去。书店门口的吊灯给了他启发，他找来一根绳子，将主席像系在一起，然后挂在车把上。

　　你能想象，他的绳子系的不是地方，正好拴在瓷像的脖子上。他在遇到的第一个交通岗就被拦住。就这样，他被请进了公安局。

　　高春江的父亲被拉出来游街，老高站在游行车上，面无血色。我和高春江藏在杨树后面，他被庄严的喇叭声和口号声吓得一阵阵发抖。在我们头上一米远的地方，有一摊黄褐色的树汁，几只屎壳郎在上面爬来爬去。天热极了，不脱鞋也能闻到脚臭。我们到底没有躲过老好子，他把我们俩一齐抓住，让我们站在他的两边。他开始复习刚从刘冬生那里学来的新歌谣："两边是破鞋，中间是大爷。"老好子拧住我们的耳朵，问道："是不是？"

　　我们说："是！"

　　有一段时间，我们特别喜欢到女孩们常玩的地方去撞拐子。我们边撞拐子边唱："鸡蛋壳，鸭蛋壳，谁先倒了娶老婆。"

　　在我们的旁边，那些女孩子们正在伸腿拉胯地跳皮筋，或者玩着跳格子的游戏。她们边跳边叨念："洗脸，刷牙，叠被，吧唧吧唧炒白菜。"

　　这些都是些最没意思的事。如果我母亲允许，我宁惠三天不洗脸，五天不刷牙，十天不叠被，永远不吃炒白菜。

　　还好，她们换了新词。"要哪位？要红花，红花不在家，要你们姐俩仨。"

　　这还有那么点儿意思。在那些女孩中间，跳得最好的要数陆雨飞。她长着两条仙鹤一样的长腿，脸上长着几小堆雀斑，如果晒黑了就看不出来。

　　汽研招待所是一个禁地，不允许我们到那去捡烟盒纸。看门的是一个叫马青山的老门卫，他的腰里总别着一把手枪，小馒头一样的子弹，他喜欢抱着小男孩亲嘴，边亲边摸他们的小鸡儿。知道了他的这种嗜好，我们便轮换着到门卫室去转移他的注意力，其他人乘机跑进去，直奔楼层厕所的垃圾箱。汽研招待所住着的是一批外地来的专家，我记得其中还有一个外国人，不过他的鼻子不高，脸像是一块被谁踏过一脚的三米饼。我们不知道他是哪国人，只知道他吸的是一种外国牌子的香烟。这种烟盒做成的"烟喷"定价最高，在 15 万左右，其次是中华 10 万，新吉林 2 万，最差的是迎春，这种香烟纸随便在街上就可以捡到。我们把捡来的烟纸叠成三角形，摞成一叠，用嘴吹气去喷，这种赌博的小把戏让我们乐此不疲。

玩"烟喷儿"的间隙，我们就收听有线广播，阿尔巴尼亚小楼的楼顶上有一个高音喇叭。我印象最深的是一个叫作《小爱丽的星期天》的广播剧。故事是这样的：小爱丽的爸爸失业了，动物园的老板找到他，动物园的一只猩猩死了，老板让他披上猩猩的皮每天在那打秋千。小爱丽听说动物园来了一只懂事的猩猩，就一次次央求爸爸带她去动物园，她爸爸哪能领她去呀？后来她妈妈抱她去了，她还向猩猩扔了苹果。结果这只猩猩哭了，猩猩荡的秋千越荡越高，猩猩被抛到狮子园里去了。眼看着狮子扑了上去，人们都害怕地闭上了眼睛。这时，那只"猩猩"听见狮子趴在他的耳边说话，"朋友，我看你是人，我也是人。"人们睁开眼睛，看见那两只动物已经剥掉了身上的皮。然后，罢工开始了，人们发出愤怒的呼声。资产阶级老板，包括动物园的经营者们蹲在一起惨叫："我的钱，我的钱。"

沿着碎石铺就的石子路，踩着死蝴蝶翅膀般的落叶，路过"五·七馆"，这里举办过一场又一场的乒乓球比赛，毛主席逝世的时候曾被布置成灵堂，松树枝覆盖着暗红色的板门，里面发出移动物品时空洞瘆人的声音。再往前走，是一片砖木结构的简易房屋，我们家就住在其中的一间房子里。矮屋中间耸立着的三层水泥构造的楼房就是汽研招待所，并排而立的三层小白楼就是我要向你讲述的阿尔巴尼亚小楼。这是当年来华工作的阿尔巴尼亚专家的寓所。由于中苏交恶，这里早已人去楼空。

但这附近的住户仍然时常记起那些高鼻梁深眼窝的外国人。他们个个友好而乐观，总是笑眯眯的，腿肚子上长着金黄柔软的汗毛，有的人大腿上竟然长着大个的雀斑。他们一有空闲就聚到楼前的草坪上踢足球。那时候，楼顶的喇叭里总是回荡着同一首歌曲，"北京地拉那，中国阿尔巴尼亚，英雄的人民，英雄的国家。"这歌声同样激动着大鼻子的外国人。这时他们会停下那不知疲倦的双腿，随着广播和围观的中国人一起合唱，多毛的身体随着节拍摇晃着。

有一天早晨，他们提上笨重的行李，集体乘上门前的大客车离开了。直到第二年春天，我和赫向东他们小心翼翼地爬上一楼的窗台。房间里空荡荡的，散发着霉味。有一个房间的地桌上还扔着一只破皮箱。草坪上的草长疯了，我们在草地上捉迷藏，高春江拾到了一只烂球鞋和一个铁制的钥匙链。

"我是你家猿猴，坐在你家炕头，你妈给我烧香，你爸给我磕头。"这首歌谣在我们中间一度十分流行。当时能看到的手抄小说有什么《绿色尸体》《302号房间》《虹桥公墓》，还有一个故事叫作《无名牌手表》。讲这个故事是体育教师赫向国的拿手好戏。上体育课的时候，我们最盼着下雨，这样我们就可以听赫老师讲故事。他是老好子赫向东的哥哥，因此我们就特别服气老好子。

晚上，我摸回没有点灯的院落，挂在院子里没有收回的裤子随风摇晃，我尖叫着奔回房里。

我看见刘冬生在陆雨飞她们那蹲下了，我知道他想干什么。

我们中间只有刘冬生这样无耻和明目张胆。那几个穿布裙子的女孩正在兴高采烈地玩着"嘎拉哈"（猪或羊的蹄腕骨），她们坐在地上，两腿分开，全都把裙子撩起来，有的撩到大腿上面，只有陆雨飞做得彻底，她将裙子堆到肚皮那，这样她暴露在外面的花裤衩就尤其醒目刺眼。只要稍稍调整角度，她的裤衩里面就会给看得十分清楚。而陆雨飞正玩得忘乎所以，根本就没有注意到这些。

刘冬生蹲下了，多了观众，女孩子玩得更加起劲。蝴蝶蝴蝶你落，你妈上草垛。那些傻瓜女孩们就是我们这个家属区的花蝴蝶。学习雷锋做好事，帮助老头卖冰棍，老头吃俩我吃仨，气得老头直叫妈。伙伴们越喊越起劲，可我却在替陆雨飞害臊。

女孩们站了起来，向大院的方向跑去。我知道，又有人吵起来了。我第一个跳下墙头，飞快地跑向出事地点。

正是盛夏的中午，太阳晃在汽研招待所的玻璃窗上，那些玻璃窗成了一千块火镜，贴着路边树上的标语也仿佛要燃烧起来。肥胖的绿头苍蝇在垃圾箱上面团团转，有线广播正在播发一篇义正词严的社论。我冲过那些声浪，一直跑向热气腾腾的人群。吵骂声乱成了一锅粥，更像一个让人找不到头绪的乱麻团。我终于听清楚了，那两个主要的当事人骂的是同一句话："你是养汉老婆！""你是养汉老婆！"这个夏天真让人痛快。太阳的灼热只能给人们火上浇油。有轨电车拉响了铃声，正在枝头栖着的昏昏欲睡的鸟儿被惊醒后，重新开始歌唱。栅栏边的牵牛花开得蓬蓬勃勃。吵吧！吵吧！这个世界越乱越好。

几个星期以前，母亲托舅舅的同学去肉联厂买一扇排骨，她答应给常舅介绍个女朋友。常舅的脸上有一条斜贯左腮的刀疤，他喜欢在裤腰里别两把刀，就是肉联厂的剔骨刀。他的衣服总有股肉腥味。他一直怀疑自己不是亲生，并且怀疑他妈妈做过妓女。自从他别上剔骨刀以后，她母亲的老相识没有一个敢上门了。

去年冬天，母亲曾想把陆雨飞的大姐陆雪飞介绍给常舅。陆雪飞出过车祸，伤了右腿。陆雨飞的奶奶死的时候棺材做小了，没办法，只好请人将脚折断才放了进去。陆雪飞出了车祸以后，陆家一度十分紧张，其余六个孩子走路都紧贴着墙根。还好，报应只应验在陆雪飞一个人身上。陆雪飞患了幽闭症，她有一年的时间拒绝出门，每天对着窗前的几盆月季苦思冥想。她终于振作起来，立志要成为一位作家。

能和一位肉联厂的工人联姻，这令陆雨飞的母亲魏凡十分激动，要知道，那时候哪怕认识一个粮店卖油炸糕的人都值得炫耀一番，何况是一个肉联厂的工人。魏凡差不多每天晚饭后都要到我家来探听消息。不巧的是那个阶段常舅刚好在医院里，他做了一个小肠疝气的手术。等他出院的时候，我们家正在和陆家打一场人命官司，这场婚事只能作罢。

卖菱粉糖的南方人长着很高的颧骨，薄薄的嘴唇，他们挑着大个的脏脏的塑料袋子，走街串巷。"菱粉糖，菱粉糖，5分钱一大缸。"结果他们拿出来的却是一个很小的茶杯，只能装五六块指甲盖大小的棉花糖，大拇指伸进去还要占一块糖的地方。只要小贩一出现在我们学校的门口，我们就立刻围上去。将事先安排好的孩子向前一拥，孩子们乘机将装糖的袋子摁倒，这时候，我们一拥而上，能抓几块抓几块，然后四散逃走。卖菱粉糖的小贩拿我们无可奈何。于是，有一天，他们改弹棉花了。就在五·七馆后面的杨树趟子里支起一个塑料棚，棉花房的前面摊开雪花一样的棉絮，里面则堆着一床床破旧的棉被套。南方人照例要先收订钱。天说冷就冷了。有一天棉花房忽然蹿起了火苗，等到把火扑灭，许多人家都找不到自家送来的棉被套。弹棉花的小贩早已离开了我们多风的城市。这些南方人临走的时候还没忘记点上一把火来发泄他们的怨气。但我相信他们的耳朵一定红了，因为每一个上了当的人家的女主人都会站在街头不停声地骂一个下午。她们花样翻新，可以把一棵树一条狗或者随便什么东西当成假想的对手，虽然没有对手，她们也绝不会缺乏观众，只要有人往街头一站，就立刻有人围上来。这样的事还可以讲上三四天，更多的时候，用不上两天肯定又有新的战事发生。只要你每天竖起耳朵，你总会捕捉到哪里传来的一声声叫骂。

不用说，我母亲也站在人群当中，而且明显地站到了女邻居魏凡的对立面。各家的妇女大部分都出来了，没出来的也推开窗户。有的拿着钩针，腋下夹着一个毛线团，一边打毛衣一边观战。有的手上还沾着面粉，很显然她刚才还在厨房里为丈夫和孩子准备着午饭。

魏凡的对手是她家西院的老孙婆子。看两人比试：

一个扁头短发，一个长脸倒挂。一个曾向笨牛泄愤，一个惯从风里放泼。说破鞋指头乱点，比养汉当众揄扬。一个唇薄急唾势难挡，一个脸厚迎头骂声扬。一个矛头直奔胯下，一个出口不离裤裆。顷刻间要观胜负，霎时间要见英豪。虽是两个街头妇，也要悍勇争一强。

当时艳阳高照，群情激昂。一架飞机在蓝天之上拉起一道白线。燕子在人群之上翻覆穿梭。正斗间，老孙婆子大喝一声："我干你八辈血祖宗！"魏凡一愣，分明被击中了要害，她没料到老孙婆子会这样无耻。她当然不肯示弱，使出了绝招回马枪，"我，我干你。"魏凡骂完得意扬扬，和身后的几个人交换着得意的眼色。魏凡扬起右手，胜利的旗帜迎风飘扬。

"你干我？你得长那个玩意儿。"老孙婆子眯缝着眼轻蔑地说着，并习惯性地抿抿裤腰。忽然，她激动起来。"你干我？对了，你说你想干我？来吧！"她将裤带一下拽开，露出了大花裤衩。迟疑了一下之后，她一把将裤衩扯到腿弯，"我告诉你，娃魏的，你今天不干还不行了！"人群一下子静了。转眼之间，胜负已定。魏凡呼哨一声，拨马就走。魏凡正要落荒而逃，人群之外却已大乱。

陆雨飞狠狠地打了我一个耳光，我毫无防备地给她打了一个跟头。当时，我被老孙婆子的英雄壮举惊得目瞪口呆。我虽然近距离地偷看过女孩的秘密，但我怎么也想不到女人会长成这个样子。我张着嘴,就要窒息了。陆雨飞不识时务地问我:"你刚才说什么?"

陆雨飞扯住我的耳朵,"你说刘冬生干了什么?"

我说:"你叫他给看了。"

"他看了我什么?"

我终于把气喘匀,"你撩起了裙子,刘冬生看了你的……"

不等我说完,陆雨飞愤怒地抡起巴掌狠狠地抽在我的脸上。

向地下倒去的时候,我看见母亲拨开人群,迅速地冲过来。母亲把我拉起,她的动作就像一只张开翅膀的母鸡。"你凭什么打他?"母亲立刻将目光从陆雨飞的身上移开,"魏凡,你女儿把我儿子给打了,你看怎么办?"

魏凡冲过来将陆雨飞拦在身后,陆雨飞从她母亲的胳肢窝下面伸出脑袋。"我打他活该,你问他,我为什么打他?"

母亲把我推到前面,"你说,她为什么打你?"

老孙婆子的裤子给人帮忙提上了。我的眼前仍是一片白光。母亲将我的脑袋强行搬过来,"你说,不要怕,妈和他们老陆家没完。"

陆雨飞在魏凡的身后冲我吐了一下舌头,我的脸这会儿才红起来,我羞臊极了,恨不得找个地缝钻进去。

"你哑巴了?告诉妈,她为什么要打你?"母亲冲我大声喊着。我的表情让她大失所望,"你这个窝囊废,让个小丫头一打一个跟头。"

"我不用你管!"我愤怒地甩开母亲的手。她显然被我的声音吓了一跳。"你说什么?"

"我不用你管。"我再次气急败坏地说。

她给了我一个比方才挨的还要重的耳光。"你真让我替你害臊！"

我让我的母亲当众出了丑，这我已无暇顾及，我只想离开她，迅速离开人群。我摆脱母亲的手，向前冲去，我险些将看热闹的老孙婆子撞倒。

我听见了人群的笑声。那笑声一浪高过一浪，我张开双臂像麻雀一样掠过街道，掠过草坪。

父亲在童年的时候犯过两次错误。那是他刚上小学不久，负责检查值日生的工作。他发现一个高个女生扫地时不肯弯腰，他上去就踹了一脚，女同学就势趴了下去，她的裤子里流出了鲜血。那是一个下雨天，闯了大祸的父亲像一头落进陷阱的小鹿，东一头西一头地撞来撞去，有两次他险些给迎面驰来的马车撞倒。那时候，战争刚刚过去不久，城市里还没有几辆汽车。后来他躲进了荒芜的公园。公园里废弃的碉堡吸引了他，他走到门口看了看，里面只有树叶和不知什么人拉在那里的黑屎。他百无聊赖地来到河边，看见河边的柳树下拴着一条小船，就解开缆绳跳了上去。小船在湍急的河水里打了一个转，然后像下游冲去。这时候，父亲才发现船上没有篙，也没有桨，他根本无法控制那条小船，小船迅速地向湖里冲。雨大了，前面一片迷茫。父亲恐惧地闭上了眼睛。眼看着小船就将冲进湖里，船体忽然一震，父亲被甩了出去，万幸的是他抓住了伸进河水的一根树枝。船撞到了一块礁石，已经翻了。父亲的一脚导致那个女同学小产了，她本来已经成亲，是被街道动员来学校读书的。这个理由恰好让她离开了学校。而父亲也受了强烈的刺激，他变得胆小如鼠。即使他后来当了教师，我也从没听见过他和学生大声说过话。"但愿我儿子不像你这样窝囊。"母亲希望我成为她心目中的男子汉。

今天礼拜，上山挖菜。挖菜喂猪，猪长贼快。过年杀猪，一斤不卖。肥的熷油，瘦的炒菜，猪肠猪肚拌凉菜。猪尾巴根支援农业学大寨，贼盖。

前面有个人儿，偷我花生仁儿，我刚想用枪打，一看是我儿，我儿秃脑亮，把我吓够呛。

死者的哥哥打了我父亲一拳头，我父亲说："你年轻气盛，你弟弟还死了，你的心情我可以理解。你就是打我一顿我也没啥说的。"死者的哥哥走后，我母亲的脸色更加不好了，"你可真窝囊，"她数落说，"当初两家安一个电表我就不同意，咱们家三口人，老陆家六个孩子八口人，走一个表就得平摊电费，魏凡本来就是想占咱们家的便宜。"

父亲抢白说："那你早干什么去了？现在应该探讨的是怎么处理死人这件事，不管怎样，人家是死在咱们两家中间的棚顶上。"

"你算是窝囊到家了，当初嫁给你的时候我妈就不同意，真是不听老人言，吃亏在眼前哪！"母亲抽咽起来。

　　有关部门为了解决居民区共用电表引起的电费纠纷，号召自家安装电表。魏凡说服了我母亲两家共用一个电表，一向精明的母亲竟然答应了。因为这样买电表的钱就可以省下一半。陆家还许诺可以请来一个义务帮忙的电工。电工来了，是一个大大咧咧的退伍兵，因为电线通过棚顶，这样他必须到棚顶作业。父亲自告奋勇陪他爬了上去。电线因为年久失修，有一处地方露出了金属线。没想到退伍兵竟然忘记拉下电闸。听见他哼了一声，父亲一脚将他踹开。等把他救下来，人已经触电昏迷了。将人送到医院，却只有一个实习护士，她手忙脚乱，匆忙中给打了一支强心剂。

　　可能是考虑到和陆家的关系，死者的家属把矛头对准了我们一家。而陆家摇身一变成了局外人，这令我母亲十分气愤。死者的哥哥是个油漆工，"我怀疑是你害了我弟弟。"他愈发咄咄逼人，直截了当地对我父亲说，"是公了还是私了？"

　　油漆工打了我父亲一拳头，正当他准备进一步攻击的时候，常舅来了。常舅的长相恶劣，否则他就和我母亲心目中的男子汉有些接近。常舅将衣服一撩，露出了腰里的剔骨刀，油漆工吃了一惊，"你不要以为我会怕你，我弟弟都死了，我还怕什么？"油漆工说："有尿的小子你等着，我一会儿回来收拾你。"

　　常舅挺拔得就像崖前一棵松树，"你去勾人吧，来一个我面一个。"他拉过一条凳子坐在院当中。"你放心吧，大姐，只要我在这，谁也别想动姐夫一根汗毛。"常舅安慰我母亲。

　　母亲悄悄地让我到门口去望风，"你到门口去看着，来人了赶紧回来告诉一声。"母亲忧心忡忡地说，"你常舅那个脾气，我真怕再出人命啊！"

结果是死者的家属让步了，他们权衡了利弊，毕竟是违章作业，又是医疗事故，打官司没有好处，他们决定私了。这样就开始了一番讨价还价。只我们一家赔偿母亲当然不会同意，陆家到底难脱干系。后来让我们家拿大头，陆家拿小头。我母亲哭闹了一场，最后两家平分，各出了300元钱。不用说，事情过后，我们家和陆家结下了仇。魏凡和我母亲成了一对冤家。

有一天，我和高春江坐在路口玩憋死牛的游戏，来了一个醉鬼，他一脚把我踢开，抓住高春江的衣领子。"咱俩玩，"醉鬼说，"你要是赢了我就揍你，要是你输了，你给我买冰棍。"我们的脸都吓白了，正巧老好子的父亲路过这里，他好说歹说将醉鬼拉开了。醉鬼一边徒劳地挥着胳膊，一边大声吵嚷，"你不要拉我，你知道一条人命值多少钱吗？600块！人命是有价的，我弟弟就换了600块。我赌两宿扑克牌就输光了。"他摇摆着左手，我发现他的左手有六个指头，我和高春江交换了一下眼神，高春江小声说："他是个六指。"我说："我认识他。"

我躺在五·七湖边，蜻蜓、苍蝇、蝴蝶、燕子、麻雀，所有的生物都比我幸福，它们越是安闲我越是悲伤。我不知道该怎样换回母亲的笑脸，她一定对我失望透顶，她一定认为我和父亲一样是个窝囊废。后来反帝广场的有线广播把我吸引了。

有关毛孩的报道："毛孩"的一家，是个四代人的大家庭，他的太祖父84岁，祖父60岁，父亲27岁，他还有一个刚满两岁的姐姐。略引人注意的是他的父亲，鼻子高于常人，黑眼球呈黄蓝色，外祖父及舅舅小腿毛较长，胡须较重。在毛孩出生后的第 142 天，他的头发一直长到额部，与长长的眉毛相连，他的头发和眉毛几乎无法辨认。他的面部除了鼻尖、嘴唇上无毛外，可以说都有些毛。身体尤以肩部的毛最长，达 4.6 厘米。毛孩的皮肤、味觉、嗅觉、视觉等都正常。眼裂大小一般，鼻子宽而高，小嘴。他出生后没生过什么病，只长过一个疖子和生过一点儿湿疹，但很快就治好了。他不爱哭，爱笑。他喜欢让人扶他站着，能注视和跟踪物体，对亲人有反应，能独坐一会儿，能抓握并玩弄物体。

我把尿水撒向湖中，我意外地发现我的下体长出了几根黑色的毛发。我的头嗡的一声，天哪，我会不会成为一个"毛孩"？

高春江气喘吁吁地跑来，他将我带到反帝广场，我一眼看见了陆雨飞，高春江拉住我一直向前走。"你们讲和吧！"高春江说。

陆雨飞骄傲地扬起她布满雀斑的脸。"你们讲和吧！"高春江将陆雨飞的手拉过来搭在我的手背上，"好了，现在你们讲和了。"

陆雨飞答应和我讲和是因为她对高春江的探险计划感兴趣。

车少人多，早晨上班的高峰期，去纺织厂上白班的工人们都挤在汽研招待所旁的站台上。当一辆有轨电车嘎啦嘎啦摇晃着驶来，人群立刻蜂拥而上。伴随着纺织女工的尖叫声，伴随着饭盒里勺子的叮当声，伴随着售票员的吆喝声，一部分人挤进了车厢。而车下，总有几个小青年不屑地看着这一切，就在电车起动的一瞬间，他们勇敢地冲上去，在能搭上脚的地方，车尾的铁盖子上，或者两侧的车门，将手搭住车窗，或者什么地方，将身体挂上去，而另一只手在空中摆着，黄色的军用书包在屁股上颠来颠去。下班的时候，那些小伙子仍然这样挂着回来，在车停下之前，他们抢先跳下来，并随着车体前行跑上两步，手快的还要拽一下连着电线的绳子，车弓离开电线再弹上去，车顶便闪出一股蓝色火苗。在司机的骂声中，有女工大声叫起来，那是下车时被人群夹住了辫子。那些调皮的小伙子甚至不肯斜睨一眼就扬长而去。

一个下雨天。弟弟打着雨伞在汽研招待所附近的 19 路车站等候姐姐回来，19 路车刹车突然失灵，车头将孩子挤到一棵树上。树折了，孩子也已血肉模糊。这起车祸被讲了半年之久，直到有一个更大的新闻出现才被人们遗忘了。

67 栋有 4 个孩子，他们都是汽车厂一校的学生，平均年龄 10 岁左右。他们沿着去纺织厂的电车道一直走到宽平大桥，桥下面的铁路线两边杂草丛生，长着密密匝匝的灌木丛。就在兴建电影城的位置有一小片荒坟，隆起在野地当中，坟的旁边还有一个小湖。那 4 个孩子在野地里寻找人参，他们找到了几把蒿草和地环。后来他们在火车道上坐下来。轰隆隆的火车突然驶来，其中的三个孩子被碾成肉饼。这起事件令家长们一度十分惶恐，他们不允许孩子们离开厂区半步。更何况通往纺织厂的有轨电车的路边玉米地里发生了一起谋杀案，两件事相隔仅仅半个月。

在那几个纺织厂的工人采取捉奸行动以前，汽车厂的装配工人和纺织厂合成车间的女工已经相处半年了。他们两个人都已成家，他们选择了宽平大桥下面的灌木丛做约会地点。为了对付警惕性越来越高的家人的盘问，他们已撒尽了能撒的各种谎言。一天中午，他们刚钻进灌木丛，那些捉奸的人就赶到了。情急之下，纺织女工出卖了装配工人，她指责他强奸。装配工人被打了个半死后送到汽车厂的治安处。他被关了三天的禁闭，在反省的时间里，他产生了报复的坏念头。伤好之后，他来到女工的家里，却只有女工 10 岁的妹妹一个人在家，他把她哄骗出家门，用自行车驮上她去买了绿豆糕。在一小片玉米地里，这个混账的家伙将女孩强奸后勒死，然后弃尸逃离现场。回到工厂，他一天钻进浴池五次，仿佛染上了洁癖，将工作服也扔掉了。他没有想到的是女孩吃剩下的半块绿豆糕成了警方重要的破案线索，毕竟不是随便就可以吃到这样好的东西，而那个凶手的衣柜里就藏着他没舍得扔掉的另外半块绿豆糕。

现在，我们来到了那个小湖的岸边。湖水清清亮亮，湖边长着碧绿的蒲草和水葱，鸡头米的叶子在水面上一小片一小片地铺开。炎热夏季的午后 3 点，湖里的淤泥和腐烂的草根仍然散发着淡淡的腥味。湖的一边堆着一条长方形的垃圾山，里面有瓦片和烂掉的塑料水壶的壳子，碎玻璃反射着阳光。湖的另

一边杂草葳蕤的野地铺展开去，水蓬棵开着粉嫩的花朵。二十
年后这里将建起一座供人游玩的电影城，专门放映球幕电影和
进行恐龙模型展览，这在当时怎么会想得到呢？矮趴趴的灌木
丛，长满短刺的圆叶小槐树，肆意无理地伸长的爬藤缠绕着柳
毛棵子，艾蒿的草尖穿透了去年的落叶。那几颗红色的果实竟
是野生的枸杞。这是我们能够找到的除地环和一种叫作"鸡爪
子"的草根以外最珍贵的"宝物"了。我和高春江将找到的"财
宝"都交给陆雨飞。小姑娘用裙子兜着"宝物"，渐渐地放松了
警惕。

"你们怎么那么缺德？"陆雨飞仍然对中午的事羞愤交加。

"谁缺德？"我明知故问。

"还有谁，你们呗！"

"我真后悔告诉你，好心当作驴肝肺。"我心虚地嘟囔。

"你老实告诉我，"陆雨飞的脸红红的，"你是不是也这样干
过？你们男人没有一个好东西。"

真新鲜，她说的是男人，男人，不是男生。

她叹口气，"我还一直以为你是个好人呢！"

我羞愧不已，比中午当众出丑更甚，"我真的没有。"我无
力地辩解着。

"算了，"她看着我，口气成熟得刚好配得上她的那两条长
腿，"别跟他们学。"

陆雨飞说："男人没有一个好东西。"她停顿了一下，"女人
也一样。"

我不满她的口气，"我爸爸就是好人，我妈妈也是。你敢说

你爸你妈你姐都不是好人？"

"你真是个孩子，我没什么跟你说的了。"她又一次叹气。

"我不是孩子，"我赌气地说，"你信不信？我，"我找不到更合适的语言，"我甚至可以追你，和你搞对象。"

"你追我？男人应该保护女人，你能吗？"她嘲讽地抿住嘴角。

"我当然能。你不信吗？我可以做给你看。"

她忽然笑起来，她的笑声就像一块被弹子打落的玻璃。她夸张地弯下腰表示她笑疼了肚子，"高春江，高春江，"她边笑边喊。

高春江的叫声比她更响，"你们来呀，看看我找到了什么！"

高春江找到的是一个捆扎着的塑料包。他在一棵小杨树下面发现了它，并将它挑到毛毛道上。他用棍子挑着系成死结的黑布条，不敢贸然将其打开。

"你敢把它打开吗？"高春江狡黠地问我。

我正为陆雨飞的笑声激怒着，"我当然敢。"

陆雨飞一把将我拉住，"你别逞能了，先让我们猜猜里面是什么。"

"不是炸弹吧？"高春江胆怯地说。

我从他手里夺过木棍，已经戳了下去。木棍扑哧一声，穿透阳光下晒得软软的塑料，一股腥臭扑鼻而来。

"是一个小死孩子。"我捂住鼻子。

"是吗？我看看。"高春江凑上来。

"你敢扎吗？"我知道他胆小，如果他不敢，正好证玥我的勇气。

"我敢!"出乎意料,他接过我手里的木棍,比我扎得更深。

几只苍蝇飞来,我们轮换着扎下去。但很快我们发现耳边的嗡嗡声响成了一片,附近垃圾场上的苍蝇也正在成群结队地向这里飞来,我们恐惧地扔下木棍。

远处的火车拉响了汽笛,附近的五金厂响着削刮铁器的声音。

我们在铁路旁边追上了陆雨飞,她奇怪地泪流满面。"你们别跟着我,真让人恶心。那可是个……是个孩子。为什么要这么对待别人?天哪!"

和她拉开一段距离,我和高春江捏起鼻子,拉起长声,"为什么要这么对待别人?天哪……"

那个戴宽檐草帽的男人忽然从路边冒了出来,他的手里拎着一把打草的镰刀,穿着一件汗水溻坏的跨栏背心,两只裤角一只挽在膝上,一只散着。他就那样笔直地走过来,光脚板踩在路基泻下来的不规则的石子上,加快了他倒换双脚的频率。他先是拦住了陆雨飞,然后又把我们挡在一小段铁路桥的上面。他有着两条粗黑的眉毛,隆起的鼻子里伸出几根鼻毛,左眼下面有一颗泪痣,这多少影响了他的容貌。"告诉我,小姑娘,这两个小子欺负你了吗?"他皱起了眉头,"如果是这样,我非揍扁了他们不可。"

"不关他们的事,是我自己愿意哭。"陆雨飞回答说。

"对,是她自己愿意哭。"高春江连忙应声,他的表情就像一只被主人赶着跳过灶台上的猫。

"是这样吗？"那个男人问我，见我点头，他的脸色沉下来，"我可听见你们喊叫了，这不好，这不文明。"

他向四周望望，一辆有轨电车驶过宽平大桥，在毛纺厂前面被一辆驴车拦住。附近的一片小树林里有两个拾柴火的人正在向这里张望。

"哦，我明白了，你们一定是偷工厂汽水的那几个坏孩子。"

那段时间，我们唯一想喝的就是汽水，想得我们都快发疯了，我们再也没有喝过那么好喝的汽水。当时，汽水是作为工人们的福利形式出现的，在工厂重活车间里，而且只有重体力劳动的工人们才能喝到。汽水基本的成分是糖精和醋，装在巨型钢瓶里，放在车间的门后或者墙角。拧开阀门，伴随着吱吱的响声，洗衣粉水一样的泡沫之后是白白的液体，水滴迸溅。午休时间，我们带着饭盒和捡来的酒瓶，翻过工厂的院墙和栅栏，以最快的速度冲到钢瓶前面，拧开阀门。在看厂门的老头和工人们发现之前，迅速操作，然后四外奔逃。被摔碎的瓶子扎坏了脚趾是最轻的代价。总会有同伴在翻出工厂院墙时摔得鼻青脸肿，扭伤脚踝，甚至摔断了腿。

"你们不承认没有关系，我仍然要惩罚你们。"男人的表情忽然严肃起来，手指试着镰刀的刀锋。"我准备把你们送到学校去，你们可以不告诉我你们干了什么，总之你们是做了坏事。"

男人说:"你慌什么?你慌就是心虚。"他摸摸高春江的脑袋。

"你是谁?我们凭什么要你管?"陆雨飞试探着问。

男人转回来,"这个问题问得好!我是谁?你们猜呢?"

"我猜你是个便衣警察。"高春江抢着说。

"你真聪明,看来我的化妆并不成功。"听到对方夸他聪明,高春江心花怒放。

"这样吧,"男人叹口气说,"我可以不送你们去学校,但你们必须每人写一份检讨。嗯,"他沉吟一下,"也别写检讨了,你们每人写一篇作文,题目嘛,就叫'记一件有意义的事'。"

男人又向四周看看,目光最后落在不远处的那一幢水电站泵房。他指指那里,"女生和我到那里去写,你们两个男生就在这块大石头上写,注意,要小心火车。"

"我不想写,我们什么也没做,今天是半天课,我们下午放假。"陆雨飞边说边求救似的看我。

"我最不喜欢不诚实的孩子。"男人愠怒地皱起了眉头,"看来我必须和你单独谈谈,你敢给你们学校打电话证明你没有撒谎吗?"

"打就打。"陆雨飞倔强地说,很显然,她对我的表现失望极了。

"我和这名女生去打个电话,在我得到证实之前,你们两个男生还要在这里写作文。注意,你们不能互相商量,先完成的人我还要给予奖励。"男人说完转身走了,见陆雨飞没有跟上来,他不高兴地招呼,"你当我是坏人吗?"

陆雨飞不情愿地跟在他的后面，虫豸在草丛中拉着长声，一只田鼠从路基上跑过，它好像给晒热的铁轨烫着了。走出十几步远，那个男人站住了，"你们过来一个。"他招呼说。

高春江屁颠屁颠地跑上前去，男人说："我警告你们，在我回来之前不准离开，你们要学列宁同志，做一个诚实守纪律的孩子。"他把一个纸团塞到高春江的手里，"如果实在写不出来，你们可以参考一下这张纸上的东西，不过只准商量，不准抄袭。你们应该互相监督。记住了吗？"

陆雨飞眨眨眼睛，十分险恶地说："还应该加上一条，就是不准写捡钱包，不准写擦玻璃、擦楼梯，不准写踢足球砸碎了玻璃然后承认错误。"

宽檐草帽赞许地点点头。

"她凭什么这么干？不写捡钱包让我写什么？"高春江看着陆雨飞的背影一口一口地吐口水。

一列火车轰隆隆地驶来，车头像一条狗一样喘息着，吐出一团团的白气和愤怒的声音。火车的声音淹没了蝉声，铁路桥剧烈地颠簸。火车巨大的阴影消失之后，闷热和噪声更厉害了。

"高春江，你真想写什么作文吗？"我扯了一下这头蠢猪的耳朵。

"那怎么办？"他愁眉苦脸地说，"我最不会写作文了。"

"记一件有意义的事，他妈的什么事是有意义的事呢？"高春江咬着铅笔头冥思苦想。

"我觉得刚才那个人不是警察。"

"你别烦我，你是怕我比你写得快吗？"高春江把手背起来，驼着背开始踱步。

"你说那个人会不会干坏事？"我担忧地看着那座红砖砌成的泵房。

"真倒霉，倒霉透了。不让咱俩写捡钱包，我敢说陆雨飞是自己想写捡钱包。"

"高春江，你这头蠢猪！"我恨不得踹他一脚。

"你干吗骂我？"高春江的脸色一下子白了，"你，你是说那个人不是好人？你干吗不早说？那样陆雨飞就要倒霉了。"

"现在还不能肯定，"我沉着地说，"我们得提高警惕。现在让我看看那张纸上写的是什么。"

高春江认真地打量我，然后不情愿地将纸摊开。

常用词词典

两字词：横行 死党 篡改 扼杀 挥舞 阴谋 搞垮 阉割 打倒 鞭挞 粉碎 窃取 枪毙 掌舵 爱戴 叫嚣 炮轰 鼓舞 盛大 揭发 颠覆 霸权 工贼 破坏 妄图 流毒 狂吠 迫害 丑化 所谓 万恶 妖风 走狗 货色 画皮 高举 暴露 捍卫 雷鸣 震撼 伎俩

三字词：开倒车 大毒草 照妖镜 眼中钉 肉中刺 野心家 煽阴风 点邪火 黑心肝 绊脚石

四字词：磨刀霍霍 乘胜前进 罪大恶极 洪水猛兽 口诛笔伐 狼狈为奸 祸国殃民 英雄气概 更待何时 满怀豪情 进行到底 心潮澎湃 阔步前进 坚决响应 倒行逆施

举国上下 阳奉阴违 圆满成功 横眉冷对 一派大好 热气腾腾 炮声隆隆 愤怒声讨 捷报频传 深揭狠批 骗人鬼话 无耻背叛 掀起高潮 紧密团结 滔天罪行 丑恶嘴脸 狂妄叫嚣 复辟倒退 高大形象 怒气冲冲 内奸工贼 乌云翻滚 光辉灿烂 高呼口号 心头之恨 可耻下场 莺歌燕舞 壮志凌云 满怀豪情 更大光荣 无比仇恨 义愤填膺 恶毒诬蔑 阴谋陷害 千刀万剐 倒打一耙 批倒批臭 狼子野心 大量散布 颠倒是非 恬不知耻 原形毕露 千仇万恨 贼喊捉贼 摇唇鼓舌 摇身一变 丧心病狂 包藏祸心 十恶不赦 出尔反尔

五字词：阴暗的角落 历史垃圾堆 大批促大干 可笑不自量 除之而后快 安的什么心 一棍子打死 花岗岩脑袋 痛打落水狗

我们向那个水泵房奔去，一片片巨大的云影在绿色的玉米田里移动着。我们的身后，又有一列火车呼啸而过。燕子忽闪着翅膀落在电线上，喜鹊掠过衬衫厂高大的红砖烟囱，远处有线广播里的歌声时而清晰时而模糊。我们跑到那座小房子前面，水泵房竟然上着锁。木头门板蓝漆斑驳，门缝里涌出一股股潮湿的霉味。

高春江气急败坏地说："他们把我们骗了，他们早走了。"

"没准陆雨飞已经出事了。"我跌坐在门前的石块上，一片片玉米正在拔节抽穗扬花，宽大的叶子在风中唰唰啦啦地响着。

"警察不会说咱们杀了她吧？"高春江急得快哭了。

"现在还不能这么说。"我握住高春江的手说，"你能保证不把今天的事说出去吗？"

"我能，"他急不可耐地说，"拉钩，上吊，咱们怎么这么倒霉呀！"

"妈，我头疼。"

"今天我不打你。"

"妈，我头疼得厉害。"

"今天我不打你，并不说明我没理由揍你，你说你出去疯跑对不对？"

"妈，我头疼得要死了。"

"今天我不打你，你这么不长进，长大娶媳妇也得让人家笤帚疙瘩炖肉。"

"妈，我头疼得要死了。"

"我就看她不是省油灯，到底把丈夫克死了。"

"妈，我头疼得厉害。"

"一个大男人在单位擦玻璃也会从楼上掉下来，二楼的窗户挡了一下，结果摔断的肋骨还是扎进了肺里。唉，人就这么简单！"

"妈，我头疼。"

"你说陆雨飞的爸爸临断气时对她说什么？嘱咐她好好学习！长大了做一个红色接班人，把革命进行到底，啧啧。"

妈，我的头不疼了。

一条电车道在汽研招待所前的石子路中间通过，一直伸向郊区的百货公司仓库，那是有轨电车的终点。终点站的前方是一片农田，长着茂盛的向日葵，有阳光的日子，远远望去一片炫目的黄色。现在我已经知道，那中间还杂着一小块一小块的玉米，玉米地里，花粉在微风中弥漫。

雨后，汽车厂三校再一次成了乐园，低处的积水没过了小腿肚。雄赳赳气昂昂跨过鸭绿江，李颂国的声音高春江的声音老好子的声音李可红的声音孟之东的声音。我侧耳分辨着学校的院墙里面传来的嘈杂的歌声。我知道，用不了多长时间就会传来哭声，肯定会有人被泥水中的玻璃片扎坏脚掌。

刘冬生顶着一片很大的葵花叶，像一张纸片一样向我飘来。"今天，我给你们出一个谜语。"刘冬生仍然没有改掉挖鼻孔的坏毛病。"毛挨毛，肉挨肉，一宿不挨就难受。"

我觉得这不是一句好话，可是谜底完全出乎我的意料，"你们别净往那坏的地方想，我告诉你们，是眼睛。"

"眼睛包括眼毛和眼皮。"他进一步解释说。

我恍然大悟："噢，是眼睛。"

今天，他在转身走开之前，又多问了一句，"你的眼睛看见了什么？"

我看见了陆雨飞，她像纸片一样向我飘来。我注意到她的胳膊上戴着一块黑布。其实她脸上的雀斑并不像想象的那么难看，她的裙子下面的小腿白得像葱白一样。我咳了一声，又咳了一声。她站住了。

"好狗不挡道，挡道无好狗。"

我说："陆雨飞，那天我真的担心死了。"

她的脸红了，又白了，"你是一个坏孩子。"她轻蔑地说。

"那天，那天你们干了什么？"我问出了我和高春江一起猜了无数次的问题。

她的脸白了，又红了，声音有些惊慌，"什么也没干，对了，我也写了一篇作文。"

"你的作文题目是什么？"我敢说她在撒谎。

"记一件有意义的事。"她恢复了镇定，"你还想问什么？"

"事情就这么简单？"事情绝不会这么简单。

"我想我应该再打你一个耳光。"她扬起手。

我叹口气，可怜巴巴地说："我病了。"

她得意地笑了，嘴角纹里都溢出了报复的快意，"我想，你一定是得了白喉。你知道吗？你们这些坏孩子中间一半人都得了白喉。这种病一夜之间就肿得会把嗓子封住，然后，你就会像狗一样地死去。"

这太可怕了，我骇得捂住嘴，瞪大了眼睛。陆雨飞扬起头走了。我看见她的肩头在不停地抖动。她一定开心死了。

她一定在庆幸我得了白喉，那样我就永远也说不出话了。天啊，我的嗓子真的开始灼痛，开始发紧。我的呼吸开始困难，我把手指伸进口腔，我的嗓子真的肿了。我试着咽唾沫，我的脖子不得不使劲地伸，伸，伸……我要完蛋了，我真的要完蛋了吗？

"事情就这么简单？"

事情绝不会这么简单。

宋　王

1

　　南桥的槐树下面就是刘梅瞻的酒馆，不大的门面，挂着个褪了色的布幌。这是中午，炽白的太阳自虐地挥霍着自己的能量，那条由远处抛来的黄土大道上车前草都蔫卷黄了叶子，路边矮趴趴的苦榆树也白了，连树木都给灼得脱了水。这个叫南桥的地方是这条黄土大道绳子一样挽的一个死结，胡乱地捆扎一下，再甩出去，甩出去的却是一片沼泽一片荒原一片山峦。刘梅瞻的嗓子就要冒火了，蹿出火苗的则是他的双眼。大道上行人稀少，极目处只有一条土色的狗吐哈着猩红的舌，像是踩着烧红的鏊子，一跳一跳地在滚烫的土路上行走。酒馆里有五六个人，只有一个在喝酒，那是一个白衣货郎。其他几个都是南桥人，他们一边吞咽一点儿口水润着干疼的嗓子，一边和刘梅瞻探讨着赊酒账的话题。

陆扁平说："梅瞻，有一个人你赊了他酒，就管保要不出钱来。"

王江说："对，卢二堂总到大槐树下喝酒，可他爹他娘要饭，穷得腚屌无蛋。"

刘梅瞻自己也在压抑着对酒的渴望，他遍布沟壑的老脸上溽溽地流着油汗。刘梅瞻说："要不出钱来？没有欠下我刘梅瞻酒钱的。"

慢性子的李育桓说："梅瞻，你别嘴硬，那账上欠钱的是谁？"

王江说："就是，卢二堂那个无赖你都赊！"

刘梅瞻就生气了，说："要不出钱来？没有能欠下我刘梅瞻酒钱的。"

几个人正说着，陆扁平忽然一指大道，说："梅瞻，你看谁来了！"

那个南桥有名的闲汉卢二堂敞着个碎褂噗噗嗒嗒地向酒馆走来，太阳光在他粗鄙的脸上反应极为剧烈，他的一张点缀着蒜头鼻子的红脸晒得爆了皮，嘴唇发白。他穿着一双露出脚趾的布鞋，脚下黄土烟一样地腾起。

王江说："梅瞻，你要是要不出钱来呢？"

刘梅瞻说："你看着，没有欠下我刘梅瞻酒钱的。"

2

卢二堂从腰间解下酒壶，往柜台上一顿，就势甩脱了两只破鞋，脏兮兮的大脚板顿感凉爽，他惬意地吸了一口气，说："梅瞻，打壶酒喝。"

几个人就看着刘梅瞻笑，他们的嗓子不干了，口水多了。刘梅瞻从墙上取下算盘，很响地拨动珠子，故意不应声。

等了一会儿见没反应，卢二堂烦躁起来，说："梅瞻，打壶酒喝，我快渴死了。"

刘梅瞻这才抬起头，立刻眉开眼笑，说："是二堂啊，我刚才还在算你的账，是来还酒钱吗？"

卢二堂脸更红了，气顿时短了一半，赔笑说："你看这事，我那个钱客还没来，可能耽误在路上了。"

刘梅瞻就变了脸，把算盘摔在柜上："你渴就喝凉水去吧，凉水不用钱。"

卢二堂仍嬉笑，赔着小心说："再赊一次，最后一次，我让我爹还你钱还不行？"

刘梅瞻冷笑了几声，说："让你爹还？把你娘卖了也不值几个酒钱。"

旁边的几个人咯咯咯笑出声来，靠窗坐着的白衣货郎也停下酒杯向这里看。卢二堂尴尬地收起酒壶，用脚趾挑上鞋穿了，说："我不信今天喝不上酒，我走北桥喝去。"

他的路让刘梅瞻拦住了，刘梅瞻说："别走啊二堂，欠的那十几壶酒钱你得还啊。"

卢二堂立定了看看，肯定地说："我没有。"

刘梅瞻大怒，说："你要不给钱，就别想出这个屋，大家都在这看着，你今天不给钱不行。你要不给钱，我就扒你的衣服。"

刘梅瞻说："你不给钱？二堂，让大家评评理，你喝着，我看着；你坐着，我站着；你招呼一声酒保，我连着答应好几声，你不给酒钱?!"

卢二堂笑了，无赖地说："梅瞻，你嘴巴干净点儿，要钱就别说别的。不要钱你拿屁呲我都行，想要钱，嘴就得干净点儿。"

卢二堂说："你不就是要钱吗？走吧，我还你钱。"

这回轮到刘梅瞻发愣了，其他几个也收住了笑，只有那个白衣货郎有滋有味地笑着，像是看戏。

刘梅瞻回过味儿来，说："怎么不走！走！你头里走，我后面跟着，我看你怎么还我钱。"

卢二堂就走出门。天太热了，方才蝈蝈和知了还在拉长声，现在连一点儿声音也没有了。刘梅瞻看看店里的家什，又看看喝酒的异乡货郎，迟疑了一下。卢二堂在门外喊道："你不跟着，我可走啦！"走到门口，趁货郎没注意，卢二堂顺手在货郎担子里抓了一把。

刘梅瞻一跺脚，扔下店跟了出来。他的身后跟上了陆扁平和李育桓，他俩想跟去看个热闹。王江说："梅瞻，我给你照看着店。"刘梅瞻又想站下，却被陆扁平拥着走去。

走出三十步远，是一眼干井，卢二堂径直走到井前，站住了，他笑着等刘梅瞻走来。

刘梅瞻惊愕地说："你想干什么？"

卢二堂收住笑。"你把我推到井里去吧，"卢二堂说，"想要钱就把我推进去，我不让你偿命。"

刘梅瞻说："我干什么要推你？我只要你还钱。"

卢二堂说:"你要钱,我没饯,想要钱你就把我推进去。"

刘梅瞻仰天长叹:"我是哪辈子作了孽,今天撞上你这么个无赖。"

卢二堂站了一会儿,天实在太热,他感到十分没趣,转回身说:"你不推我可走了。"

卢二堂说:"我走了。"说罢,趿拉着鞋一路黄尘而去。

3

陆扁平和李育桓幸灾乐祸,笑着把十分沮丧的刘梅瞻推回酒馆,他们一进门,王江就说:"梅瞻,我可没喝你的酒。"他一指旁边的货郎,"不信你可以问他。"

"掌柜的,我问你,这是哪里的地面?"那个异乡的白衣货郎把几个铜板放在桌子上,站起身问道。

刘梅瞻正沮丧,没好气地说:"这地方叫南桥,是个穷地方,连好草都不长一根,连好鸟都不飞一只,有什么好打听的。"

白衣货郎笑笑,说:"掌柜的好大火气。"

王江问:"卖货的,你从哪来?"

"宋王。"白衣货郎挑起他的货箱担子向镇子里行去。直到他的背影化进太阳的白光里,王江才呸出一口,愤愤地说:"宋王,听他的口气好像宋王就是天堂了!"

4

　　白衣货郎在这天下午无边无际的阳光里走进了南桥。南桥滚烫发白的大街上没有行人。所有的动物都在这个下火的七月的天气里无精打采，昏昏沉沉地躲着太阳。白衣货郎渐渐失去了力量，绵长的蟋蟀也让他心烦气躁，尤其是在干燥的空气流动中，他闻到了一扇扇破烂的窗子和角落里飘散的腐烂气息，这让他昏昏欲睡。这里似乎经过了一场大的灾难，这场灾难把这个可能是很富庶的地方毁了。方才在槐树下喝进去的水酒像是水分都给蒸发掉了，余下的酒精正在体内接近沸点，也许再过一会儿就要燃烧了。他开始后悔选择了凉酒来消汗解暑，他想，他是被那个坏脾气的酒家骗了。

　　白衣货郎强打精神疲惫地走在南桥的大街上，阳光映着货箱上的几捆七彩丝线发射着缕缕炫光。这样的天气里，他不可能有主顾，他也懒得去喊，甚至摇动拨浪鼓的力气也不愿使一使。他停下担子在十字路口歇了一会儿，扁担压得他的肩头异常疼痛，货郎手搭凉棚绝望地看了看天，天空中只有一团白花花的太阳，连一缕云丝也没有。

　　货郎又挑起担子，往前走了一百步远，他来到一幢旧房子的后窗下，停在一小片狭窄的阴影里，把扁担横在地上，坐下，阳光就只能晃着他的几缕汗湿的头发了。他擦擦汗，这时，他头上那扇窗子忽然开了，从窗里映出一张少女的脸。白衣抬头，正好和少女四目相对，他的眼前一片眩晕。

　　眩晕过后，货郎听见陆茶问他："卖货的，你卖的是什么？"

陆茶看见那个一路风尘的货郎冲她笑了，露出一口洁白的牙齿。货郎精神一振，说："大姐，能给我点儿水喝吗？"

5

卢二堂当然没去北桥，他在别处逛了一圈儿，就走去了镇上第一好看的女子陆茶家的后院。他挨到陆家的后窗下，轻叩窗棂，连叩了十几下，陆茶也没有露面，卢二堂本能地觉得有些异样。好半天，陆茶才探出头。陆茶面色羞红，头发也有些零乱。

陆茶问："你有事吗？"

卢二堂左右望望，说："你娘在家吗？"

陆茶说："你找我娘到麦地里去找，她现在不在家。"

卢二堂笑了，从口袋里掏出一卷束头的红绳，说："陆茶，给你这个。"陆茶看也没看他手里的红绳，伸出了拳头，她没接卢二堂手里的东西，她手心里握着一把七彩丝线。陆茶说："你拿回去送别人吧，我有这个了。"

卢二堂从窗缝里看见了在酒馆里遇见的那个白衣货郎坐在陆茶的房里，他知道自己遇到对手了，十分难过十分愤恨地离开了那扇窗子。卢二堂把那卷头绳扔掉了，他想报复陆茶，让她知道自己的厉害，后来他想起了陆茶的母亲，他立刻向麦地走去。

6

王江的媳妇赤着上身走出了屋子。南桥三十岁以上的妇人夏天都打赤膊。这和风俗无关，她们赤膊是怕汗水渍坏了衣服。

王江媳妇的乳房在胸前垂着，她皮肤粗糙，看上去毫无水色，走起路来乳房摇来晃去，男人们的非分之想只有在这一摇一晃中多少鼓荡一点儿。她在太阳地里哗哗地撒了一泡长尿，然后本能地向麦地里走去。

在春天的雨水里发了霉的麦子此时已被刈倒了，麦地一览无余。她看见寡妇陆无邪领着她的儿子陆圣正在李育贤家的麦地里纠缠，陆无邪和李育贤在争夺着一捆麦子，陆无邪的动作极其笨拙，又显得十分粗野。每当这个季节，那个寡妇必带着她的儿子去拾地，且专到人家的麦地上去拾，如果主人拦阻，她便撒泼。果然，李育贤抢回了那捆麦子扔在架子车上。阳光下，陆无邪指天画地地喊着什么，后来她故伎重演，躺倒在李育贤家架子车的车轮下。

王江的媳妇忍不住咯咯咯笑了起来，她的声音就像母鸡唤蛋那样。她笑个没完，笑得岔了气，捂着肚子好一阵揉搓。陆无邪终于抱着那捆拾来的麦子，洋溢着得胜还朝的幸福走开了，李育贤耷拉着头晦气地坐在地里。看到这，王江的媳妇本想回屋了，天实在太热。这时，一个念头一闪，她觉得还应该再发生点儿什么。

真的就发生了。陆无邪走到不远处的几棵枣树下站住了，王江媳妇一下子瞪大了眼睛，那几棵枣树是她们家的。

走到树下，陆圣说："我想吃枣。"

娘说："枣还青着呢！"

已猴一样蹿上了树的儿子陆圣说："我再折几个枝下来，拿回家烧火。"

陆圣刚扔下两个树枝，王江的媳妇就赶到了。王江的媳妇把树枝抢到手里，她说："你不能让你儿子这么干。"

陆无邪冲树上喊："圣儿，快下来。"

陆圣往下滑时咔吧又折了一根树枝，王江的媳妇觉得自己再不能容忍了，当着她的面就折树枝，不当她的面就要砍树了。她上前一把抓住那孩子的手，回过头愤怒地对陆无邪说："你怎么能让孩子这么干！"

"你放开圣儿的手。"那当娘的坚定地说。

"不放。"王江的媳妇也坚定地说。

"真的不放？"

"就是不放。"

这样，王江的媳妇就只能和陆家的寡妇撕扯在一起了。她们都没有叫骂，只是拼命地撕拧掐咬，她们懒得出声。阳光下两人汗水淋淋，扯松了裤带，她们滚到路上。陆圣一声不吭，她们滚出一步，他就跟上一步。他的怀里抱着那捆抢来的麦子，只觉得麦芒刺在身上极其难受。

撕打的两个人被路上走来的卢二堂分开了。卢二堂明显偏袒陆无邪，光棍汉卢二堂还乘机揣了几把王江媳妇的奶子，那松弛的物件让他感觉索然无味，他便放开手。

卢二堂情绪十分沮丧失望地说："邪婶子，你回家去看看吧，你那个好闺女陆茶自己招了汉子了。"

陆无邪一愣，反应过来后开口便骂："二堂，你满口喷蛆，胡说什么？"

卢二堂说："我只是想告诉你，你不信就算了。"

陆无邪骂道："信你娘的脚。我把陆茶杀了喂狗也不会卖给你一两肉。"

<h1 style="text-align:center">7</h1>

在这个阳光灿烂得毫无遮拦的下午，南桥最好看的少女陆茶懵懵懂懂地走进了异乡货郎设置的爱情陷阱。和南桥田野里人们赖以活命的麦粒恰好相反，陆茶的身体饱满成熟，散发着诱人的少女芳香。在过去的十余年里，陆茶从没有走出过南桥，她的足迹只囿于南桥贫瘠得让人绝望的田野。陆茶的身体发育得如此完美无缺，令南桥同样贫穷却面黄肌瘦的少女们充满艳羡和嫉妒之情，即使是卖绣花丝线而见过无数脂粉的白衣货郎也怦然心动。

和南桥那些满脸锈色的后生相比，异乡的白衣货郎一开始就给陆茶留下了很好的印象。白衣货郎身材修长，相貌堂堂，皮肤红润细腻。白衣货郎正是那种善解风情又见多识广的男子，他立刻就从这个陌生少女的眼神顾盼之中找到了好感。他敏感地想，他沿途叫卖的生涯也许到这里就要结束了，这种漂泊无定的生活也应该结束了。

白衣货郎说："这个地方叫南桥吗？"

陆茶说："是叫南桥，你走过许多地方吧？你打哪儿来？"

货郎轻佻而自豪地说："当然，我过的桥肯定要比你走的路还多，你问我从哪来？我从宋王来，你肯定没听说过那个地方。"

少女就笑了，说："真没听说过那么个地方。"

货郎说："你没听说过的肯定多着呢！外面的事讲起来够你听十天十夜的。"

"反正你们做买卖的嘴上也没有收管，保不定信口开河呢！"少女故作不关心地说。

货郎笑了，他暗自得意地说："不想听就算了，再给我口水喝吧！"

等他慢慢地喝完水，陆茶忍不住问道："宋王？宋王是什么样的地方呢？有卢镇好吗？"卢镇离南桥有四十里路，那是她能想象得出的最远最好的地方。

货郎说："卢镇？卢镇怎么能和我的家乡比呢？这么跟你说吧，在外面行走的人，没有人不知道宋王。"

货郎像唱歌一样念出一首歌谣：

上有天堂

下有宋王

数了天堂

再数就是宋王

城南有座蟠龙壕

一连三座九孔桥

大胡同七十二条

小胡同多如牛毛

白衣货郎说:"你看卢镇怎么能比呢!"

少女费劲地想,也想象不出那个地方是怎么的好,她憧憬地说:"真有那么好吗?"

货郎微微地笑了,说:"想去看是吗?那你跟我走吧!"

陆茶的脸一下子红了,她听见南桥的许多后生对她说过类似的话,他们说得更加直接,他们说:"跟了我吧,夜里想你想得都渴死了。"

陆茶做出生气的模样,说:"你怎么能这样对一个不认识的人说话?"

货郎意味深长地笑笑,站起来说:"那我走了,谢谢大姐的水。"

陆茶的心跳到了嗓子眼儿,脱口说道:"你先慢走。"

货郎回过头,看见少女红了一张脸。她说:"我看看你卖的是什么货。"

陆茶拿起一把七彩的绣花丝线,那些柔软好看的丝线令她大开眼界,爱不释手。货郎则从她粗陋衣服的领口看见了少女的一双小乳,她雪白的肌肤立刻荡漾了满眼的春光。陆茶摆弄了一会儿,最后叹口气惋惜地放开手里的丝线。她的手却被另一只手捏住了,她抬头,货郎两眼放光。货郎说:"这些都是你的了。"

陆茶的眼睛里涌出了泪水。陆茶说:"你放开手,还没有一个男人碰过我。"

货郎说："可我碰了，我还要你跟我回宋王老家去。"

事实证明，白衣货郎成功了，因为陆茶很快就对打扰他们的卢二堂说："你走吧。"陆茶没有接那个猥琐男人的头绳，她抓着一把七彩丝线自豪地说："我有这个了。"

8

陆无邪恨死了王江媳妇，恨之入骨了。晚上，她躺在床上，浑身疼痛，异常凉爽的月光铺进屋子里，沁人心脾的白色光润辉映在她身上，和白天毒毒的太阳没什么分别。她点亮油灯检点自己的伤痕，她身上的许多部位都留下了青紫的痕迹，那些难看的灼痛的青紫抓痕，使她本就松弛的皮肉游离了骨头，骨骼咯咯作响。后来，她自怜自惜地哭起来，她双肩抽搐，灰白的乱发散落下来，给泪水糊在脸上。有一会儿她想，如果陆圣的爹不出南桥做生意就好了，做了生意还有消息回来也好了，她就不会受这么多委屈了，她也就不会人缘弄得这么差了。可她有什么办法？在南桥，别说她一个寡妇要养家糊口，就是一顶一的男人又能怎样呢？还不是一样整天唉声叹气，活得艰难。南桥的土地太薄了，薄得长出的草都比别的地方细，长出的树都矮趴趴的，没有一点儿挺拔。

这种情绪的蔓延使她忽略了女儿房里传出的令人生疑的声音，仇恨使她忘记了下午卢二堂在麦地里告诉她的有关货郎的话。直到第二天清晨，她才见到了白衣货郎，白衣货郎竟从陆茶的房间里走出来很自然地为她解围，将要到来的清晨的雾水泛滥成无际的蓝色毒液清洗了她的全部意志。

半夜，陆圣被娘推醒了，小孩子迷迷糊糊地哽咽着说："娘，我都困死了。"

娘说："醒醒，过会儿再睡。"

陆圣揉着眼睛坐起："娘，我困。"

"我让你困，我让你困，你个不争气的东西。"陆无邪摁翻儿子就打了两掌。

陆圣被打醒了，愣怔怔地看娘。陆圣说："娘，你干什么？"

陆无邪说："我让你和娘去砍树，她欺负了咱，咱就砍她的树。"

9

天空在东方露出青白的曙色时，奔波了半宿的刘梅瞻踏着露水疲惫地走回了南桥。他的肩头搭着拴在一起的两只大酒壶，昨天傍晚他走去卢镇买酒，眼见着就要走回南桥了，都见着那棵槐树了，他却鬼使神差地走上了另一条路。待他定睛，自己已走入了一片坟茔之中。那片坟茔在去年夏天还没有那么大，去年夏天连绵的雨水使整个大地发霉了，收成大打折扣，许多人家绝收。接下来寒冷的冬天里肺炎流行，南桥的街道上不时地看见一摊冻血，肺病患者乌黑的咳血在雪地上触目惊心。气候反常的冬天里，饥饿瘟疫肆虐的南桥哭声风声和白纸风筝一起在上空飘荡，光秃秃的苦榆树上缠绕着团团冷雾，极其阴郁，让人心惊肉跳、顾影自怜。

刘梅瞻好容易走出了坟茔，逃到通往南桥的土道。他喘息未定。这时，他看见王江家的几棵大腿粗的枣树一棵接一棵地倒了下去。他揉揉眼睛，疑心看差了，但那排枣树确实不见了。他毛发再竖，快跑起来。跑着跑着，他给杂草绊倒了，陶瓷酒壶碰在坚实的泥土上碎了，酒水汩汩奔流，流进焦渴的麦地，酒香四溢，刘梅瞻顿时忘了恐惧，他就势趴在泥地里吮吸起来。后来他呆坐在那里，抓着两把酒湿的泥土嗷嗷地哭了，声音就像掉了牙嘴里透风的老牛被扼住脖子时艰难的喘息。

10

王江媳妇忽然间醒了，醒了就听见墙缝里锅台后和房子外面悠长的蟋蟀叫声，还有各种细语般的虫鸣声，听见了一炕的孩子这个咬牙那个放屁这个吧嗒嘴那个说梦话的声音，听见了男人王江粗重的散发口臭的鼾声。

醒了就再也睡不着了。她想地瓜干只剩下一把了，麦子不消说早已吃尽了，就是麦麸子也只剩下半口袋了，可现在刚刚七月。她想今年的收成又完了，老天一点儿下雨的意思也没有。她想也许一大早就能见到从吴镇赶来报丧的人，说她的爹或她的娘饿死了，可她拿什么酬劳那个腰系孝布手拿哭丧棒牵着驴找上门来的人呢？想着想着，她真的听见了像是砸门的咚咚声，她悚然坐起，披上衣服走到院子里。

并没有人砸门。青白的曙色中晨雾蓝莹莹的。咚咚的声音更清晰了。声音来自空旷的麦地，模糊中她看见自家那五棵枣树一棵一棵地倒了。王江的媳妇一下子兴奋了，她想她不用想着做什么吃了，她有更值得干的事了。她三步并两步地窜进屋，大声说："都起来，都起来。"

王江媳妇满脸兴奋地对王江喊道："快起来，咱们家的枣树被人砍倒了。"

王江媳妇愤怒地长号一声，说："一定是她干的，一定是她砍了咱的树。"

王江的媳妇说："陆无邪，我要你赔我的树。"

11

如果陆无邪说不是她干的，王江就算了，反正那几棵枣树一年也结不了几个枣，王江现在想的只有刘梅瞻的酒。一喝上酒，他就什么也不用想了，要是非想不可，那就想怎么能让刘梅瞻相信自己能还起酒钱，下次再赊酒给他。可现在陆无邪偏偏就一口咬定是她干的。这样，王江就不能不和她理论理论了。

王江说："邪嫂子，你不用斗气，就是你俩白天打过架，你也不用拿这样的屎盆子往自己头上扣，我知道不是你干的。"

陆无邪倚着自家的门框，两手抄着怀，镇定地对找上门来的王江说："就是我干的，陆圣帮了我的忙。"她一指门后那把钝了的斧头，"我们用斧头轮换着砍的。"

陆无邪又说："你凭什么说不是我砍的？"

王江的媳妇说："王江，你听见了吗？她说是她干的，你还等什么？让她赔咱的树。"

王江的媳妇跳着脚说："陆无邪，你不赔我的树，我就拿你结枣，结了枣还不兴有臭味。"

天光大亮了，院子里的人越来越多。他们都想，看吵架就不用想着吃饭了，反正也没什么吃的，连惊魂甫定破了财倒了血霉的刘梅瞻也来了。一院子的人立定了看。

王江说："邪嫂子，这回你真得赔树了，不赔怕是不行了。"

陆无邪忽然软了，跌坐在门槛上，拍手打掌，放声大哭，"你们这是欺负我们孤儿寡母啊！我不活了，我和你们拼了，我的命也值你们几棵枣树了，我拿命赔你。"哭着一跃而起，身子前倾，向王江一头撞去。

她没有撞着王江，她被人拉住了，陆茶拉住娘说："娘，咱赔他钱。"

陆无邪吃惊地说："茶，你疯了？你疯了，茶？"

陆茶平静地说："娘，咱有钱赔他们。"

这时，陆无邪看见了白衣货郎。此时白衣货郎就站在陆茶的身后。陆茶伸手去他的口袋里抓了一把，然后把十几个铜板扔到院子里。陆茶说："从今天开始，陆家有钱了。"

陆茶大声说："告诉你们，货郎从宋王来，你们知道宋王吗？那里富得流油．我很快就和我的男人回他的老家宋王去，我会不断地捎钱回来，谁也别想欺负我们陆家了。"

不知是因为兴奋还是别的，陆茶话音刚落，陆无邪叫了一声，人已晕了过去。

12

来自异乡宋王的白衣货郎就这样走进了南桥，走进了南桥的历史和传说之中。

南桥人对货郎的家乡宋王展开了无尽的想象。那里富庶无比，那里金碧辉煌，那里没有饥饿和瘟疫，那里土地肥沃，那里麦子的长势好得不能再好。有关宋王的描述和南桥人因饥饿导致的肠胃轰鸣一样嘹亮，清晰无比。他们整日整夜地重复着白衣货郎的那首宋王歌谣：

上有天堂

下有宋王

数了天堂

再数就是宋王

城南有座蟠龙壕

一连三座九孔桥

大胡同七十二条

小胡同多如牛毛

更重要的是，他们打听到了。宋王并不遥远，距离南桥只有一百里，可能二百里，也可能三百里，但绝超不过五百里，否则白衣货郎走到南桥来简直不可想象。

就在"宋王"两字像阳光一样在南桥人唇间跳跃的时候，白衣货郎却出乎意料地独自一人离开了南桥。

13

白衣货郎和陆茶在刘梅瞻的酒馆洒泪分别。货郎没有担他的担子，他的担子和拨浪鼓都留在了南桥。

临别前，货郎在南桥人面前表现出了很好的风度。刘梅瞻巴结地给他端来一碗酒，他端起酒碗一饮而尽，动作和他刚来时一样优雅。然后他听见了南桥的男人们吞咽口水的声音。

在分手的一刻，货郎看着陆茶流下了晶莹的泪水。他的抽泣感动了南桥所有的女人。在南桥，男人们早已不再为女人们流泪，包括上了年纪的女人也对陆茶表示了嫉妒。

只有陆无邪的表情极为冷静，她的目光一刻也没有离开货郎，她想判断这个异乡货郎是否在逢场作戏。

陆无邪说："我平生最信不过的就是货郎，你今天在南桥认识了陆茶，谁知道你明天会不会在卢镇认识卢茶。"

货郎目光暗淡下去只一瞬，便又恢复了神采。"你放心吧，"他说，"我会从宋王请一顶最好的花轿来迎娶陆茶。轿子好得南桥人都没有见过。"

"我只要你回来。"陆茶将两扎红色丝线塞进货郎的褡裢，"没有花轿我也会跟你走。"几天的时间，陆茶像是忽然间成熟起来了，只有她发现了货郎眉宇间淡淡的忧伤。

货郎走了，他甩开脚步，踏上了那条黄土大道。那一刻，陆茶几乎改变了主意，她想哀求他留下来，或者跟上去和货郎一起离开南桥。陆茶从母亲的眼睛里看见了丝丝寒意，陆无邪向女儿坚决地摇摇头。

没了肩上的担子，货郎走得极不自然，他一会耸起左肩，一会耸起右肩，像一个失重的水漂。

货郎白衣身形在黄土大道的远处越变越小，南桥的槐树下面忽然刮起一阵旋风，等风停尘落，阳光下只剩下一条耀眼的道路。

14

继白衣货郎之后第一个离开南桥的是卢二堂。

这天早晨，卢二堂最后一次走进了刘梅瞻的酒馆。卢二堂身背一个旧包袱，斜插一把旧伞，脚上的鞋补好了。他进到店里包袱也未解就坐下了。

卢二堂说："梅瞻，我欠你的酒钱先转记到我爹账上，现在我要走了。"

卢二堂全身没了一点儿无赖气，他正正经经地托付刘梅瞻说："以后我爹娘有什么难处，还望你能帮点儿忙。"

刘梅瞻问："你要去哪？"

卢二堂说："宋王，我要到那个货郎的老家去。他夺了我的陆茶，不就因为他住在那个什么宋王吗？现在我也要到那个有钱的地方去。"

刘梅瞻说："再喝一杯酒吧！这回我不收你的酒钱。"

卢二堂说："不喝了，梅瞻，等我回来再喝，我一定会打败那个货郎，比那个货郎更有钱的。"

临走卢二堂说："记住吧，梅瞻，我会回来还你酒钱的。"

15

陆扁平看看毒毒的太阳，看看烈日下的麦地，麦苗和杂草黄焦焦地在七裂八瓣的土里萎靡着，龟裂的麦田如干渴的青鱼苟延残喘而洞开的扁嘴巴，吞噬了陆扁平对南桥日后岁月的最后企盼。后来他干脆扔掉了锄头，坐在地头上。

看见爹歇下了，娘身后的两个儿子一个女儿也一屁股坐在了原地。当娘的向丈夫走来。陆扁平的媳妇走过来说："孩子他爹，咱带来地里的那个营生呢？"

陆扁平正在心烦，如果媳妇脸上不晒脱了一层皮，红肿着，他一定会打她一个耳光。他没好气地问："什么营生？"

媳妇被他问乐了，于是笑着说："我说的就是装水的那个扁瓶嘛！"

若在往常，陆扁平肯定会笑，他知道媳妇是要他笑笑。可今天他没笑，没有心情笑，非但不笑，还恼了。陆扁平变了脸色，说："你这是在骂我，你说找装水的那个瓶子不就完了？"

媳妇委屈地说："可瓶子本来就是扁的嘛！"

"你看，你看。"陆扁平说，"你还是骂我，你竟敢骂我是个营生！"

陆扁平越说越气，一拳打在媳妇的脸上，媳妇的嘴角立刻出了血。陆扁平抓住媳妇乱草一样的头发，拳头如鼓点儿般雨点儿般砸在她的背上。孩子们一齐奔过来抱住他的胳膊和腿，爹呀别打了、娘呀别打了地叫，挨打的媳妇却自始至终没吭声。打累了，陆扁平放开手，坐在一边抽口烟，抽着抽着他突然放声大哭。

方才挨打的女人立刻慌了神儿，捧着丈夫的头着急地问："他爹，他爹你怎么了？你怎么了？"

陆扁平一头扎在女人的怀里，说："我没用，我没用，我连刘梅瞻的酒都赊不起。我连自己都养不起，也养不活老婆孩儿。"

一家人就在麦地里哭起来，他们哭了好一阵儿，陆扁平猛地站起，抓起装着水的瓶子说："他娘，咱带着孩子离开这吧！出去找找活路。"

媳妇吃惊地问："离开这？离开南桥咱们去哪？"

"宋王。"陆扁平说，"咱们到宋王去。"他把手里的瓶子狠狠地掼在地上，和硬硬的泥块碰撞，啪嚓一声，瓶子在板结的土地上炸出了千万道阳光。

陆扁平在一个早晨带着他的家小最后一次走进刘梅瞻的酒馆。在刘梅瞻的酒馆里，他遇见了同样身背行囊的王江。

王江和刘梅瞻已喝得烂醉如泥。陆扁平说："王江，你也要走吗？"

刘梅瞻说："王江，你再喝一杯。"

王江说："不能再喝了，再喝就走不了了。"

王江说："扁平，你和梅瞻喝吧！"

陆扁平接过刘梅瞻的酒杯一饮而尽，喝完他问王江："怎么，不带上家吗？"

王江说："等我找到了地方，落下脚就回来接他们。"王江看着炫目的太阳说："谁知道那个叫宋王的地方在哪里呢。"

陆扁平说："我问了，陆茶也说不准，说货郎回来了就知道了，可我等不及了。我相信一定能找到那儿。"

刘梅瞻左手拉住王江，右手拉住陆扁平，哈哈大笑说："你们都到宋王去，你看，你们俩都到宋王去。"笑着笑着，笑声变成了哭声，刘梅瞻老泪纵横地说："这样也好，这样也好，找到那儿捎个信回来。我老了，走不动了，要不我也会去的。"

陆扁平和王江说："梅瞻，这回你不用怕我们赊你的酒，欠你的酒钱了。"

陆扁平和王江说："记住，梅瞻，我们一定会回来还你酒钱。"

16

直到第二年夏天，已经做了母亲的陆茶仍然没有一点儿白衣货郎的消息。走入南桥的那条黄土大道却一天比一天狭窄，一天比一天荒芜，路面上长出了蓬乱的杂草，蓬乱的杂草和灌木总有一天会把这条路径全部淹没的。陆茶想，她不能再等了，她要去找他，他不能这样没良心，孩子也不能没有爹。

这天，陆茶下了最后的决心，她对母亲说："娘，我要去宋王。"

当娘的一点儿也没有惊讶，她知道这一天迟早会来的。她恨自己轻信了那个白脸的货郎，当初她把他留在南桥就好了，或者让他干脆就把陆茶带走。可自己偏偏昏了头，让他回家乡宋王请一顶花轿再到南桥来，她原想让陆家在南桥彻底风光一次。她还留下了他的货郎担子。他只揣走了两扎红线，那是让他缠红丝腰带的。可谁知他会一去不返呢？女儿把孩子都生在家里了，仍没见他的影，连一点儿音信也没有。当娘的哭了，她知道拦不住女儿了。她帮她打点了行装，把孩子缚在她的背上。当娘的说："你走吧，茶，找到了就捎个信回来，免得娘挂念。"

陆茶说："娘，放心吧，我一定能找到宋王，找到货郎一起回来。"

陆茶说："娘，你不用送了，回去吧！我会有信回来的。"

刘梅瞻明显地老了。他的生意日益清淡，他已经很少到卢镇去买酒了，他的酒馆的布幌已经没有一点儿颜色了，且被风霜雨雪撕扯沤烂了，只剩下几缕布条。

陆茶喝了刘梅瞻的酒，刘梅瞻说："陆茶，你相信你一定能找到宋王吗？"

"我会的。"陆茶说。"只要有宋王那个地方，我就一定能找到。"

刘梅瞻说："我已经送走南桥一半的人了，他们都说到宋王去，都说捎信回来。可一个也没见回来，连一点儿消息也没有。"

陆茶手提包袱雨伞，身背白衣货郎的儿子，走上了那条黄土大道。她的足迹很快便被一场雨水淹没了。雨水过后，刘梅瞻看见酒馆的木头桌子上生出了一块块银灰色和红色的苔藓，凳子上长出了一丛一堆的纤弱的白色蘑菇。

陆茶义无反顾地一路行去。在以后的许多天里，一个背着孩子的蓬头垢面的少妇怯生生的询问，还有她背上的孩子的哭声和令人失望的回答，像风一样覆盖了许多个村落集镇。

陆茶坚定而日益疲沓的脚步声，她身上背着的孩子日益嘶哑的哭声，正在一天天接近了白衣货郎的葬身之地。

17

离开南桥的第三天，卢二堂追上了白衣货郎。

当时白衣货郎正在渡过一条大河，卢二堂看见白衣货郎跳上了一条渡船，他想叫喊船家停下来，还跳进水里跑了几步。隔年的芦苇坚硬的刺刺入他的脚掌，浑浊的水里立时犯上姜黄的血丝。渡船正快速地斜着驶向对岸，船家对他喊道："客官，耐心等待，我下趟渡你。"卢二堂看见货郎也冲他摆了摆手，沮丧和愤怒使他咬紧了牙关。

对岸是一个不大却破烂的集镇，一张张的旧苇席围在镇里人家的房前屋后。卢二堂在一家小酒馆里找到了货郎，就像他看见过的那样，货郎坐在一张桌子边，悠闲地品咂着一壶热酒。卢二堂拉低帽子，留着涎水，蹲在酒馆门口，忍着饥饿，一点点地用手指抠挠着脚趾间的泥垢。刚蹲了一会儿，店家就走了出来，大声喝骂。

"要饭的，躲开这儿，别脏了我的门面，耽误生意。"

他竟招呼卢二堂是要饭的。卢二堂的脸一下子红了，刘梅瞻向他要酒钱他也没脸红过，他打量一下自己，然后狼狈地逃开了。他想，所有的南桥人遇到这种境况都会逃开的。这时，他清楚地听见货郎说："掌柜的，再来半壶酒。"

货郎当晚宿进了娼家。勾栏院大红纱灯的灯罩褪了色，已变得粉白，却愈加明亮。卢二堂伸长了脖子，他只看见了阁楼里闪动着猥亵的人影。

"大哥，进来乐一乐呀！"满脸白粉的鸨儿摇摆着一条手帕迎上前来。卢二堂想起了王江媳妇肮脏的奶子，想起了他碰过的南桥女人没有水色的爆皮打皱的屁股。鸨儿胸脯粉白，葱绿色抹胸露出半个饱满的乳房。卢二堂心旌摇荡。

可鸨儿已看穿了他的褡裢，那里面除了一件打了补丁的褂子再无所有。她立刻扭转头，再扭头，"呸！"一口唾沫喷在了卢二堂的脸上。

卢二堂就咽着吐沫逃开了。他躲进二百米外的阴影里，趴在那屈辱地哭了，骇人的哭声吓跑了把他当成死倒儿的两条野狗。

哭过之后，卢二堂瞪圆了充血的双眼。娼家的整幢阁楼都在咯吱咯吱不知羞耻地摇晃着。他知道，白衣货郎正是那声音的制造者，他甚至还听见了和货郎在一起的女人淫荡的呻吟，正是这样一个无耻之徒从他的身边夺走了陆茶。卢二堂感到无地自容。

这天晚上，白衣货郎并不畅快，他在一百多个妓女中选中一个叫桃花的女子，因为她有点儿像陆茶。这个不大的镇子里一个很普通的妓院竟然养着这么多风尘女子，她们挨肩擦背，搔首弄姿，细腰和屁股摇动着无限的风骚。货郎怦然心惊。

货郎急不可耐地扯掉了桃花的小衣，抱着她翻在一张污渍斑斑的大床上。他还没有抚摸她，桃花就像鱼一样扭动，呼吸渐急，而后变成了呻吟。桃花职业化的虚假使货郎大失所望，失了锐气。货郎生气地把她拉起来，他猛地发现她的后背和臀部挨着床的部位变了颜色，不再像方才那样发颤的粉白。货郎看看手上的脂粉，他知道自己被娼家骗了，桃花遍身涂了胭脂，其实是一个锈黄色粗糙皮肤的赝货。"滚出去！"货郎愤怒地指着门口喝道。

方才还在闭着眼睛呻吟的桃花立刻跳下床，冲他冷笑了一声，伸出了手。

白衣不假思索地扔给她两枚铜钱，桃花抱起衣服光着身子走了，走到门口，她回头说："我闻到你身上有难闻的味儿，一股死人的味道。"

18

两天后，白衣货郎死在了那个镇子一百里外的荒郊。

白衣货郎死于卢二堂的谋杀。在一场生死的搏杀中，他被刺中了胸膛。

卢二堂把仍在呻吟的货郎踢进路边的荒草，伏下身子问他："告诉我，宋王在哪？"

货郎挣扎着从怀里掏出两扎染了血的丝线，指指路边一块青石，断断续续地说："把线缠在那块石头上，我告诉你。"

卢二堂照他说的做了，然后蹲回他的身边。这时，他忽然发现货郎笑了，血沫在他笑时涌至嘴角，他吐出了一条滴血的舌头。卢二堂吓坏了，惶恐地站起来。卢二堂抓起货郎的褡裢走了，跑出很远，他还听见货郎在身后喊他："别把我扔在这儿，再给我一刀，我告诉你宋王在哪里。"卢二堂再也不会给他一刀了，他快要疯了。

白衣货郎又在那里躺了两天之后才痛苦地死去。在他能喊出声音的时候，他的身边只跑过五只老鼠和一只野兔，他忍着剧痛，受着虫叮蚊咬，看着天空自由自在的飞鸟。他的头上还飞过三十二只蝴蝶，他从清一色的白蝴蝶的翅膀上嗅到了更加明确的死亡气息。飞过三十三只蝴蝶的时候，他彻底绝望了。

在他死前的那个夜晚，他听见了一个人的脚步声。这个人就是王江。王江在月光下独自大声唱着那首宋王的歌谣，从距他十几米远的地方走了过去。

货郎就在这歌谣声中寂寞地死掉了。他的尸体很快腐烂了，纷乱的异常茁壮的青草把他淹没了。

一年多后的一天中午，他的妻子陆茶和儿子又从他的身边走过。陆茶的脚步声震塌了一堆肥沃的黑土，一只褐色短尾巴的田鼠艰难地顶着塌陷的洞壁钻出来，猝然跑到路上。

老鼠吓了陆茶一跳，她一闪身跌倒了。她身上的孩子放声大哭。陆茶坚强地爬了起来，继续她寻找丈夫的旅程。在她的身后，太阳光灿烂地照着方才塌落的那堆黑土，照在裸露出的一块变黄的腿骨上。

陆茶就这样错过了她的丈夫，错过了白衣货郎。

19

道路的指向越来越纷繁，离开王镇以后，陆茶艰难地走了三天，结果她看到的城墙和三天前看到的一样破败。涂着狗血的贞节牌坊在青石路边排成两行，药店的门前招摇着旧蓝的布幌。她仔细地辨认一番，当那个在枣糕铺吃得满脸通红的染坊掌柜也出现在她的面前时，她终于明白了，她又走回了王镇。

在过去的一年多的时间里，这样的情形已出现了不下五次，冤枉路总也走不尽，道路仿佛成心和她做对，总是把她引向出发的地方。她从背上解下孩子，跌坐在青石路上。

儿子惊醒了，开始放声大哭。陆茶打开干粮袋，里面空空的。她解开衣服，将奶头塞进儿子的小嘴。一股强大的吸力痛得她皱起了眉头。小孩子睁开眼，看见母亲胸前的鲜血呆住了，暂时忘记了哭泣。过了一会儿，他又号啕起来。

陆茶的窘境吸引了吃枣糕的染坊掌柜，他摇晃着臃肿的身体走来，手里拿着一小块糕点。他喘息着蹲下身，叹口气，将手里的食物送到小孩子的嘴边。闻到食物香味，小孩子不顾一切地一口咬上去。

"跟我走吧，"染坊掌柜说，"我家里缺个漂布的，你总得给孩子找口饭吃。"

在一个地方停下来，这在陆茶还是第一次。她跟在东家的身后走进了染布作坊。

染坊一溜排着十几口染缸，空气中弥漫着颜料的气味。一个长相凶恶的女人坐在门口的长凳上，看着三个伙计卖力地搅着染缸。

"你哪儿领回来的？"女人斜睨陆茶，唾了一口。

染房掌柜讪笑一声："总得用人不是？再说……"女人不听他解释，扭身走了。

陆茶被安排在柴房住下，她出来打水洗脸，听见正房里传来女人的哭声。

陆茶被分派到灶下帮厨，厨房里的活儿忙乱却简单，可她仍然要加十二分的小心。因为不知什么时候女主人就会突然出现在厨房门口，不是指责她笨手笨脚，就是指责她浪费了柴草。出入厨房的女主人还不用担心，要命的是染坊掌柜总是借口找火或者其他的什么理由走来厨房搭讪，他前脚出去，他凶悍的妻子随后就到。陆茶忍气吞声，盘算着让儿子将养几日，再继续赶路。

头几天过得还算平静，到了第四天的夜里，掌柜开始在柴房外面咳嗽，故意大声地便溺；第六天夜里，他终于来试着推门了。

第二天下午，陆茶借去河边洗菜的机会，带上儿子匆匆地离开了王镇。

陆茶来到苏河左岸的时候，一个消息追上了她。就在她离开王镇的当天夜里，王记染房被胡匪洗劫，包括在染坊做工的三个伙计，染房上下，无一幸免，尸体被倒竖在染缸里，染房掌柜被染成了绿色，而他刁蛮的妻子则被塞进了红色的染缸。

苏河正是汛期，傍河的村落已经进水了。陆茶找不到渡船，她决定溯河而上。逃难的人群中间不断传来相悖的消息，正向南走着，南方奔来难民，他们听说北方还没有被淹没。人们一起向西，西方的难民又涌了过来。人们又一起向东，人们只能在这三个方向选择，苏河横在正南的方向。

在一个不大的土山上，陆茶放下儿子停下来。洪水眼看着上涨，山下的村落很快被淹没了。混浊的河水卷着人和动物的尸体滚滚而下，坐在柴堆上的人时不时地挥舞着手臂，雨幕中传来一阵阵求救声。和陆茶一起被困的共有二十几人，他们绝望地看见洪水渐渐地把人群逼到最高点。凄风苦雨中哭喊声整夜震耳。

天亮时雨停了，陆茶欣喜地发现，洪水消退了半尺。太阳跳离水面的时候，从下游驶来一艘船，船家招呼着土山上的人群，许诺将他们载到安全的地方去。

陆茶看见船头堆着包袱和褡裢，却没有几个人，她敏感地意识到了危险。土山上的人有一半上了大船。

又被困了两天两夜后，洪水终于消退了。水退之后，陆茶的预感得到了证实，沿河有许多人乘船逃难，结果只有几个人逃生回来。那条大船确是一条贼船，贼人夺下乘船者的财物以后，便将他们扔进水里。

长时间的奔波消磨了容颜，却使陆茶对外界越来越警觉，越来越敏感。她总能凭着本能和直觉避开灾祸。在西山，母子两人藏在一座断了香火的山神庙里躲过了狼群。她背着儿子到达黄城的时候，正值那里刚刚经过了一次瘟疫，为了抗议当地官府侵吞了赈灾的款项，当地的灾民爆发了声势浩大的抢米风潮。靠着分到的半袋糙米，陆茶背着儿子坚持穿越了五十里地的沼泽。走出沼泽，她的形象已经大改，头和手脚浮肿着，遍布蚊虫叮咬和水蛭留下的疮痕，她庆幸的是儿子身上只留下了几十处小红斑。

南桥人曾认定他们是这个世界上最不幸的人，可走出来，陆茶发现许多地方并不比南桥好过。

黄土变成红土，红土又换成黑土。太阳变得越来越苍茫，总像蒙着一层水雾。这一天傍晚时分，陆茶来到一条枯瘦的河边，她用手拨开水面上的落叶和甲虫的尸体，略带苦味的水里映出了一张陌生的面孔：头发蓬乱，皮肤草黄，眼睛被夏天的毒日头灼伤了，红肿而迷乱。由于眼伤，世界已经变得不清亮了，而那个梦里出现了无数次的宋王不断地变换着面孔，仍然遥遥无期。

后来她在河边燃起一堆火，打开口袋，发现讨来的干粮只剩下一小块了。她内疚地看看儿子，火光中，儿子沉沉地睡着，皲裂的手脚不时地抽搐一下，儿子睡得并不踏实。她痴痴地坐着，什么也不想，她太疲惫了。

雾从干涸的河道升起来，火星最后寂灭了。陆茶紧紧地搂着儿子，隔着干草坐在湿热的灰烬上，只有这样才能免受寒凉地气的侵袭。夜风吹打着落尽叶子的树枝，风在枯折的茅草尖上嘶叫，偶尔能听到一两声秋虫的嘶鸣。到半夜，大地将一片霜白。

陆茶向四周望望，忽然间，她发现了一处灯光，就在两里开外的地方。她惊喜地站起来，抱起儿子，跌跌撞撞地向那里奔去。

灯光将陆茶引到了一处茅屋。茅屋的门开着，主人仿佛是特意等候着陆茶母子，见到她们，没有感到一点儿意外。这里住着的是一个中年妇女和三个孩子，大的有十多岁，小的五六岁，他们安静地倚坐在墙角，面目不清，只有眼睛亮亮的，偶尔低声交谈几句。

女主人热情地将陆茶让到炕上，从灶上端来菜粥。"我听说过那首歌谣，"女主人殷勤地对陆茶说道，"不过，我觉得这首歌谣没唱出更多的东西，歌词和戏里的小调儿倒差不多。光凭这几句词就出门远行，太冒险了。"

听陆茶讲完白衣货郎，女主人叹口气，欲言又止。临睡前，她劝道："闺女，我还是要建议你往回走，总有一天你会发现南桥比宋王更重要。"

女主人幽怨地说："爱情是这世上的最毒的一种毒药，也是这世上最后一点儿念想。可怜路边荒草里的一堆白骨，现在仍是一个女人梦中的情人。"

陆茶想问问她这样说是什么意思，主人已吹熄了灯。

夜风掠过屋檐，远处传来野狐的哀叫。陆茶恐惧地起身看看儿子。儿子均匀的呼吸给了她勇气。她想，不管怎样，今晚可以睡在屋子里，不必在风中露宿了。

陆茶宁愿这是一个梦，然而不是。清晨醒来，她的脸上已被拉上了蛛网。眼前的情景更加恐怖，躺在她和儿子身边的是四具风干的尸体，墙角的腐土边枯着纤细的杂草。陆茶抱起儿子跌跌撞撞地跑出屋子。她撞到了门柱，她们身后，茅屋无声地塌落了。

陆茶看见废弃的菜园里破碎陶器的釉彩在石堆旁闪烁着光亮，四周荒草连天。她恍恍惚惚地走回到昨晚停留过的河边，她躺过的灰堆上还印着一大一小两个身形。

天瞬时暗了，陆茶看到远处镇子灯光的时候，天空飘起了雪花，来路和去路一片苍茫。

20

漫长的冬天，大雪几次封住出镇的所有路径。除了出去乞讨，其余的时间陆茶都守候在儿子身边。儿子声音嘶哑，高烧不退，患了严重的肺炎。陆茶寄居的是一户落难人家的祠堂。那户人家一共十口人，死于去年的一场霍乱。祠堂有几年没有修缮了，牌位上粘着鼠屎和燕子粪。墙间的缝隙透风，刺人肌骨。

进了腊月，儿子的肺病奇迹般出现了好转，可又患上了软骨症。为了挣钱给儿子抓药,陆茶在一家妓院找了份洗衣的差事。白天，她搓着一堆一堆的衣服；晚上，妓院挑起了纱灯，她拖着疲惫的身体背着儿子走回祠堂。所幸的是很少有人骚扰她，她每天从妓院的后门出入，走过长长的巷子，巴望着快些离开这里。

积雪开始消融了。几乎没有感到春天，两场大风过后，燠热的夏天便来临了。陆茶每天早出晚归，儿子的双腿渐渐地硬实起来。恐怕医治半途而废，陆茶母子只好在镇子里滞留下来。

闲暇之时，陆茶常常感到迷惘，觉得这世界极不真实。前面的一切都不可靠，过去的时光则像一场梦。有一天她极力地回忆白衣货郎的形象，结果发现货郎就像映在水中的倒影，在水流的波动中，破碎而又模糊，她猝然一惊，泪水顿时涌出了眼眶。

一个秋天的早晨，陆茶又上路了，她的身后跟着她的儿子。在以后的许多天里，一个领着孩子的蓬头垢面的女人怯生生的询问，还有令人失望的回答，像秋天的树叶一样覆盖了许多个村落集镇。秋叶落地，很快便又覆盖了白霜。

21

陆茶日益远去的脚步的回音在南桥变得越来越弱，掉光了头发的寡妇陆无邪整日伏在地上谛听。这一天她整日没有听见一点儿声音，预感到了不祥，她放声大哭。这是在陆茶离开南桥三年又两个月零三天的一个中午。这个中午的太阳依旧很好，南桥田野里的麦苗只要点一把火就会烧着，那些麦苗在连续的干旱中枯死掉了。

母亲的哭声惊动了摆弄货郎担子和拨浪鼓的陆圣。此时陆圣已经长成年轻的后生，脸庞出现了男人的棱角，唇上长出了男人的短髭。陆无邪抓住了儿子的手，她无可奈何地说："圣，去找你姐回来。"

听见母亲的吩咐，陆圣高兴地跳了起来，他兴奋地问娘："我什么时候动身？"

娘说："明天就动身吧,再晚恐怕你姐回来我也见不到了。"

兴奋劲儿一过,陆圣忧心忡忡地说："可我到哪去找我姐姐呢?"

娘说："宋王,她肯定在宋王。即使还走在路上,有一天她一定也会找到那里。"第二天一早,陆圣挑上当年白衣货郎的货箱,箱子里放着的仍是当年货郎的丝线,那些丝线如今已褪了色。陆圣手里摇着拨浪鼓走上了那条黄土大道,陆无邪目送儿子远去的背影,泪流满面。她知道,儿子早就盼着出去了,他对南桥已经厌倦。

轰隆一声,又一座无人居住的房屋倒塌了。干燥的烟尘四起,老鼠尖叫着窜进屋后的草丛。陆无邪看见王江最小的儿子在给母亲送葬,他的一个哥哥在去年夏天的瘟疫中死掉了,另一个在一群土匪来过后也失踪了。王江的小儿子扛着一卷破芦席从陆家门前走过,他的表情麻木,皱着眉头。

陆无邪想起了旧日的情景,南桥的男人们还曾为王江娶到一个大奶子的女人而艳羡不已。那时的男人们身体健壮,精力充沛。田野里一片葱绿,麦浪起伏。一条大河环绕着南桥,河里盛产鱼虾,还有蛤蜊和蝲蛄。总有外地的敞篷商船扬着白帆顺流而下,那些精明的商人载来了火石、布匹和盐,还载来了背着花鼓和锣镲的戏班,他们就在渡口那表演杂耍,或咿咿呀呀地哼唱。戏班清一色都是男人,戏子的脸上涂抹得花花绿绿,因为胭脂过敏,卸妆后可以看见满脸的粉刺疙瘩。但在戏台上,他们的扮相极佳,在台下甚至看不见他们突出的喉结。唱戏的日子里,起初男人们只顾品咂玩味,沉浸戏中,后来他们便变得小气嫉妒起来。因为他们发现，南桥的女人们被那些戏子迷住了，一个个打扮得十分妖媚。很快就真有风流韵事了，谁谁家的媳妇和戏子在河边欢会，谁谁家的女儿在戏班走后便失踪了，被可恶的戏子拐走了。逢雨天，河水平潮，南桥湿润的绿柳招摇着，就像那时南桥水灵灵的女人。

那时，人们还有心情编排邻里，好事而饶舌的男人们给所有的南桥人都编了顺口溜，闲暇的日子里，引起女人一串串笑声。他们说：

李育桓磨磨叨叨，
南桥子槐树好大荫凉。
李育贤走路好像大姑娘，
张七喂的马好似刀螂，
刘梅瞻住娘家不用商量，
陆扁平的被好像渔网，
王江家的妈妈半斤一两，
……

就在十年前，南桥的一切都变了。大河忽然间瘦了，河水继而枯竭，遍布河道的卵石灼人眼目。人事也艰难起来，瘟疫、胡匪、官差……南桥人闻之丧胆变色。陆无邪还想起了几年前她和王江媳妇吵架的往事，而比她小许多的王江媳妇现在被芦席卷着，由她的小儿子扛着送进了麦地，埋葬在那当年被砍倒的枣树旁边。

在刘梅瞻的酒馆里，陆圣和刘梅瞻喝了酒馆里的最后一壶酒。

刘梅瞻衰老了，脸上的霉斑变成了黑色，牙掉净了，说话漏风，含混不清。

刘梅瞻说："孩子，你相信你能找到那个叫宋王的地方吗？也许这个宋王根本就没有，我们被那个白衣货郎给骗了。"

"有，"陆圣坚定地说，"我一定会找到那个地方的，那个叫宋王的地方。"

刘梅瞻摇头苦笑，他说："你是我送出南桥的最后一个，我听不见你捎回的信了。"

陆圣说："放心吧，我很快就会捎信回来。"

刘梅瞻看了看他的酒馆，挑在外面的酒旗看不见一缕布丝了，只剩下一段腐烂的空心竹在风中荡来荡去。刘梅瞻喝完剩下的半杯酒，陆圣的身影已经消失在那条黄土大道的远处了。

陆无邪走进了酒店，刘梅瞻冲她笑笑，说："我的酒馆完了。"

陆无邪双眼红肿，她握住刘梅瞻的手，两个老人目光荒凉地对视，他们再也找不回当年的激情了。他们的手握住对方，想从对方那里找到自己存在的证据和影子。

第二天早晨，南桥下了一场稀罕的露水，就在凉爽的露水里，刘梅瞻死掉了。微风中，悬在外面的竹筒的哨响变成呜咽。后来腐烂的麻绳断了，竹筒无声地落下，砸起一层黄色的浮土。

22

离开南桥三年之后，王江拖着疲惫的身子在某一天中午走回了他和陆扁平一家分手的地方。他得了严重的肺病，已经开始咳血，那个叫作宋王的地方在他的想象中已一片模糊。相反，家乡南桥却日益清晰起来，甚至南桥炽热的太阳也要比现在当头的这轮凉爽得多。肺病使他满面通红，体温不断上升，直至烧坏了他的神经。印象中，他一直在寻找南桥，宋王就是南桥，南桥就是宋王。为了回到南桥去，他给大户人家打短工，舍了脸皮讨饭，去结婚的人家混吃食，替不孝的人家守灵，他干过许多下贱的活计，忍受着病痛，一步一步艰难地走向南桥。

就在他快要绝望的时候，在一个镇子上，他忽然听说了宋王。他惊喜万分，但他很快就沮丧起来，他被清楚地告知，那个叫宋王的去处竟是一个叫卢二堂的人在镇上开的一家妓院。镇里还有一家赌场，也叫宋王，赌场的老板还是卢二堂。

王江怎么也不肯相信两处宋王的主人卢二堂和他家乡南桥的无赖是一个人，但他还是去了宋王妓院。

宋王妓院是两排沿着街河的房子。河水从房子的石基底下流过，河里漂着杂物。镇上人家往河里倾倒秽物严重污染了河水，木制拖鞋、扫把、女人的脚布条还有死猫烂狗都在河水里沉沉浮浮。和其他地方的妓院不同，宋王的门口没有拉皮条的鸨儿和提着茶壶的使役，那门口只是两个大大的纱灯，一个写着"宋"字，一个写着"王"字。

妓院的纱窗半掩，姑娘们就裸着身子坐在窄小的阁子间里。行人走过窗下，可以看见她们裸着的肩膀。如果行人站着不动，那个姑娘就会站起来冲下面勾人地一笑。有了客人的房间纱窗是全掩的，里面有时传出清越的笛声、呜咽的箫声、悦耳的歌声，当然也有粗重的喘息和含糊的呻吟。

这一切对王江构不成一点儿诱惑，他没有那个力量了。王江关心的是卢二堂，他知道宋王的主人的名字后，虽然不敢相信，但他觉得就是南桥的那个卢二堂。

王江没有见到卢二堂，他被挡在了宋王妓院的外面。管事的人任他怎样哀求也不肯替他通报，还差点儿把他推进河里。后来王江把身上仅有的几枚铜钱送给那个山羊胡子的管事的人，他才满脸不高兴地走进去了。

王江坐在桥头上，全身没有一点儿力量，一场伤寒差点儿使他身死异乡，而无赖卢二堂却拥有这样的家业了。有一会儿，王江隐约地想起了妻儿，但很快他就不去想了，记忆显得极不真实，就像他无法预知明天早晨醒来的情景。妓院的管事人终于出来了。他冷冷地说："我家掌柜的说了，他不认识你。"

王江不可置信地说："怎么会呢？你没说我是南桥人吗？"

"说了。"管事人不屑地说，"我说了你是南桥人，我家掌柜说，他根本没到过南桥。"

这个忘恩负义的家伙把南桥忘了，把他的爹妈都忘了，南桥最容不得不孝的人，王江的气陡然壮起来。他吐了一口血，冷笑着走开了。

王江走出二百米远，那个管事人追了上来。王江站住，管事人把一串铜钱扔在他的脚下，说："我家掌柜的说给你点儿钱做回乡的盘缠。"

王江看也没看脚下的钱，走了。

当晚，王江离开了这个小镇。三天后，他听说了一个惊人的消息。就在那天晚上，宋王遭到了洗劫，卢二堂被杀死在一个妓女的床上。劫匪还留下了一纸文书，公开声称这是一次仇杀。卢二堂两年前劫过一家钱庄。卢二堂成了南桥历史上最大的劫匪。

据说劫匪剜了卢二堂的心，就在妓院做了一碗醒酒汤，又把他的眼珠儿抠出来吃了。劫匪把宋王的银器钱财劫掠一空，然后走掉了。当晚，镇子上发生了械斗，镇子里的许多男人都冲上了妓院的阁楼，就在姑娘们的床前公然争风吃醋。早晨，被折腾得已筋疲力尽的姑娘们被噼噼啪啪的火声惊醒了，她们来不及穿衣服，就光着身子跳进楼下的河里。

卢二堂的宋王一天之内被烧成了白地。悬着的两盏纱灯也掉进河里，在臭气熏天的河水中，同肮脏的杂物一起漂走了。

23

白露过后，落叶开始飘零。肃杀的秋雨使人们对晴天的企盼变得绵绵无期。一天下午，王江使出最后一点儿力气，爬上了一处寺庙的山门。这是一座破败的寺庙，红漆围墙一块块脱落了，山门两边的泥塑金刚也已坏损，左边的金刚还露出了填在肚子里的乱草，乱草里死着一堆屎壳郎、七星瓢虫和蜥蜴。

寺庙好像有很长时间香火稀少，石阶上长出了杂草。

好半天没有听见声音，王江绝望地用头撞开庙门，爬了进去。寺院里面同样破败。院子左侧的藏经楼坍塌了，一排僧房歪斜着。这是一座很大的寺院，正因为大，才显得更加衰败。东西两个配殿不时地有麻雀飞进飞出。王江没看见的佛龛里已经住进了老鼠。

走近寺院水井旁边的柴房，王江听见了咳嗽声，他喑哑的叫声到底有了回应。柴房里走出了两个僧人。前面的一个矮瘦，有五十岁上下的年纪；后面的高瘦，是一个塌了两腮的老僧。两个人的僧衣都打着补丁。见到王江，他们同时合掌摇头。

他们把王江扶进屋子，王江闻到了一股久违的香气，香气是从地当中的那口大锅里飘出的，锅里煮着两碗薄粥。王江扑到那里，摁住锅盖号啕大哭。

两个僧人怜悯地看着他，等他平静下来，矮瘦的僧人失声问道："施主从哪里来？"

王江答："南桥。"

"施主要往哪里去？"

王江又答："南桥。"他忽然觉得眼前的僧人十分面熟，没等他发问，那僧人已经闭上了眼睛，开始默默地诵经了。窗外的雨竟然停了。

又一场寒霜过后，王江望着清晨的冷雾中苦榆树上的树叶已经落尽了，他知道自己的生命就要完结了。流了一会儿泪，他沉沉地睡去了，他以为自己再也醒不来了。

但他醒了，发现自己躺在寺院后面的山坡上，而那个矮瘦的僧人觉世正在挖一个土穴。

王江说不出话，他向前伸出一只手，示意觉世停下来，他的手触到了一块石碑，王江猛一抬头，石碑上赫然写着的是"宋王"二字。他像被雷击中一样愣住了，他立刻想到僧人觉世就是陆扁平。王江还看到石碑的前面排着四个土堆。

王江绝望地喊："我不去宋王，我不去宋王，扁平，我要回南桥，我要回南桥啊！"

没有人听到他的声音，他的声音只是喉咙里的呼噜声。王江就在自己的喊声中死掉了。

僧人觉世把王江葬在石碑的前面。他平静地看着眼前的五个黄土丘，其中的四个下面埋着的是他的妻儿。三年前的那个冬天，他们在一条河边因受冻挨饿而死。他就这样坐着，没有感到悲伤，没有感到希望，没有感到寒冷。一轮凉月升上天空。绝望的虫豸的哀叫消失了。月亮清冷的银辉洒在大地上。直到寒月西斜，觉世仍然坐在那块石碑旁边。那块石碑上刻着两个字：宋王。

24

离开家乡南桥的第六个年头，陆茶和她的儿子终于来到了一个叫宋王的地方。

这是一个初春的午后，河边的柳树笼着一簇绿烟，河堤阴面仍有未融的残雪，蟾蜍、青蛙的穴洞蒸腾着氤氲的潮气。草色遥看近却无，而穷人家的孩子就踩着湿乎乎的泥土在田野里寻觅野菜。

陆茶的头发半白，脸上的红润早已消失了，艰苦的旅程改变了她的容颜。她变得又老又丑，但她的一颗心仍然是年轻而坚定的。走在她身边的是她六岁的儿子小茶。漂泊的生活使他的生存能力像一头小兽，他瘦嶙嶙的，目光却很清亮。

在宋王的村头，陆茶遇到了一位老人。老人坐在一块石头上，佝偻着身子，他的身旁卧着一头老牛。陆茶走过来，老人仍迷茫地望着前面的大路。陆茶看了老人一眼，忽然她呆住了。老人的面庞竟和白衣货郎极其相像，天哪，如果不是年龄，她几乎就要认定她已经找到丈夫了。她挽着儿子走上前去，老人的脸仍然朝着迎面的大路。陆茶看清了，老人的双眼蒙着发灰的白翳，眼窝儿向里陷去。

"姑娘，你从哪来啊？"老人的声音沙哑，好像来自遥远的天际。

陆茶惊讶地站住了。

老人又说："我眼睛虽说看不见，可我听得出你是个姑娘。"

陆茶问道："老人家，这个地方真的叫宋王吗？"

"没错，是叫宋王。"

陆茶心跳得喘不匀气，胸里一阵刺痛，她几乎站不住了。漫长而艰难的旅程之后，她不敢相信她要找的宋王会突然出现，难道这就是她要找的宋王吗？她脱口问道："城南的那条蟠龙壕呢？"

"你说蟠龙壕啊，"老人指指向左弯去的一条干涸的废弃的壕沟，说："那就是蟠龙壕。"

陆茶双腿发软，慌慌地说："这里有一连三座九孔桥吗？"

老人哑然地笑了，他的脸仰望天空。"燕子快来了，"老人说，"一年又过去了。一青一黄，一黄一青。再这么几次就完了，人就像树叶一样，人就像野草一样。对了，那弃壕上面不是有一排三条独木桥吗？木头都烂了，人老了也那样，糟了，一碰直掉渣，好长时间没人在上面走了。"

陆茶绝望地说："这么说大胡同七十二条、小胡同多如牛毛也是假的了？"

老人笑得极其狡黠："这可不是假的，你向村子看看，大胡同，其实是有两条嘛！"他又拍拍趴着的老牛，那是一条老得不能再老的牛，身子上的毛都快要掉光了，长着一块块的黑色癣斑。"你看这头牛的身上还有多少毛？"说完，老人忽然奇怪地转过头，没等他问出口。陆茶喷出一口鲜血，猝然倒了下去，她昏厥了。

待她醒来，陆茶知道自己的生命随着意志的摧毁就要完结了，但她还要挣扎，她还抱有最后一线希望，她说出了那个她要寻找的人的名字。她问："老人家，这里有一个穿白衣的货郎吗？"

老人顿时涌出两行浊泪，嘴唇颤抖，阳光下，他的全身都在抖。陆茶又问："老人家，这里有过一个穿白衣的货郎？卖绣花线的白衣货郎？"

面对这个垂死的人，老人坚定地说："没有，没听说过这个人。"

陆茶的脸松弛了，双颊又有了已消失很久的几朵嫣红。

老人说："我在这住了一辈子，根本就没听说过这个人。白衣货郎也许在别的地方。肯定还有一个宋王。"

陆茶的脸色豁然开朗，可她再也没有力量站起来了。她拉过儿子的手，说："你听见了吗？还有一个叫宋王的地方，我们要找的不是这个宋王，是另一个。"

陆茶说："你一定要找到那个宋王，儿子，你一定要找到你爹货郎说的那个宋王。"

25

春天，南桥的那棵老槐树枯死了。时光如水般流过，当年的那条黄土大道已变成一条时隐时现的草径。南桥许多人家空寂的院子里、屋地上、窗台上都长出了纷乱的水篷棵，水篷棵带刺的硬秆垂下无数的粉红花穗。老鼠和狐狸出没其间，它们锋利的牙齿和脚爪剥落了破碎陶罐的釉漆，太阳照到中天，就反射出幽幽的凄凉的光泽。

一群飞过废墟的大雁落在枯槐附近小憩。头雁忽然警觉，在它们不远处的那个枯树桩竟然是一个活物，它嘎嘎地叫着冲天而起，立刻平地响起扑棱棱的声音，雁群惊惶纷乱地向天空飞去。一只弱小的雁尾巴被什么抓住了，它用力挣脱，也飞走了。

陆无邪扔掉手心里的几根肮脏的羽毛，遗憾地看着那些味道鲜美的大雁飞走了。老人瘪着嘴角无声地抽泣起来，她一连三天没有抓到任何猎物了。她每天蹲在这里，睡眼惺忪，像一只老掉了牙的狐狸等待着刚出生的小松鸡那样等待着野物。

陆无邪的头发和牙齿差不多掉光了。她老得自己都能闻到身上的霉味了。如果不是坚信女儿会捎回消息，她也许早就死掉了。她每天都把近乎绝望的目光铺到荒芜的道路上。

陆无邪终于等来了儿子陆圣的消息，陆圣在春天的一个傍晚，被装在一个少女的搪瓷缸子里回到了南桥。

26

那个摇着拨浪鼓的异乡少女由于长途跋涉，面目已惨不忍睹。在路上，她患过老鼠疮，她的全身正在溃烂，周身弥漫着烂草的气息。她的一只手烂掉了，手腕处滴滴答答地流着红色、黄色、白色的脓和血。

少女在南桥的枯槐下面昏睡了一天一夜，她醒来，就看见了老得要死了的陆无邪。陆无邪一下一下地摇晃着手里的拨浪鼓，目光痴迷地流着口水。

少女第一句话就说："把鼓还给我。"

陆无邪问："姑娘，你这个鼓从哪得来的？你认识拿这个鼓的货郎吗？"

"他是我丈夫。"少女说，"他叫陆圣，是我的男人。"

少女晶莹的泪光折射出青年陆圣肩担货箱的英俊模样。他摇着鼓，极富节奏感地在一个炎热的夏日中午走进少女的家乡。一个月光如水的晚上，她成了他的妻子，并跟上他开始了漫长的流浪。不久，陆圣死于一场流行的霍乱，她把他放在柴堆上烧掉了，她捡回了几块黢黑的骨殖，放在陆圣活着时用来吃饭的搪瓷缸子里。

骨殖相互碰撞，伴随少女度过了一个又一个日子，走过一个又一个村落集镇，她发誓要把丈夫送到宋王。每当她深感绝望之时，丈夫经常叨念的那首宋王歌谣总能鼓起她求生的渴望。沿途的许多人都听见了那个惨不忍睹的少女吟诵着一首歌谣从他们身边走过。

上有天堂
下有宋王
数了天堂
再数就是宋王
城南有座蟠龙壕
一连三座九孔桥
大胡同七十二条
小胡同多如牛毛

有一次，她竟在她从没到过的地方听见了丈夫陆圣挂在嘴边的这首歌谣，她悲喜交加，下了决心把腐烂得脓血模糊的手砍掉了。

陆圣没有找到宋王，却奇迹般地回到了南桥。他的妻子把他带回南桥后自己的生命也耗尽了。太阳凉下来的时候，她睁着眼睛死在陆无邪的怀里。

陆圣的妻子临死时说："陆圣，对不起，我没有找到宋王，你放心，我还会继续找。"

陆无邪埋葬了儿子和儿媳，她在坟前坐了一天。有一会儿，她的心狂跳起来，像有两只鼓槌交替着砸她的心脏，那声音极其熟悉，是她女儿陆茶的。那声音越来越大，越来越响．就像天边滚过的一连串一连串的旱雷，震耳欲聋。她的心中凉喜不已。她知道她的女儿陆茶此刻正在返回南桥的路上。她很快就要有陆茶的消息了。

27

三天之后，一个小小的身影出现在南桥弯曲的草径上，陆茶的儿子在一个阳光灿烂得毫无遮拦的中午走进了南桥。显然，母亲陆茶的讲述起了作用，南桥对于这个孩子并不陌生，他毫不费力就找到了刘梅瞻酒馆的废址。这个孩子扒出了多年前挑着酒旗的空竹筒，坐在那棵枯树下面细心地用一把小刀掏孔，在干硬的竹节上挖孔，他要做一只笛子。在他走向南桥的无数个日子里，他一直期盼能有一支笛子，他要用亲手做的笛子吹出母亲陆茶教给他的宋王歌谣的旋律。那声音一定非常凄婉，非常美妙动听。

陆无邪一眼就认出了这个孩子是陆茶的儿子，在他的身上除对流浪的适应，一点儿也找不到白衣货郎的痕迹，他更像陆茶。

陆无邪说："孩子，我是你姥姥。"

陆茶的儿子说："我知道你是姥姥，妈妈告诉我说你会等我，可你现在先别理我，你没看见我正干着活吗？"孩子的异乡口音飘荡在南桥干燥的空气中，使陆无邪感到极度的陌生和凄凉。夏天已经到来，太阳又开始向南桥的田野喷吐火焰了。

孩子的脑门和鼻凹满是汗水，他用手背抹一下，便继续干活。他干得有板有眼，专心致志，后来小刀嘎巴一下折断了。太阳已经落山了，一弯凉月正从西边的坟茔里升起，南桥凉爽的夜晚遍布露水、月光和虫豸。

他扭头看看，那个可怜的老太太闭着眼睛歪在一块石头上。他站起身，老人也一下子站了起来，原来她并没有睡去。

陆茶的儿子说："我干完了。"他举着那只灰黄的旧竹管对着月亮看看，他十分激动，脸都兴奋得发红了。他随手抓到一只大个的绿色蜻蜓，扯下来透明的翅膀，用唾液沾在一个洞孔上。

陆茶的儿子说："现在干完了，你可以问我话了。"

老人什么也没有问他。她默然地流着泪，冰凉的泪水打在孩子仰着的脸上。孩子疑惑地说："你真的什么也不想问？"

老人回答说："以后再讲给姥姥听吧。"她爱怜地抚摸孩子的头颈，粗糙的手指和孩子的皮肤摩擦出裂帛一样的声音。

"那好，那就以后再讲。"孩子依偎在老人的腿边，老人在白凉的月夜下看着荧荧的天空微微发抖。

这时，老人听见孩子问她："我们什么时候动身？"

老人猛然一惊，惊问道："动什么身？我们还要去哪儿？"

"宋王，我们到宋王去。"孩子以不容置疑的口气说，"我们到宋王去。"

陆茶的儿子对老人说："你不信我能找到那个地方吗？"孩子的口音和当年的陆茶一模一样，他的双眼透着天真而又坚定的光芒，他的身体前倾，握着一管竹笛，做好了随时都可以动身的准备。

见老人没有应声，他责备地说："难道我们不去宋王了吗？我们就这样决定不去了吗？"

孩子的声音像泉水汩汩地注进老人干涸的心田，她似乎重又感到了自己年轻时心脏那有力的跳动。

老人说："谁说我们不去了？我们一定能找到那个宋王。"

28

他们在一个凉爽的清晨告别了南桥。一老一少走上了绵延无尽的通往宋王的道路。后来太阳跃上中天，阳光变得炽烈，他们知道，一个酷热的夏季又开始了。

在这个酷热夏季的又一天早晨，他们从树荫下起来。孩子突然看见脚边有一块拴着丝线的石头，他惊叫起来："姥姥，姥姥，你快来看！"

那是一块碗口大小的青色石头，石头蜂窝般的凹孔里长着一丛丛嫩草和绿藻，石头周围缭绕着灰白的雾气，有两扎丝线拦腰将石头捆住了，石头上留下了深深的勒痕，那些痕迹是一圈暗红色的苔藓。老人用手捏了一下没有颜色的丝线。丝线就变成一撮灰尘塌落了。有少部分灰尘向空中飘去。

孩子把石头扔给了老人，他就坐在旁边的一小堆黑土上吹起了笛子。笛声喑哑凄凉，他吹的正是那首宋王歌谣。

　　上有天堂

　　下有宋王

　　数了天堂

　　再数就是宋王

　　城南有座蟠龙壕

　　一连三座九孔桥

　　大胡同七十二条

　　小胡同多如牛毛

后来他吹累了，停了下来，老人看见孩子的小脸上满是泪水，孩子看见老人的脸上泪水满面。

他们就坐在那里，苍凉的月亮渐渐淡去，红红的太阳正在冉冉升起。在他们的身后，那条黄土大道上杂草丛生，在他们的前方，也许正是那条把他们领去宋王的路径。

沈记药铺

就像一枚衣服扣子，缀在这条黄土官道上的是一个破烂的镇子。这镇子漫着黄天，坦着黄土，连坍塌的老城墙的城墙根底下长出的草都不是绿的，白不白，红不红，一眼的老黄。慢吞吞温暾暾的护城河说不定什么时候在什么地方就咕嘟翻上来一张黄脸，飘飘荡荡，沉沉浮浮，阳光下暴晒了两天，那具黄尸鼓胀的肚子爆了，哄地飞起一团血蝇，一河的腥臭，吓得许多条黄黄的瘦狗一蹿老远，好半天才敢回头冲着发黄发黏的河水破声地吠叫。

兵荒了，粮荒了，什么什么都荒了，人的脸也总是黄黄的。胡匪就有了，杀人越货。这一带的大胡匪姓黄，叫黄天。

沈记药铺的小伙计银两每天都能看见黄天，那是一张告示上的黄天的画像，如瓦的脸，光头，短髭，细眉，阔嘴，脸上密密麻麻的黑点是雀斑。

银两总能听见路过那截断墙的人念出另外两个特征来：脸黄如蜡，常着黄衣。画像的左下角画了一个银圆，标着赏注。

那截老城墙被一棵老柳树荫着，终年难见阳光，墙上总是湿漉漉的，生长着暗黄色的苍苔，白白的告示一贴上就已发黑，下一场雨，全是一片模糊了。晴天常有风，吹吹，告示就悠悠地被扯着飞去，扯碎后，枯叶般。这时，镇上治安队的塌鼻老常就会走来再贴一张。

沈记药铺就坐落在那截老城墙下面的买卖街上。买卖街原有的杨记米店、冯记布店、宏泰钱庄、信来当铺，甚至连岳阳饭庄都已经衰败了。买卖街往日的兴盛已成梦境，只有从那些破败倾颓的门坊和晦暗残缺的牌匾上还能寻到一点儿旧迹。曾有一个外地客商，站在旧日繁华热闹的买卖街上，看着黄尘蒙盖萧条冷清的街道仰天长叹："世道如此，天道也如此吗？"那客商被县城的官军劫去了货物，已一贫如洗。他两手捧起一把黄土抹在汗水模糊的脸上，就此做了强盗。据说那个人就是黄天。买卖街剩下的还有一家铁匠铺，铁匠铺能打造一种好匕首，钢口淬火恰到火候，吹毛可断。沈记药铺在买卖街的最东头，两丈长的门脸，中间的门楣上方嵌着一块黑漆牌匾，烫金的"沈记药铺"四个字蒙着厚厚的一层尘土。

午后下了一场小雨，雨停后，天空仍然晦暗，本就行人寥寥的街头更加寂然。沈记药铺的掌柜沈先生神色凄凄地看着街上的景致，一个臁疮腿的乞丐单薄得像一张纸片，东寻西觅地在泥泞的街道上踽踽独行。一个灰布长袍的中年人神色匆匆地走向城外。拉黄包车的车夫拖着空车吃力地走着，浊泥在车辐条之间缠滚着，他终于停下来，无望地向街的尽头望了望，然后低下头找了一根木棍慢慢地去刮塞住车轮的黄泥。

一阵风吹来，贴在老城墙上的那张告示飞起来了。乞丐两手朝天举着向那张纸追去。一个灰突突的妇女拉着一个梳羊角辫的女孩，女孩的手向跑着的乞丐一够一够地比画着。她的母亲没有在意，用力拽那女孩。女孩一个趔趄，险些跌倒，委屈地扭捏了两下，无聊地跟在母亲的后面往前走了。沈先生叹了口气，他不再啜茶，只是闻着药铺里散发出的各种草药混合的气息。他经营了这么多年的生药，并且挂诊行医，在这个潮湿凄恻的下午，他第一次对这间铺面产生了厌倦。这时，沈先生听见药铺的后房传来孩子的哭声，太太杨云不耐烦地喊叫药铺的小伙计银两。"银两，银两，你聋了吗？快把孩子的屎撮出去。银两，你让狗吃了吗？"

"来了，来了。"银两扔下手里的竹扒，两手拍拍草药的碎末慌忙应着。他正在乌木柜台上扒着发霉的草药，他的双颊消瘦，额骨高耸，显得眼大而且无神。他穿着一件破旧的青布衫，衣衫长及膝部，那衣服是他父亲基祥扔掉的，基祥是沈记药铺的账房。

沈先生拿起一本线装医书看了两行，眼睛就发花酸痛，他忽然间伤感起来，看着长出褐斑的枯手黯然不已。他想，他已经五十四岁了，还能活多久呢？他的确老了，烟色绸袍包着的身子弓了，脸上皱巴巴的，突出的下颌上稀稀落落的胡须半白着。

他娶进杨云刚刚两年，去年杨云生了孩子。两年前他还面色红润，身材高大。每当他从街上走过，许多人都跟他打招呼，请他喝茶，和他谈买卖上的事。米店的杨掌柜看见他，十次有八次要拉他进店里去下盘围棋。

杨掌柜的围棋盘是楠木的，一米见方，棋子是从苏州买回的玻璃材质的。杨掌柜的一双红眼盯在棋盘上一动不动，偶有妙手，身体摇起来；局势吃紧，黑了长脸，凝眉瞪目。这时有顾客上门他也全然不顾，就喊出他的女儿杨云照看生意。

杨云穿着水红色的旗袍，忙完娇嗔地走过来，拽着杨掌柜的胳膊撒娇。杨掌柜推开棋盘，笑道："我这闺女二十岁喽，快老到家里喽，沈先生有中意的人家给说合说合。"

沈先生笑了，面色红润，温厚的手掌拍拍棋盘，抓起一把黑白棋子，哗啦啦撒开来，杨云就说："沈先生很少相哎。"

杨掌柜不满地看女儿一眼，教训说："沈先生是你的长辈，怎么可以这样说话？"

沈先生温和地笑，连忙说："不碍，不碍。"摸摸脸，问："我真的还不老吗？"

"还是你开药铺的先生护体有术啊！"杨掌柜也大笑，再低低地说几句下流话，两个人拍掌大笑。

杨云好奇地看着他们，杨掌柜忙挥手说："这里没你的事了，回你娘那去。"杨云脚跺一跺，转身去了。

沈先生看着她水蛇样的腰肢在旗袍里晃动，好一阵发呆。杨云临出门，回头冲他做一鬼脸，沈先生就一整天地魂不守舍。第二天又走去米店，有时下棋，有时闲谈几句，出诊回来得晚，也要去米店门前走上两趟。回到铺子里却又嘲笑自己动了年轻人的心思，喝两口米酒，摇摇头，好一阵笑。

两年前那次过兵，兵们抢了杨记米店，杨掌柜和老板娘双双吊死在被洗劫一空的米店里，他们的女儿杨云坐在米店的泥地上号啕大哭。沈先生出钱安葬了杨氏夫妇，那么殷实的一户人家就这样完了。

两年前的情景恍若隔世，两年来的日子愈加艰难，沈先生没有想到他自己竟也如此迅速地衰老了。

银两用铁锹撮着草灰浸过的新屎和揩屎的黄草纸，从后房一笤一笤地走出来。沈先生习惯性地看了一眼粪便，色烟凝潴。银两听见沈先生自语说："虚火上升。"他皱了皱眉没有停步，头一边偏着走到街上去，远远地使劲，粪便被抛将出去，一条瘦狗跟跄着奔来，贪婪地啜着去了。

铁匠铺叮叮当当，铁锤砸在铁砧上的声音单调刺耳。秋天的柳树叶子在风中唰啦响，有些飘落了，烂泥里粘着，树干黑湿。

塌鼻老常来了，沈先生的精神振作了一点儿。塌鼻老常腰里插着一卷纸，不用说，又是一张黄天的画影图形。

老常说："七十块了。"

"七十了？"沈先生看见老常的塌鼻子拖着两条脏脏的鼻涕，干涩的一张黄脸，就知道他的肝病严重了。老常在镇上的治安队里烧水，他全部的薪水都换了烧酒。

"老常，你还是少喝酒的好！"沈先生说。

"少喝？"老常说，"发昏当不了死，死了就喂狗吧！只是酒不如以前的好了，黄坡集的烧锅又被抢了，是一帮从南边过来的灾民。那边的水灾和蝗灾厉害得很呦！这年月，把人都逼疯了，抢烧锅的那帮人被打死了一个，烧锅的东家腿被打折了。那个黑心的家伙，看他还能往酒里兑水吗？"

老常又说："沈先生，这年月最好过的就是你们医生了。对了，还有铁匠铺，能打造杀人的家什。"

沈先生无奈地摇摇头，向后伸伸手，小伙计银两就递过水烟袋来。他吞了两口，递给老常。老常摆摆手，指指肋下，沈先生就收回来，说："你这病还是要治的，明天来铺子里抓服药吧！"

老常说："抓药的钱还是留着喝酒吧！"又说："都像我这样，你这药铺怕是要关了。"

"这也没多少主顾了，人们好像都不怕死了。"沈先生问老常，"你刚才说是七十块了吗？前天那张不还是五十块大洋吗？"

老常说："明天也许就一百块了，这黄天做得越发大了，听说又动了什么大人物的家。"

顿一顿，老常说："我来时路过得月楼，看见你们家基祥了，他正和徐家新雇的伙计搭讪。他走两天了吧？这回你又有些进项了。"

"哪里来的进项啊！"沈先生说，"城里也不太平了，连妓院都给砸了三家，欠我出诊费的人都找不见踪影了，哪来的进项啊？这年月，活人难哪！"

银两趴在柜台上，向外面痴痴地望。几只麻雀缩成一小团一小团，柳枝随风飘来荡去，那截老城墙上的衰草瑟瑟地抖。塌鼻老常耐心地往城墙上刷着糨糊，耐心地往上面贴一张告示。

两个小乞丐跑来，拎起老常装糨糊的破铅桶，飞也似的跑去了。老常喊着："把桶给我拿回来，把桶还给我。"

老常好像根本就没有鼻子，银两看着他的狼狈相，扑哧乐了。他的笑声伴随着夹墙里两声老鼠的厮打，在药铺里奇怪地震颤一下，吓了沈先生一跳。沈先生怜惜地看看这个十二三岁的孩子，他站起，向后屋走去。

掀后门的门帘时，沈先生回过头，对银两说："你爹基祥快回来了。"银两仍看着街上，两个小乞丐抢着喝干了桶底的糨糊，用手在桶底使劲地刮，然后使劲地舔。老常向他们走去，他们跑了两步，停下，老常又追，他们又跑，边跑边笑着气老常。老常再追，追得急些，两个孩子扔下桶，四只小脚使劲地踏上小桶，小桶被踏扁了，老常拾起很惋惜地看，银两又扑哧乐了。

这时，银两的视线被一个人挡住了，抬头，是基祥走进了药铺。

从夏天开始，沈记药铺里就荡起一股霉气，室内的地板总是潮湿起来，并且一块块地被老鼠啃噬得塌陷了。沈太太杨云一遍一遍地在房间各处抛撒生石灰粉，还是不能使环境有所改变，那股霉气似乎和这座老宅的所有器物融为一体了。她怀疑自己的身体也沾染了这种霉气。

沈太太不再抛撒石灰粉，转而坐进红榆木的浴盆，一遍一遍地清洗自己的身体。泡在浴盆里，她常常看着自己微凸的腹部发呆，把水一下一下撩上去，看着水珠从皮肤上流下去。她的身材丰润，即使怀孕也没有表现出一般孕妇的那种臃肿。她仰在浴盆里，懒懒地想着过去和未来的岁月。

有一天，她再一次把热水倒进红榆木浴盆，看见浴盆的底被老鼠嗑出了一个大大的破洞，热水汩汩地漫流开去。沈太太呆立片刻，泪水夺眶而出。她哭出声来，吓得前面开药方的沈先生忙乱之中摔破了祖传的端砚墨盘，脚步错乱地奔进来。

就在这一天，杨云终于找到了霉气的来源，那种难闻的气味竟然来自沈先生的身上。

这天下午，儿子晚福的哭闹搅得沈太太烦躁极了。侍候她的女佣在春天就给她辞退了。沈记药铺每况愈下，那些天沈先生出诊回来，总是告诉她在这个多风干燥的春天，城市里和他们待的这个破烂的镇子到底发生了什么。沈先生讲给她的大多是一些大户人家破落下去的消息。今天讲城里张公馆的六姨太把最后一件值钱的水貂皮大衣典当了，明天告诉她宏泰钱庄的少奶奶出卖了珍贵的翡翠手镯。后来沈先生再给她讲的时候，杨云就不断地发出冷笑。

杨云缩小了各种开销，像许多人家做的那样，把贵重的物品偷偷地藏匿了，以应对随时都有可能到来的灾难和洗劫。

药铺的生意更加冷清了，杨云最后下定决心辞掉了在沈家服侍多年的老女佣，请了三餐才来帮忙的五嫂。五嫂中午忙过就走，她下午还要帮一家，总是忙三火四的。

沈先生说："晚福是病了，应该给他喝一点儿泻药。"

杨云见沈先生回来，郁积多时的烦闷一下子发作出来。"我是你们沈家雇来的老妈子吗？跟上你这个开药铺的，孩子还得这么重的病。"

沈先生安慰她："不是这种说法，我也知道委屈了你，可眼下这世道——"

"少和我说什么世道，什么世道都有穿绫罗绸缎的，什么世道都有人前显贵的，养不起老婆，自己过好了。"

沈先生叹口气，晚福大哭起来，一岁的孩子小脚乱蹬，头在杨云怀里胡乱地拱。

杨云开始抽泣。沈先生本想告诉她胡匪黄天的赏钱又涨了，还想告诉她基祥回来了，见她这样，觉得她并不会关心这些。想起当年药铺生意的兴隆和自己发达的情形，现在拮据得连个女佣也使不起，反而让杨云自己带孩子，不免惭愧起来。闷坐了会儿，站起说："我去前面给晚福抓服药。"

杨云说："反正孩子不是我自己的，你想怎么样我不管。"

沈先生走到院子里，杨云放声哭着，冲他喊："反王我不让孩子喝泻药，就是不让他喝泻药。"

基祥把个发黄的账本扔在柜台上，儿子银两一点儿表情也没有，仍然看着街上。基祥回头看看，除了老城墙上贴了一张新的告示，视野里连个人影也不见。

基祥说："银两，你没见我进来吗？"

银两没有反应，一只乌鸦落在老柳树上，一树的麻雀像一把黑药丸撒向天空，成了黑点，没有踪影了。

"银两，小兔崽子，没听见我喊你吗？"基祥有些愤怒起来。

自从银两的母亲一死，这孩子就像变了一个人，眼里对他充满了仇恨。要知道，生他那年，他这个当爹的只有十七岁，哪里知道体恤女人？他一直没有喜欢过那个多病的女人，但至少没怎么虐待她。五年前他就不再回家里住，可还要供她们母子吃穿，还要让他怎样呢？他年轻，有力量，镇上许多女人都喜欢他，她们常常嘲笑他娶了一个黄脸婆，一个痨病鬼。有几次那女人打发银两来找他，她们一笑话他，他就不自在起来，一巴掌重重地拍在银两的脑袋上，喝道："滚回去。"也许这孩子从懂事开始就痛恨他了。

银两冷漠地向他看看，基祥看见他的目光很怪异。基祥更加愤怒起来，他想起这孩子曾说过一句话："我早晚杀了你。"

那天银两找他回去，似乎就是要告诉他这句话。银两母亲的尸体停在炕上，那个黄脸婆终于死了，也不知她死时和这孩子说了什么。基祥本想一走了之，倒是沈先生可怜孩子的处境，破例把他收到铺子里，做了小伙计。银两进了铺子后就住在柜台后面，从没正眼看过基祥一眼，不得已受他支派时，也毫无表情。

基祥太阳穴跳起来，牙咬得很响，他暴跳着说："银两，你聋了吗？我是你爹，我在和你说话。"他挽起袖子，银两却一低头，用竹扒去扒晾晒的草药。基祥气急败坏，他向儿子冲过去。

沈先生把基祥的手挡住了，基祥一愣，"沈先生。"他忙放下扬起的胳膊。

沈先生正不悦，便教训说："我早就说过，不要再打他，你没资格打他。"

基祥尴尬地笑笑，搓着手说："我问他话，他就是不吭声，他是哑巴吗？"

银两的手重起来，竹扒一下断了。他回身取一把新的，继续扒那草药。

沈先生问基祥收账的事，基祥给他看了账目，有十几个欠了诊费的人已经无从找寻了，又有十几家表示实在没钱，请求宽限数日。基祥只收到二十块现钱。沈先生详细地打听了那些人家的情况，他们一直谈到傍晚，帮忙的五嫂做好了晚饭，沈先生就请他一起用饭。

晚饭是一碟腊肉、一碟咸菜、一碟花生米、一碗菜汤和玉米面白面混合的薄饼。

吃饭间，沈先生想起告示的事，说："捉黄天的赏钱又涨了。"

基祥就讲起城里的见闻来。基祥说："现在城里的四个门全封住了，过往的行人都要严加盘查，大街小巷贴了黄天的画影图形，连妇女出城都要搜身，那些兵可不管姑娘媳妇，专拣软的地方捏呢！"

说话时基祥偷眼看看杨云，杨云晃晃怀里的孩子，把一粒花生米扔进嘴里嚼。

基祥又说："我在西城门那儿站了一会儿，一个当兵的就拉出一个小姑娘进了旁边的染房，说那姑娘藏了一样东西，没准就是黄天的同党了。姑娘八成要倒霉了，那帮丘八，什么事都干得出来的。"

杨云抬起头看看基祥，基祥正把眼来看她，还咽了一口吐沫。杨云心里说："这是一条闻味儿的骚狗呢！"

沈先生问道："黄天到底劫了谁家？治安队烧水的老常也说起这事。"

基祥说："是县府知事张家，据说劫去了祖传的宝物翡翠金龟，一圈的金子，中间是块稀世的翡翠，价值连城。丢了那宝物，张家的老爷子立时没有活气了。这回黄天可是发了大财，听说他当时就大笑了三声。他打死了四个护院的家丁，劫走了一条枪。"

沈先生再不说话，银两很响地舔着汤碗，吃相十分凶恶。

好半天，沈先生又问基祥："你说黄天劫走了翡翠金龟吗？"

晴天买卖街人还是会多起来，这里毕竟是镇子里主要的街道和市场。秋天的太阳在早晨虽大而且红，却不暖，将近中午才会热烈起来。昨日的雨少，地面很快干了，暴了一层黄土，覆了一层败叶。

这天上午，银两看到的最热闹的场面是出殡。镇上治安队的队长冯四的老娘死了，治安队队员都背着枪，八条壮汉抬着一口紫黑的花头棺材。冯四头缠孝带，身穿麻衣，左手持着哭丧棒，右手擎着灵头幡。纸幡在风中飘着，煞是好看。

冯四的后脖颈上有一块黑红的肉垫，满脸横肉，此时的悲戚模样有些滑稽可笑。

有人向路边一大把一大把地抛撒圆圆的纸钱和五谷，纸钱很好看地飞扬，很温暖地飘落。五谷从空中散落开来，乞丐们争抢着用衣襟接，从地上一粒粒拾起来往嘴里填。

长长的送葬队伍一走过，立刻有人在铁匠铺的前面打了场子。一个走江湖卖刀口药的赤膊后生当当当敲了一气锣，很快便围了一群人。银两挤进人群，那后生约十六七的年纪，精瘦，骨头让人担心会支破了肉皮，腋下肋骨清晰可见。后生冲人们做了一圈揖，他的嘴巴果然花哨。

"各位三老四少，本人初到贵宝地，人生地不熟，有道是在家靠父母，出门靠朋友。"又一揖到地，敲一下锣，喊声："是啰！"他扮着两个人的角色。

后生又说："常言道，人过留名，雁过留声，人不留名不知张三李四，雁不留声不知春夏秋冬。"再敲一下锣，又喊一声："是啰！"

人围得愈发多了。铁匠铺的小学徒挤上来时，后生正说到药效。后生说："真金不怕火炼，好货不怕试验。一物降一物，卤水点豆腐。我这刀口药驰名大江南北、长城内外。你是磕破了脑袋碰破了腿，伤了舌头拉了嘴，"他一眼看见铁匠铺的小学徒扎着皮围裙，一身的污黑油腻，随口说道："铁匠给驴啃破了嘴，踢坏了——"人群哄地笑了，一齐把眼看铁匠铺的小学徒。小学徒本就气盛，羞怒起来，截住了后生的话头。

小学徒说："你的药灵不灵，你敢当场试试看吗？"小学徒拿出一把小刀在手上拍着，许多人也起哄说："是呀，卖药的，你敢吗？"

卖药的后生一脸尴尬，人们哄地笑了。

后生咬了咬牙，他当真接了刀，在腕上猛地一划，血顿时涌出来。但他的刀口药太不中用，连敷了两包还不见血止。

有人在人群中瞧见了银两，对后生说："卖药的，那个是沈记药铺的小伙计，跟上他去药铺里抓点真药吧！"

人们嬉笑着相继散去，卖药的后生当真跟上银两走进了沈记药铺。沈先生替他包扎了，卖药的千恩万谢。

杨云在后面听说了，特地跑到前面看了一回。沈太太笑得岔了气。

送走卖药的后生，沈先生莫名地烦躁不安，他预感到有什么变故就要发生了。

秋风扑打着沈记药铺的木格雕花窗棂，风铃在大门上呜呜咽咽地响，那声音让沈先生心惊肉跳。令人奇怪的是，晚福一反常态，非常安静。

月光洇过窗纸，恍恍惚惚的树影拓在室内的墙上，树影不断晃动。沈先生头斜放在枕上，两只耳朵仔细地捕捉各种不祥的声音，除了杨云的呼吸和含糊的梦呓，沈先生听到的还有老鼠的厮打声。

后半夜，沈先生起来解手，不放心地提着风灯检查了所有的房门和院子里的角落。院子里耐寒的步登高和扫帚梅花谢了，地面上铺了一层清霜。沈先生虽无心花草，此时的心境却异常凄恻不安。

沈先生病了，厌了食，自己诊断为偶感风寒，煮一剂药吃了，让基祥自己照顾铺子，银两服侍他躺在内室休息。上午，晚福在床上爬，磕破了额头，杨云又哭了一回。中午，帮忙的五嫂打破了两个盘子。下午，秋风愈紧，竟至呼号，门前老柳树上的叶子最后摇落尽了。

到傍晚，歇了风，沈先生蒙上被发了一回汗，身体才稍有些清爽了，让银两扶着到了前面的铺子里。黄乎乎的天光安详地晃在柜台和一壁的草药格子上。他走进来，基祥说："这不，沈先生来了。"

"唔，"沈先生应着，见二人侧卧在长椅上，旁边有人站上前来说："沈先生，我师兄病了，烦劳先生了。"

沈先生立时出了一身冷汗，正是昨天卖药的后生。

基祥说："这两个人来一会儿了，我说先生病了不出诊，他们就是不走。"

基祥还想说什么，却见沈先生脸色苍白，用衣袖擦一下脸上的汗水，对那个人说："背上病人，到诊室吧！"

进了诊室，病汉向沈先生欠欠身子，喑哑地叫了一声"先生"。沈先生听他说话低微细弱，声音断续，后面的半句听不清。

沈先生定定心神，开始给病人把脉，脉象滑浮，提提气，他嗅到了病汉的口焦气味。

卖药的后生急切地问道："沈先生，我师兄的病能治吗？"

沈先生问道："这病是怎样发作的？"

后生迟疑了一下，说："只是摔了一跤。"

病汉双眼半闭，全身不住地颤抖。沈先生说："你说的不是真话，只是摔了一跤吗？这病到底是怎么得的？"

后生脸色稍变，右手自然地探向腰间，警觉地说："先生是问病，还是盘查？"

沈先生见状，也作色说："诊病不问其始，不问忧患饮食，不问起居，何病能中？即使妄言，也怕耽误了你们就医，你们还是另请高明吧！"说罢，沈先生站起身来。

这时，病人低咳了一声，后生慌忙回头。

沈先生重又坐稳，仔细地打量病汉。病汉三十上下年纪，清瘦、矮小、光头、断眉。病汉无力地向沈先生点点头。

沈先生说："先生这病恐怕是从一个'喜'字上得的，且是新病。"说话间细查病人的变化，果然他脸色微变。

沈先生继续说："得之有所大喜，所以心气涣散不收，不能奉养心神。"

病汉合上眼睛，面部颤动，好半天睁开眼问道："这病可治？"

沈先生说："治病首要治本，扶正祛邪。先生邪在心中，心有所喜，神有所伤，猝然相感，精气大乱。"

"你是说这病好不了了？"后生问话时竟面露喜色。

沈先生无奈地摇摇头，一拉后生的衣襟。

走到门外，沈先生说："十天之内，你给他准备后事吧！"沈先生说话的声音很大。

后生问："他，他真的不行了？"

"行医的怎么能开人命的玩笑？"

他们走回屋里，后生大吃了一惊，病汉已经坐起，说话的声音也大了。"沈先生，你说我真要完了？"

"能治了标，也治不了本；能治了病，也治不了命。你身藏异物，恐怕出不了这个镇子了！"

"你是说，有人要杀我？"

沈先生看一眼后生，病汉也循着沈先生的目光。后生惊讶地大张着嘴，额头浸出了汗珠。病汉猝然跃起，跳到地上。

沈先生慢慢地站起来，徐徐地说："先生的病已经好了。"

屋里的人都大吃了一惊，看着沈先生发愣。病汉用手拍拍胸脯，疑惑地问："我死不了了？"

沈先生说："医者从来都有以恐治喜之说，你只不过是得了癔症。"

病汉仰天大笑，握住沈先生的手，收住笑说："先生真是神医。先生知道我是谁吗？"

沈先生见病汉的断眉耸了两耸。断眉汉笑了，笑罢，从腰间取出一个镂金描花的火柴盒大的小匣子，递到沈先生手里，说："先生不但治了我的病，还点拨了我的心，这点儿东西就留给先生做酬谢吧！"

"师兄，你——"卖药的后生脸色青紫。

"三天以后，沈先生再打开验看，千万千万。"断眉汉根本不看后生，说罢自顾走出门去。

后生迟疑一下，回头剜了沈先生一眼，跟了出去。断眉汉走到门口，遇到了小伙计银两，银两的目光让他惊骇不已，他伸手在银两的头上摸了两下。

夕阳的斜晖消失了。买卖街重新晦暗冷清下来。

银两走进诊室，点亮灯，沈先生瘫在椅子上，大汗淋漓，浑身颤抖。沈先生说："银，银两，快，快关门。"

三天后，护城河上漂了一具尸体，死者是一个年纪十六七的后生，被什么人打了一枪，子弹从后心贯穿胸膛，炸了一个透亮的窟窿。

镇上的治安队雇人把死尸拖到河滩上，在衰黄的臭蒲草和枯败的芦苇之中放了两天。没有多少人去污泥中看那死者，哪天没有死人呢？没有反而奇怪了。倒是来了许多只乌鸦，哇哇地叫了几声，就在河边光秃秃的铁一样的榆树枝上歇下了。

乌鸦整日地哇哇怪叫，塌鼻老常就领了两壶酒的赏钱去收拾尸体了。老常把死尸就地埋葬了。掩埋时他舀了两铁锹河水，浇在死者的脸上，后生的眼眶空了，眼珠已被乌鸦啄去了。河水无声地流动，河边的枯草瑟瑟而立，带死不活的夕阳无力地晃在护城河和坍塌的老城墙上。

傍晚，买卖街的住户听到了一个消息，沈记药铺的掌柜沈先生突然中风，竟一病不起了。

几乎所有记得二十年前那场变故的人，在这个瓦灰清冷多风的夜晚，都想到了沈记药铺将又一次面临家道中落的厄运，并且像一堆冰冷的灰烬，毫无兴旺的可能了。那些声无力的叹息如一层黄黄尘土，覆盖了沈记药铺房顶长了衰草的屋瓦，覆盖了游荡着霉气的院落。

买卖街二十五岁以上的人，没有谁会忘记沈记药铺二十年前的那场大火。那场大火从半夜一直烧到第二天清晨，笼罩了整个镇子的黑烟和焦煳的气味，过了一个白天仍然浓厚。

沈记药铺烧得噼啪作响，烧得烈焰冲天，年轻有为、风流、放荡的沈先生的发妻陈氏和他四岁的儿子葬身火海。

那个夜晚无风，那场大火何以烧得那般炽烈？那般惨烈？城外进城卖早茶和煎饼的驼背老张临死嘴里叨念的都是那场大火，他说从没有见过那么奇怪的火势。老张住在城东姑子庙的后街，他每早四更天就赶到买卖街上，在店铺开张之前开始他的生意。他一踏上买卖街就发现了沈记药铺的火光，一堆奇怪的火苗，只冲天去，绝不旁逸，即使房屋落架，也仍然只是一个火柱，邻近的铺子丝毫没有受损。天亮，那场大火方才熄灭了，沈记药铺已经化为灰烬。

许多人都记得沈先生大火熄灭后的早晨回到买卖街的情景。沈先生一只脚穿着袜子，另一只脚没穿。他的水绸褂子敞着怀，下面一条白绉睡裤。他的双脚飘浮在买卖街的尘土里，整个身子就像在河水中浮游。那套睡衣裤是他最后的家当。

宏泰钱庄的伙计在翠华楼的一间客房里找到了他，这位年轻的医生正睡在有名的妓女春梅的鸳鸯被下。宏泰钱庄的伙计告知他噩耗时，沈先生的脸色蜡黄如土。但沈先生还是在春梅白皙丰满的胳膊缠绕下又躺了一会儿。春梅说："我不要你走，就是不让你走。"

春梅说："你不是早就盼着那个黄脸婆死掉吗？你不是说要娶我吗？"春梅把沈先生的鞋和外衣都藏了起来，临出屋扒下了他一只袜子。

沈先生回到了买卖街，买卖街上的沈记药铺已经消失了，只剩下一片焦土、一片瓦砾。这个早晨的露水打湿了沈先生的衣裤，烧煳了的草药被露水一浸，气味混杂难闻。他踩着发烫的灰烬在火场上走了两次，然后他径直去了翠华楼。

他被挡在翠华楼外。那天沈先生在翠华楼外的遭遇在人们中间流传了三天以至更长的时间。

鸨儿把一条手帕搭在沈先生的肩上，问："听说都烧光了？"

"烧光了，"沈先生说，"什么也没有了。"

鸨儿说："那沈先生请便吧，翠华楼的姑娘不接你这样的财主。"

沈先生说："我是来找春梅的，我还有钱在她那里。"

春梅说："呦，你放了什么钱在我这里呀？我又不是你沈记药铺的管家。你进了我的房，睡了我的床，还想让我倒贴给你呀！"

沈先生说："你——"

"啧，啧，啧，想得美呦，说我收了你的钱，老娘还白赔身子给你吗？"春梅咯咯地，鸟儿一样地笑。

沈先生叹口气，走了。回到了买卖街，他在烧煳的沈记药铺牌匾前坐了一个下午，把一根木桩搋在那里，发誓说："沈某再回长街之日，就是沈记药铺再兴之时。"

沈先生回到买卖街是在五年以后，果然，沈记药铺重新出现在买卖街上。没有人知道他去了什么地方，何以发达得如此迅速，只知道他再次踏上买卖街时雄心勃勃。

现在，当年那个雄心勃勃的沈先生危在薄暮，沈记药铺还会在买卖街上存在下去吗？

这个冬天很少看见阳光，总是苍苍凉凉的，没有光润。护城河的枯草站立在冰坨里，风一吹，破败的响声异常刺耳，几只羽毛污浊的鸟嘎嘎叫着窜到老城墙的上空去。

塌鼻老常隔几天重新贴一张告示，黄天的赏钱变化得极为频繁，忽高忽低。贴完告示，他就走到药铺里来，烤烤火盆，陪沈先生坐一会儿。

沈先生自那次突然昏厥之后，再也没有站立起来，他的双腿废了，每天躺在椅子上。

沈太太的脾气越来越暴躁了，莫名其妙就会哭闹起来，沈先生的面皮被她抓坏了两回。每当沈太太哭闹，沈先生就黯然，几乎泣下，心里说："她毕竟是个年轻的女人啊！"看看自己无用的下半身和枯瘦的身体默默无语。沈先生最怕杨云发疯时捶打自己日见隆起的腹部，杨云偏偏作践自己，作践一番后便放声痛哭。晚福也不带，任他狗崽子一样地生长。

有一天杨云终于说："你根本就没有用了。"

杨云说："除了一身的霉味，你什么也没有了。"沈先生就搬到前面的药铺里住了。

老常说："黄天的赏钱又涨了，两百块了。"

沈先生说："前天不还是一百块吗？我让银两去看过的。"

老常说："他劫了一车军火，打死了两个人。"

沈先生说："你还是抓两服药吃，一准见效。"

老常说："我还是留着钱喝酒吧。"又说，"要都像我这样，你这药铺怕是真要关了。"

沈先生说："这也快了，人们好像都不怕死了。"

老常说："沈先生，你就甘心这样躺下了？"

沈先生说："我咋会甘心呢？我自己知道，这种病治不好。"

老常说："当郎中的，真的就医不好自己的病？"

沈先生在椅子上躺了七七四十九天之后，他终于下定决心由自己来医治自己的双腿。沈记药铺的火炉上终日架着一把药壶，黑腻腻的药壶每日咕嘟咕嘟沸腾着。小伙计银两当然成了沈先生医学试验的最好的合作者。他在草药格子中间穿行，或者爬上爬下，听从沈先生的吩咐取下一包一包各种气味的花叶、树根和木片，然后把它们放在壶里去煮。

沈先生翻烂了他差不多全部的医书，因为舔尝草药，他的舌头患了严重的溃疡，发白麻木，难闻的草药味弥漫了沈记药铺的前院后宅。沈先生喝下了一碗又一碗颜色不同的药水，呕吐和便出颜色不同的秽物。

有一次，沈先生竟然让基祥弄来了一些隔年的燕子粪便，放在草药里煮。那天下午沈宅的汤药味挤出门缝，在门前的街道上游游逛逛，腥臭的气味令门前走过的人们狼狈不堪，老柳树上的麻雀都远远地飞走了。

最难以忍受这种煎熬的还是沈太太，杨云开始像怀孕初期一样的呕吐，双颊也淡去了红润，明显地消瘦下去。沈先生的猝然病倒，给这座宅院带来的麻烦不断地出现在她的面前。首先是沈先生不能出诊，断了一大笔收入的来源。同时，药铺的生意日益萧条，迫使她不得不再次缩小开支，甚至打算减少账房基祥的工钱，然而，铺子里的生意却全靠他独立支撑，杨云不得不打消了这种念头。她一遍一遍地向基祥打听药铺的账目，催促他一次一次地出去收账。

沈太太把佣工五嫂辞退了，亲自下厨房烧饭烧菜。沈太太不知道厨房烟火的气味同沈先生熬药的味道一样令人不堪忍受，她只坚持了三天，便不得不让基祥去请五嫂来帮忙。没想到，那个下贱的女人竟然提出增加工钱。杨云气得脸色发青，要不是基祥扶住她，她几乎摔倒了。她指着五嫂的鼻子破口大骂，把她赶出了药铺的大门。

雪上加霜，晚福患了肺炎，瘦嶙嶙的胸脯起伏得令人害怕。这孩子从来到世上一直单单薄薄，仿佛一阵风来就能将他吹了逝去，永远离开这座走向没落的宅院。

内外交困，来自身心的深深的绝望，终于使杨云忘记了沈先生身上的霉味，她开始热切地盼望他好起来。她相信，如果沈先生真的好起来，自己会像在那个米店里同样令人绝望的夜晚一样投入他的怀抱。

那是怎样一个可怕的夜晚啊！她从藏匿的地方回到被洗劫后的米店，夜风吹打着破碎的窗棂，老鼠拖着肥硕的身体和令人恶心的粗大的尾巴，在米店里破碎的器物中间发出咯吱咯吱的声音。屋顶不时哗啦落下来一把土面，是只误入米店的麻雀在房梁上遭遇了一只大个儿的蝙蝠。两个有翅膀的动物一齐惊飞起来，一只老鼠正在房梁上跑过，一头栽了下来，四爪拥着落到她的头顶上，又从头上滚过脖颈，僵直的尾巴扫过她的眼睛。房梁上悬着的两具尸体的黑影在墙壁上被月光摇着、荡着，吊着的就是自己的父亲和母亲吗？最初的惊悉之后是丧失思维的痛苦，痛苦被眼泪稀释之后，接下来是恐惧。她想跑出米店，身体却瘫软了。勉强挪到户外，买卖街上空空荡荡，月光忽然晦暗了，许多条黑影在街道和远近的宅院门前，长长短短，飘忽不定。她的头颅好像就要爆炸了，"啊——"一声惨叫，她抱头鼠窜，又奔回冰冷的充盈着死亡气息的米店。她坐在泥地中央，号啕大哭。

就在这时，沈先生来了。沈先生提着一盏风灯来了。风灯里跳动的火苗映在沈先生的脸上，照亮了黑洞洞的米店。

杨云一下子扑到沈先生的怀里，沈先生紧紧地搂住她。杨云清楚地听到沈先生叫她"云"，沈先生说："云，我来了。"

沈先生说："云，我来了，一切都会好起来。"

"你怎么才来啊！"杨云的拳头使劲地砸在沈先生的肩上。沈先生一动不动，任她砸。

"沈先生，我可怎么办啊！"杨云放声痛哭，"我可怎么办啊！"她从沈先生的怀里挣脱出来坐回泥地上。

沈先生说："有我在，一切都会好的。"他把杨云抱起来，"跟我走吧！"沈先生说。杨云就走进了沈记药铺。

现在，杨云多么希望能再听见沈先生说："有我在，一切都会好的。"她开始亲自为沈先生熬药，并且让沈先生搬回内室。晚上，她就躺在他的身边，忍受着他身上的霉味和草药味混杂的气息。

寒冷的冬天的夜晚，沈太太靠天真的愿望来排遣令人绝望的烦恼。

沈先生流了泪，他发誓说："我一定治好自己的病。"他把枯瘦的手放在杨云丰腴光滑的身体上，树根一样的手数次的移动使杨云的身体热气蒸腾了，她紧紧抓住他的手，帮助他，让他抚摸自己隆起的腹部。结果，这种亲热的方式导致的结果并不美好，两人同时感到了悲哀。

白天的到来淡化了夜晚的痛苦，但是白天的苦恼同样强烈。佣工五嫂被赶走后，镇上的女人们都风闻了沈记药铺太太的刁蛮，没有人肯再来帮忙，况且，沈家已经暴露的窘境也让人们意识到，从那里捞不到什么好处了。

沈先生埋头医书，把各种草药熬在一起，他开始对各种流传的偏方感兴趣。他只有一个念头，就是快点儿好起来。

这个念头并不错，但给杨云带来的困难就更多，她只好去对基祥说："基祥，全靠你了。"

沈先生病倒以后，沈太太感到账房基祥在她的面前越来越放肆了。一次，她让基祥去收账，这个高瘦的男人竟看了她足有半分钟，看得她双颊绯红。

基祥说："这么冷的天，太太真舍得让我出去挨冻？"他脸上的疙瘩，含糊暧昧的笑容，和向右眼撇去的嘴角，让杨云十分讨厌。

杨云说："基祥，你在沈家干活，沈先生不会亏待你。"

"不会吗？"基祥更加暧昧地笑，说："他拿什么犒劳我呢？"

基祥上前握住沈太太的手，说："太太这么好看的手，怎么能干得了厨房的粗活呢？"

杨云一甩手挣脱了，抬手给了基祥一个耳光。

基祥方才变了脸色，怏怏地去了，晚上回来两手空空。到药铺买药的人说，基祥在得月楼和那儿的小伙计赌钱，又去翠华楼看新近才来的妓女红云，他在那里转了一个下午。

晚上，杨云对沈先生说要赶基祥走，沈先生没有问她这么做的原因，只是说辞了他再无人可用了。

杨云说："要是他欺负你老婆呢？"

沈先生说："他敢！"又说："他在我这干了这么多年，他怎么敢那么做呢？"说完话，定定地看杨云，像是她犯了什么过错。面对沈先生狐疑的目光，杨云放声大哭，最后把手抓在他的脸上。

第二天，沈太太赌气地走到基祥的身边去，她想，如果基祥把她抱在怀里，她不会拒绝。她想以此来报复沈先生。

杨云抱紧双肩用一种冷漠的目光看着基祥，这个猥琐的男人却低下头，狗一般驯顺。她冷笑一声，走了。走到门口，眼泪唰唰地流了下来。

基祥驯顺了十天，就又露出轻薄的模样了，虽不再动手动脚，言语中却多有意味。早上见到杨云，他问："太太，昨晚睡得好吗？"晚上见到杨云，他又问："太太，还需要我吗？"

杨云说："基祥，你是一条狗。"

基祥听见乐了，问："要真是条狗，太太你肯养吗？"

"你滚出沈家吧！基祥，你滚出沈家。"杨云气得双手发抖。

这回轮到基祥冷笑了，"就是太太舍得，先生也不会同意吧？现在这步田地，我基祥走了，沈记药铺还会有吗？"

冬天的买卖街暴了一层厚厚的尘土，随着硬硬的北风，黄尘顿起。老城墙被风不断地抚摸和剥蚀，几天之内就会矮坍一块。干燥和寒冷使这个镇子里许多人流了鼻血，沈记药铺因此兴隆了两天。

早晨下了一阵清雪，薄薄的清雪覆盖了厚厚的浮土。沈先生醒得很早，晚福从四更天又开始咳嗽，脸也咳红了。杨云唤起在前面铺子里睡的银两，给晚福熬了一碗药吃下去，晚福的身上才稍稍降了一点儿热度。

沈太太听到了护城河岸的乌鸦凄凉地鸣叫，她坐起来，披上衣服，走到院子里去解手。就在迈出门槛的一瞬，她滑倒了，重重地跌在冻硬的天井里。头天傍晚，她把沈先生剩在药壶里的汤药泼在了房门口，药水结了冰，让她踩上了。

屋子里，沈先生听见太太杨云一声惨叫，却无法移动，只把两手胡乱地拍在床上，大声地呼喊银两。

银两跑到院子里，他看见太太面白如雪，下身一片血污，正艰难地向屋里爬。

沈记药铺的太太杨云小产了，生下了一个将要长成的男婴。

护城河岸的乌鸦飞进了镇子，盘旋在镇子上空。几百只乌鸦的聒噪声，使小伙计银两倍感凄凉，倍感奇怪，倍感惊心动魄。

杨云小产，沈记药铺的状况进一步恶化了。沈先生决定让账房基祥搬到药铺里来住，料理药铺的生意和宅子里的诸多琐事。

沈先生的决定遭到了杨云的反对，她反复地说基祥不能住进这座宅子。沈先生放下医书，无奈地说："沈记药铺还有别的人可用吗？"

基祥住进沈记药铺这天显得趾高气扬，他把行李放在先前沈先生的那间诊室后，便背着手来到院子里。

　　沈记药铺上面的天空和整个镇子的天空没什么两样，太阳也一样苍凉。闻着这座宅院充盈了所有角落的草药味，基祥皱了皱眉头。虽然在药铺里已经适应了这种气味，但他还是要皱眉头。想到这种气味对于他可能产生的意义，他使劲地嗅嗅，然后无声地笑了。

　　这时，他看见了银两。银两在药铺的后门露出半拉脸，正窥视他。冰冷的目光落在基祥身上，基祥打了个冷战。

　　门板哐啷关上了，基祥听见银两说了一个字。银两说："贼。"

　　银两的声音阴沉一如死水，袭扰了基祥此后的许多个夜晚的许多次梦境。

　　基祥搬进沈记药铺的当天，沈先生也搬回了前面的药铺。晚福无休止的哭泣，太太杨云的叹息和对汤药气味的敏感，都给沈先生造成了很大的精神压力，这种压力反作用回他的身上，就成了医治双腿更大的决心。

　　更重要的是，沈先生不能看着自己苦心经营的药铺就这样完了，他忍受不了买卖街上或怜悯或幸灾乐祸的目光。他必须好起来，宁愿付出一切代价。

　　事实上，沈先生的代价已经开始付出了。基祥搬进沈宅以后，他有了更多的机会接触沈家的太太杨云。

　　住进沈家的第二天，基祥和产后虚弱的沈太太在院子里打了个照面。

　　基祥说："太太的身形越发受看了。"

　　沈太太咬着牙说："闭上你的臭嘴，你真丑，基祥，你丑得都丑死了。"

基祥嬉笑着说："可沈先生愿意看啊！太太赶我走，沈先生让我住进来，我到底该听谁的呢？"

"你不用得意，你不过是沈家的一条狗。"杨云轻蔑地说，她实在没力气和这个丑陋的男人纠缠。

"汪，汪。"基祥竟学起了狗叫。

基祥在沈先生面前十分恭顺，对药铺的生意也尽心尽力。他在大雪天走去城市或附近的村庄收账或收购草药。沈先生夜以继日地配制药方，半夜时他会走到沈先生的住处问候一番，在沈先生喝药之前，他甚至先尝尝苦药的凉热。

沈先生很受感动，他庆幸没有听杨云的话辞退了基祥，他到哪里再去找基祥这样对他一心不二的人呢？他十分动情地对基祥说："基祥，我不会亏待你，等我病好了，我要好好报答你。"

基祥说："哪里敢指望先生的报答，先生病好了，沈记药铺兴旺了，基祥也就有福了。"

沈先生更加感动，拍拍基祥的手，说："两年以为，我一定让你再讨上一房媳妇。"又说："银两是你的儿子，就让他和我学医吧！"

沈先生天真轻信，基祥对自己的机巧十分满意，他的心思都在太太杨云的身上。和杨云的典雅风韵相比，他在外面碰到的女人一个个黯然失色，就连翠华楼的妓女红云也无法和她相比，那个妓女更多一些浪荡而有失柔弱。

沈先生的老态和病态，基祥一一看在眼里，他认定只要他大着胆子得到年轻的沈太太，沈记药铺迟早会划归他基祥的名下。这么想着，从沈先生的房间出来，他在院子里抓起一把黄色的浮土撒在杨云的窗子上。

第二天上午，沈太太在院子里看见了基祥，基祥把一桶水提进厨房，然后走出来。

基祥说："太太，昨晚睡得好吗？"他的脸上荡漾着无赖的笑容。

沈太太不动声色地看他，基祥的色胆陡然膨胀起来。沈太太叫他："基祥，你过来。"

基祥愣住了，张大了嘴，太太的的确确是在唤他，"你过来啊，基祥。"

沈太太说："昨晚的土是你扬的吧？你真是好大胆子，敢这么欺负主人。"

基祥凑上前去，猥琐地笑，欲搂她的肩膀。基祥说："大河上游的长工都分了主人的田了，连地主的老婆也分了。"

"啊——"基祥大叫，一步跳开，低头看，右臂被什么扎进去有半寸深，血涌了出来。

沈太太扬扬手里带血的剪刀，"我恨不得一刀捅死你。"

基祥狼狈地向前屋跑去，杨云的嘴角露出残忍的笑意。

"沈先生，你放我走吧！"基祥跑进沈先生的住处，他扑通跪倒在地上。

沈先生吓了一跳，他在研究几张药方，两手沾满了墨汁，他形容枯槁，双眼布满血丝。

"怎么回事？"沈先生问道。

基祥说："太太把我叫去问收账的事，说我侵吞了铺子里的进项。沈先生，我咋会那么做呢？太太先是赶我走，然后用剪刀扎了我。"

沈先生沉默了一会儿，闭上眼睛，他的手微微颤抖。

基祥站起来，凑上去，低声说："我看太太她有些——"

沈先生睁开眼，死死地盯住基祥，"你说太太有些什么？"

基祥拍拍膝盖上的土，放慢了语气说："我说太太的精神有些不好呢！"

沈先生沉默了，好半天他摆摆手，说："我不会亏待你，基祥，镇东张家还欠一笔诊费吧？你再去收收看。"想了想，又说："我不会亏待你的。"沈先生的目光极其暗沉。

基祥走出沈记药铺的黑漆板门，他看见买卖街上的阳光黄晕晕的，很有些温暖。

沈先生再无心研究他的药方，他半躺半坐在床上，阳光泅过窗纸，太阳被过滤成一个黄黄的圆盘，是冬天里少有的好天气。

银两坐在柜台后痴痴地向街上看着，老城墙上黄天的画影图形又不见了，好几只麻雀一耸一耸地飞过那堵断墙。一切都默默地，像阳光无声地流淌。

杨云走进来，沈先生仍呆呆地望着窗外，没有回头。杨云倚在柜台边站了一会儿，对柜台后的银两说道："银两，你出去一下。"

银两应声走出门，来到街道对面的老柳树下，街那面铁匠铺的小学徒扎着围裙，裸着上身也走到街上。那个孩子向银两打手势，两个手掌来回搓着。银两知道小学徒是在骂他，他正要还击，铁匠铺的掌柜走了出来，一巴掌打在小学徒的后颈上，扯着耳朵把他拉回屋里去了。

银两没了对手，就拾起两块石头打树上的麻雀，一个拳头大的麻雀蹲在树杈上，怎么打都不飞。银两来了兴致，不断地拾起石块土块去打，麻雀终于飞了。银两拾起一块石头等着麻雀再落回来。

"银两。"药铺里传出沈先生焦灼的声音。

银两跑回药铺，沈先生递给他一纸药方，说："照方子把药配齐了。"

银两回头，沈太太满脸的愤怒和泪水。

"你真信基祥的话？你真以为我有病？"杨云双眼红肿，她绝望地看着沈先生。

沈先生说："你冷静一点儿，我现在这个样子，走了基祥，沈记药铺就没人可用了。"

杨云轻蔑地笑了，她走过去，从银两的手里抢过那张纸，慢慢地撕成两半，又一下一下撕得粉碎。她定定地看着沈先生，只是定定地看着。

沈先生打了冷战，他以为杨云会哭闹起来，然而没有，她的表情非常冷静，双眼一滴泪也没有。

杨云把碎纸片摊在苍白的右手掌上，轻轻地吹一口气，纸屑慢慢地飘落了。

基祥回到沈记药铺已是傍晚，半块月亮清冽冽地栖息在那棵老柳树的树杈上，夜风呼啦啦地吹动窗纸，房脊瓦上的枯草和小榆树孤寂地在风中抖动。

基祥看见了太太杨云，他张张嘴，忙回头向自己的屋子走。

"基祥，你站住。"沈太太喊他。

基祥一惊，下意识地护住自己受伤的右臂。

"你过来，基祥。"沈太太说话的声音十分沉静压抑。

基祥还在迟疑，杨云冷笑起来。"你真是条没用的狗。"杨云说。

"你，你，你是说——"基祥从脚心往上发热，头上腾腾地涌动血液和汗水了，他简直不敢相信他不是做梦。

"你不敢了？对，你是不敢了，你让我给吓破胆儿了。"杨云冷笑起来，笑声十分瘆人。

"操！"基祥跺一下脚，"谁说我不敢，我敢。"

月光下，两行泪水冰冷地流淌。晚风中，沈太太枯草一样发抖。暮色里，镇子上空许多只乌鸦黑压压地飞向镇外。

冬天将尽的时候，有一天，这个破烂的镇子忽然涌入了一批来自大河下游的灾民。他们携妻负子，挑担提篮，疲惫不堪，孩子的哭声，大人的抱怨和叹息，使镇子异常嘈杂混乱。许多人就在买卖街上停下来，就地笼起火堆，烘烤乞讨来的食物。歇一歇，他们又仓仓皇皇地继续往前走了。

第二天一早，镇上的人们发现，大街小巷又涌进了许多表情晦暗衣着破烂的难民。和难民们一起到来的消息是，大河下游即将成为新的战场，日本人的膏药旗已经出现在大河的河口。这可怕的消息像瘟疫一样，和干燥的夹带灰尘的黄风一起，鼓荡着缺乏水分的镇子。许多人家连夜收拾了家当，跟随着那些远道而来的难民悲悲切切地远走他乡，开始他们亡命的流浪。

镇上的治安队开始招募志愿人员，征收钱款，人们的神经绷成拉满的弓弦，一张接一张的告示胡乱地贴到墙上，再被风扯走撕碎。

治安队长冯四带着他的几十个扛着破枪的弟兄吆五喝六，大呼小叫，检查过往的灾民，哭声和叫骂声充斥了所有的街道。

就在这一切混乱得有如末日的时候，这天，灾民忽然少了下来，有些人还走上了相反的方向。消息很快得到了证实，一支中国军队在大河的河口处英勇地阻击了日军的攻势，接连夺回了两个镇子。中国军队的胜利使那些难民们欣喜若狂，确信他们就要返回自己的家乡了。买卖街上许多冷了多日的挂了霜的烟囱又吐出了黄浊的炊烟。战争重又变得遥远而且缥缈。

然而，沈记药铺的掌柜沈先生却无法轻松了，他得到了另一个更加可怕的消息。一个服饰怪异的矮个青年在镇子上开起了另一家诊所，向病人出售一粒粒白色的药片和颜色不同的药面。

那个矮个青年是随着最后一批难民走入这个镇子的。他坐着滑竿，携带着两只漂亮的长条皮箱大摇大摆地来到了买卖街。他在得月楼住了一晚，第二天一早，出人意料地宣布再不往前走了。他把治安队的冯四请到翠华楼谈了一个上午，三天后，一家药店就奇迹般地在街头出现了。

松村药店的位置就在原来的杨记米店的对过。

松村医生矮胖，鼻子通红，他每天坐在药店的门口向路过的人们点头微笑，态度谦恭友好，表现出良好的教养。

"进来看看吧！"他对街上的人们说，"我的药灵验得很呢！"

看见人们驻足，他笑眯眯地说："我是一个很不错的医生，请你们相信我。"说完用手擦鼻子，仰起头好像是要打喷嚏，仰了一会儿，又低下头笑眯眯的了。他的处世方式很快便博得了人们的好感，可人们对他店里的白色药片和五颜六色的药面仍持怀疑态度。头疼脑热，他们宁可挺着，万不得已，走进沈记药铺抓一包草药。

松村医生仍然不恼，依旧谦恭地笑着。直到有一天中午，买卖街上行人和摊贩最多的时候，治安队长冯四蒙着大被由四个弟兄轮流扶着走进了松村药店。有人看见冯四满头热汗，痛苦地捶打着自己的胸膛，一副苦不堪言的模样。

松村医生并没有慌张，他拿出一个用两条胶皮管连着的怀表状的东西塞进冯四的衣服里，听听，也没像沈先生那样号脉和问三问四，就打开箱子拿出两粒白色的药片。

松村药店的门大开着，冯四对着外面围着的人群示范似的把药片投进嘴，喝一口水咽进去，然后坐了一会儿。

冯四走出松村药店时恢复了往日耀武扬威的步态，面色红润、满脸横肉一如昨日。松村药店的药片如此神奇，立刻在镇子里轰动了。要去沈记药铺抓药的许多人都折回来走进了松村药店，他们拿上几粒神奇的白色药片走出药店，松村医生热情地送到门口，说："早日病好啊！"

沈记药铺愈加冷清了，常常全天没有一个人到铺子里抓药，连常年卧病的主顾也转而尝试那种神奇的白色药片了。他们对沈先生的医术从没产生过怀疑，只是病痛的折磨迫使他们进行新的尝试。

那些天，沈先生自己的病情却有了好转，他的双腿开始恢复知觉，心里高兴，药铺面临的压力就减轻了一点儿。

没有人来的时候，沈先生就回忆他行医生涯所创造的种种奇迹。他想起自己五年的流浪。那场大火把他赶出了买卖街，他差不多走遍了大河上下几百个村镇，饥餐渴饮，成了个走江湖的郎中。

第五个年头的一个春天的午后，他走到了大河的河口，在一片芦苇丛中，他看见了一个满身血污的中年客商，客商已经奄奄一息。但是，他碰到了沈先生，沈先生把他救活了。原来商人竟是最近在这里全军覆没的一支军队幸存下来的将军。

将军带着他很快找到了更大的将军。为感谢他的救命之恩，将军想把他留在军中，而沈先生一心想要振兴他的沈记药铺，将军只好和他洒泪分别。临行前将军送了他大笔银圆，沈记药铺就如愿以偿地重新出现在买卖街上了。

而秋天最后一次站着行医的经历是他的又一次奇迹。凭他五年的流浪生涯，他一眼就看出了那个得了癔症的人是谁，对症下药，他成功了。

沈先生想，他在这个春天就又可以站着行医了，他相信自己的医术一定能胜过松村医生。他向来以为，西药治标，只有中药才能治本，能在买卖街上长久存在下去的，必然是他的沈记药铺。

沈先生乐观的想法导致了最严重的恶果。当基祥告诉他，药铺已经开始亏空时，沈先生竟然放松了即使在最困窘的时候仍然保持的戒备，他对基祥说："沈记药铺会复苏的。"看着基祥困惑的目光，他接着说："你还记得黄天劫翡翠金龟的事吗？你还记得去年秋天来治病的那两个人吗？"

基祥惊得吐出了舌头，眼睛瞪得老大，发抖地说："你是说，那个人就是——"他没敢说出后面两个字。

沈先生猛然警醒，忙掩饰说："我说什么了？啊，我说沈家会复兴是不是？"

沈先生对沈记药铺的重新兴盛虽然充满信心，但是眼下沈记的境况越来越糟了，更少有主顾上门了。常来的仍然是塌鼻老常。

这一天，老常又来了，沈先生已经能够活动双腿了。老常说："你到底把自己救了。"

老常说："还是你们当医生的好活人啊！"

沈先生说："有十几天没看见你贴黄天的告示了。"

老常放低声音，暗哑地说："还哪里顾得上他呀，听说大河下游日本人打胜了。"

沈先生就一震，忙问："日本人快要打过来了，这消息可靠吗？"

"咋不可靠呢？前天从下面来了一个逃兵，被治安队拿了，你猜他和冯四说什么？"

"说什么？"

"他说你们快跑吧！国军三道防线垮了两道了。"

两人都沉默了，老常咳起来，待他停下，沈先生说："你还是抓服药吃吧。"

老常好不容易平稳了呼吸，说："那就抓服吧！"

沈先生凄凉地笑笑，说："老常，你到底是怕死了。"

"我怕死吗？"老常奇怪地看着沈先生说，"活都不怕，还怕死吗？"

银两给包好药，塌鼻老常拿着药趔趔趄趄地走了，他的双眼红着，溢了泪水。

沈先生看着老常明显老态的背影，长长地叹口气。银两痴痴地望着街上。

"银两，"沈先生问，"你看见了什么？"

银两说："街上除了风，什么也没有。"过了一会儿，沈先生忽然听见他说："太太和基祥在一起。"

沈先生一愣："你说什么？"

这回，银两转回身，很慢地说："我说太太和基祥在一起。"

沈先生颓然躺下，刚躺倒，又一下坐起来，一抬手，南泥药壶给他重重地摔在地上，药壶很缓慢地花一般地开放，开放，谢了，飘零了，药汤蛇一样洇散开去。

沈记药铺的太太杨云和账房基祥在一起，这在买卖街上已经不是什么秘密。这个消息的传播和基祥的无赖有关。曾有一些日子，他在买卖街上广为散布，使这起丑闻和沈先生的传奇医术一起，在这一带流传得十分久远。

沈先生陷入了异常痛苦的泥沼，他的心像在布满陷阱的沼泽里踽踽独行的细腿土鹿，天空黄暮沉沉，大地浊雾蒙蒙，那头鹿不断地战栗绝望，就在它陷落的瞬间，终于叼住了一棵低矮的细叶灌木——儿子晚福的哭声把沈先生唤回到沈记药铺的现实中来，他瘫在床上，大汗淋漓。

"你知道吗？我欠了另一个女人的债。"傍晚，沈先生平静地对杨云说，他的眼前跳动着二十年前的大火的火苗。

"那又怎么样？"杨云问。

沈先生拿出藏匿了一个冬天的镂花描金的匣子，放在杨云手里。沈先生说："看在翡翠金龟的面上，我希望你能在沈家留下来。"说话间，沈先生涌出两行涩涩的浊泪，漫过干燥的下颌，坠落在衣服上。

杨云再也抑制不住自己，把小匣子扔还给沈先生。她号啕大哭，双手蒙面，跑回后面的卧室里去了。

这时，沈记药铺的小伙计银两正在门前数着老柳树上的麻雀，歇风之后的黄昏把他单薄的身影镀上了层菜色。树枝上，一只麻雀凶猛地啄着同伴，落败的麻雀跳到另一条细枝上，孤寂地啼叫。银两拾起一块石头向那只恶鸟投去。

银两说："我一定杀了你。"

"你想杀谁？"银两身后站着一个穿长衫的中年人。

中年人笑眯眯地问："你小小年纪就想杀人吗？"

"你管不着。"银两讨厌地打量中年人。

中年人身体瘦削，身形也矮，他的一条眼眉被什么削去了一半，可笑地罩在左眼上方。

断眉人说："你不是沈记药铺的小伙计吗？"

"你是谁？"银两极力地回想自己在哪儿见过这个人。

断眉人说："你不用问我是谁，见到沈先生，就说一个断眉的人问候他。告诉他买卖街上只有一家药铺，就是他的沈记药铺，那个叫松村的日本探子完了。"

断眉人说完，向前走了两步，停下来擦衣襟，拿出一把精致的匕首，用手指试试刀锋。"这个送你吧，"断眉人对银两说，"想杀谁就去杀吧！"

断眉人的长衫摇摇摆摆，他很随便地在暮色中走去了。

半夜，买卖街响起了枪声，黑暗之中，许多人家把孩子一脚蹬到床下，大人们一滚，和孩子一起伏在屋地上。战争的迫近使人们熟练地发抖和本能地逃命。

枪响几声之后，一切又都归于沉寂了。后半夜，有人大着胆子从门缝向外张望，天上除了半块雾蒙蒙的月亮，连星星也看不见。街上偶尔跑过一条夹着尾巴的霜狗，镇子里静得令人窒息。

天明，买卖街轰动了，镇上的治安队捉住了黄天。不过，黄天已经死了，他死在松村药店的屋里，就伏在药店装着白色药片的箱子上，箱子里的药片被他胸口流出的血浸得潮润润的。令人奇怪的是药店的主人松村医生却死在药店的外面，横尸街头，他的头被炸裂了，残缺了半个下颌。两具尸体的手里都握着短枪。

治安队长冯四耀武扬威地叫弟兄们围了个场子，耀武扬威地把死去的胡匪黄天捆绑在杨记米店破烂的门柱子上示众。

    沈记药铺的掌柜沈先生被镇上的治安队拉出枪毙是在这一天中午，镇子里重又出现了成群的难民，隐隐约约已经听得见百里外的炮声。人们的惶恐神色使治安队长冯四的风光大打折扣，护城河边几百只乌鸦在镇里镇外惊慌失措纷乱地起伏盘旋。

    沈先生面色苍白，被两个治安队员架着胳膊、双腿拖拖拉拉划过长街，他右脚的鞋掉了，浮肿的脚背在买卖街上留下斑斑血迹。

    "沈先生怎么会是黄天的同党？"

    "那还能有假吗？沈记药铺的账房基祥亲眼看见他们喝酒划拳，要不是同党，黄天怎么能替他去杀松村？"

    "听说黄天得病就要死了，沈先生没用药，说了几句话，就把他救活了。"

    "买卖街再没有这样医术高明的医生了。"有人叹道。

    沈先生被拖到护城河边，跪在枯黄衰败的芦苇丛中，冻泥冰疼了他的双腿。他低头看看治愈的下身，咧嘴笑了，他又创造了一个奇迹，他把自己的双腿治好了。笑时，他的嘴角流了血，他的脸上泛着暗黄色。

    沈先生听到了最后一声呼喊："让他把鞋穿上，他的鞋还没穿上啊！"

    沈记药铺的太太杨云跌跌撞撞地跑向护城河边，她的右手举着沈先生掉在街上的布鞋，左手向天空举着，她披头散发，面无血色。

一声枪响，沈太太骤然僵在那里，她像自己被击中一样倒了下去。

治安队长冯四吹散枪口缥缈的蓝烟，对自己的枪法极为自得，听到基祥的恭维就很不以为然。

基祥说："冯队长真是好枪法。"

冯四撇撇嘴，哼了一声。

基祥说："根本不用瞄，是吧？我看你一抬手，就——"

冯四说："基祥，回去等着领赏吧！有好处本队长不会忘了你。"

基祥就愣愣，干笑笑，小心地提醒："冯队长，那个匣子？"

"匣子？什么匣子？"冯四面露愠色。

"咱们事先讲好了的，抄了沈家，我什么也不要，只要黄天送的那个匣子。"

冯四回头对一个个头很高的治安队员说："把匣子给他。"

治安队长冯四和他的弟兄们走在护城河河堤上，阳光晃着生锈的枪刺和不整的服装，他们的脸上洋溢着将要得到赏钱的愉悦。

快走到城边时，基祥追了上来，撞开几个治安队员，他一把拉住了队长冯四的袖子。

基祥说："这匣子咋是空的？"

冯四说："你要的不是匣子吗？"

基祥说；"匣子咋是空的？"

冯四对身后的治安队员说："你们看这家伙多饶舌，你们拍拍他的腮帮子。"

冯四说完又向前走了，身后噼啪作响，他的心情更加愉快。

基祥嘴角鼻子流出殷红的血，他呜呜噜噜，上气不接下气。

冯四停下脚步，说："你们且住手，听听这家伙说什么。"

基祥方才喘上一口气，骂得完整了："冯四，你等着，你不得好死，说话不算数，我告诉你，死的那个不是黄天。"

冯四说："你们看这家伙多讨厌，吃人家的饭，睡人家的太太，还害人家，你们说这人是不是讨厌？"

手下附和说："讨厌，是他妈的讨厌。"

冯四拿出枪，瞄准基祥，基祥大叫一声。

"乓！"枪响了，基祥头顶树杈上蹲踞着的一只乌鸦应声落地，正正地掉在他的头上。

"啊——"基祥大叫一声，几个人撒开手，他挣扎了半天，兀自向枯败的芦苇丛中跑去了，边跑边没命地啊啊叫着，冯四队长和他的弟兄们哈哈大笑。

沈太太走回劫后空荡破烂的沈记药铺，药铺里的草药格子被推倒了，草药胡乱地撒在地上。她抓起一把闻了闻，又拾起几张沈先生开过的药方和一支折断的毛笔。她走去后宅，小伙计银两抱着晚福坐在她和沈先生的雕花大床上。

银两说："太太，少爷睡着了，我刚才给他吃过药了。"银两满脸泪痕。

沈太太看看睡梦中的晚福，看看银两，撸下手上的戒指说："你快去逃命吧。"

银两说："我恨死了基祥。"

沈太太说："快逃命吧，什么恨不恨的。"

银两说："我一定要把冯四和基祥杀掉。"

沈太太说："快逃命吧，沈记药铺完啦。"

银两最后看一眼喜怒无常的太太杨云，走了，厚重喑哑的门板在他身后咣当一声关上了。

傍晚，治安队长冯四醉醺醺地走回自己的家门，他在门框上发现了一把插着的匕首和一张无字的黄纸，他的酒意立刻散尽了。匕首上赫然刻着"黄天"两个字。他双腿一软，瘫倒在地。

人们的希望最后破灭了，镇子上终于来了成群成群的败兵，战火烧焦了他们的军装，脸被硝烟和血涂抹得又脏又黑，但仍掩不住他们有愧父老的内疚和愤怒，这支失败的队伍不断发出哭声。

队伍中间，一副担架上满身血污的将军发疯地喊着："把我放下来，你们这帮混蛋！日本鬼子，我和你们拼了！"

战士们没有停步，队伍杂沓前行。

就在这时，一场大火开始了，噼噼啪啪，烈焰冲天，把买卖街烧得如同白昼。风中火苗像朵朵鲜花，在滚滚的浓烟中灼然绽放。担架上的将军瞪大了眼睛，他安静下来。

"这街上原来有一家药铺。"他对身边的副官说，"沈记药铺。"

青虚虚的清晨，买卖街上的大火最后熄灭了。沈记药铺已经变成了一片废墟，余烟在雾气中丝丝缕缕地飘散。

护城河上，乌鸦凄厉地哇哇叫着。它们正在逃离这个破烂的镇子。野地里，异国军队愈来愈近愈来愈寒的刀光忽隐忽现。